Peter Weber
Silber und Salbader

Roman

Suhrkamp

Erste Auflage 1999
© Suhrkamp Verlag Frankfurt am Main 1999
Alle Rechte vorbehalten, insbesondere das der Übersetzung,
des öffentlichen Vortrags sowie der Übertragung
durch Rundfunk und Fernsehen, auch einzelner Teile.
Kein Teil des Werkes darf in irgendeiner Form
(durch Fotografie, Mikrofilm oder andere Verfahren)
ohne schriftliche Genehmigung des Verlages
reproduziert oder unter Verwendung elektronischer Systeme
verarbeitet, vervielfältigt oder verbreitet werden.
Satz: Libro, Kriftel
Druck: Graphische Betriebe Pustet GmbH, Regensburg
Printed in Germany

1 2 3 4 5 6 – 04 03 02 01 00 99

Silber und Salbader

1. TEIL

Die singenden Gleise im Limmattal

Eingangs –

a) das falsche Leben:
ist das Gegenteil vom richtigen Leben

b) die Lebenslust:
der Zusammenhang zwischen Seelenleben, Liebesleben und Lebenslust ist vom Warmwasserheiligen Ruscelus erstmals beschrieben worden, mittlerweile fachärztlich abgehandelt, zumal von Bäderärzten, deren Zahl wächst. Bei Beschädigungen des Seelenkleides, abfließender Libido und der daraus folgenden Gemütsverdunkelung wird als Therapie verordnet: Lustbaden, Lichtbaden, Lachbaden.

c) Lustbaden:
eine Bädergesellschaft aus Bologna, die von starkem Lawinengang über Winter im hinteren Dalatal eingeschlossen worden war, hatte, nachdem die spärlichen, in den ersten Badehütten eingelagerten Nahrungsmittel aufgebraucht waren, aus Verzweiflung den weichen Fels, an den heran gebaut worden war, abzulöffeln und zu essen begonnen, das körperwarme, grünliche Quellwasser, das durchs Gestein ins so entstehende Becken rann, getrunken, schließlich in Tagen größter Kälte ganz im Wasser gelebt und geschlafen – und das Wunder der unbefleckten Empfängnis erfahren. Alle Frauen, selbst die Mädchen, waren frühlings schwanger.
Die Kunde von den zeugenden Wassern, *Aquae Fecundae*, ereilte Sitten, dann Rom, und es war der damalige Papst selbst, der den Saumweg ins hintere Dalatal ausbauen ließ. Noch im elften Jahrhundert wurde anstelle der Hütten der erste Bädertempel errichtet, den kirchliche Würdenträger wiederholt aufgesucht haben.
Die heute noch betriebenen Anlagen des Lustbades sind mit

kruden Mosaiken ausgekleidet, laichende Kröten sieht man inmitten tanzender, gekrönter Frösche. Es ist päpstlich verbrieft, daß das Wasser heilsame Wirkung auf verknotete Geschlechtsorgane hat, sie ohne menschliche Einwirkung zu entschlingen vermag, worauf sich ein sittsames Liebesleben wieder entfaltet.

Die zeugenden Wasser werden im Volksmund einfach Geschlechtswasser genannt, und man ist der Überzeugung, daß ein Großteil der Bewohner des Rhonetales seinen Ursprung den Aquae Fecundae zu verdanken hat, ja daß durch die Vielzahl fremder Reisender, die das Lustbad besuchten, das hiesige Erbgut laufend aufgefrischt wurde.

d) die Lichtquelle:
bei Gemütsverdunkelung ist das Lichtbad Labsal.

Der Heilsuchende wird durch das Lustbad in die hintere Grotte geführt, wo Kräuter verbrannt und fein zerfächelt worden sind, entkleidet sich, und nimmt Tücher in Empfang, die er sich umschlägt.

Die abgespannte Seele legt sich auf die seidenen Kissen, atmet den Rauch ein und wird sogleich von süßestem Schlummer umflort, der ihr Bilder eines ungelebten Lebens von nie gesehener Leuchtkraft vorführt. Der Heilsuchende fällt bald in tiefen Schlaf, in den hinab ihn schwere Seufzer begleiten, und wird zwei Stunden schlafen gelassen.

Dann wird er von der Quellwärtin mit leiser Berührung an Stirn und Nasenwurzel geweckt, und er glaubt, sich in seiner Kindheit wiederzufinden. Die Quellwärtin, die ganz in weißes Tuch gehüllt ist, auch ihr Gesicht verhüllt hält, wird der Patient für seine Mutter halten.

Sie nimmt ihn bei der Hand und führt ihn durch dunkle Korridore und in ein geheimes Gangsystem hinab, das mehrfach unterschluchtet ist – in der Tiefe brodelnd bläulicher Sud, der durchschimmert ist von seltsamem Licht, dessen Quelle im Fels zu sein scheint.

Der Heilsuchende vertraut sich ganz seiner Führerin an, die

kein Wort redet, und allein die Fülle an wunderlichen Eindrücken, die Geräusche des glicksernden und glubschenden Wassers, die als Geflüster an sein Ohr gehen, erquicken seine Seele von neuem, sie spannt sich. Die an die Quellwärtin gerichteten kindlichen Fragen des Patienten – was ist das? was ist das? – bleiben unbeantwortet.

Der Heilsuchende besteigt den bereitgestellten Weidenkorb und wird durch vollständige Dunkelheit hochgezogen. Immer wieder fällt er, im Korb liegend, in den Schlummer zurück, so daß er, oben angekommen, sich nicht mehr erinnert, woher er gekommen ist.

Er wird an einer Brüstung mit Geländern aus zierlichen Balustern von einer Quellmagd in Empfang genommen, und entkleidet sich sogleich. Hinter einem Vorhang beginnt die Nacktzone. Zur Behandlung gehöre es, sich nackt zu zeigen, nackt vor sich selber zu sein, wird sie ihm erklären, während sie sich ihrer Tücher entledigt und einen Körper von nie gesehener Schönheit freigibt. Die Zartheit und Geschmeidigkeit ihrer Haut rührt von der täglichen Behandlung mit Olivenöl her, das aus dem südlichen Italien eingeführt wird. Die ersten Quellmägde entstammen, einem Gerücht zufolge, dem Süden Italiens, Apulien, Kalabrien und Sizilien, womöglich dem nördlichen Afrika.

e) der Lichtdom:
Schließlich wird dem Heilsuchenden das Tor zum Lichtdom geöffnet, und er betritt eine kirchenschiffgroße Höhle, deren Wände ganz aus Kristall sind. Vermittels einer Seilkonstruktion wird auf der Gemmi eine Klappe geöffnet, durch die ein dünner Lichtstrahl in den Kamin gelangt und die Kristalle durchpeitscht. Der ganze Dom scheint sich zu entzünden, die wunderlichsten Farben fächern sich auf, der Heilsuchende glaubt für einen Augenblick die innersten Zusammenhänge seiner Seele ergründen zu können, er wird von grenzenloser Heiterkeit erfaßt und muß wegge-

führt werden, bevor er in Gelächter ausbricht, das den Lichtdom erschüttern könnte. Goethe und Herder waren unter den ersten, die das Lichtbad nahmen – mit Goethen, der vor allem das Lustbad besucht habe (was er Schillern ausschweifend schilderte), soll im Dalatal auch die Deutsche Sprache eingeschleppt worden sein.

f) das Lichtkauen:
in den sieben Lawinen, die Ende des 16. Jahrhunderts das Dorf und die Badeanlagen zerstörten und viele Menschen unter sich begruben, wurden Lichtkiesel gefunden, mit deren Hilfe der damalige Bürgermeister, der als einziger alle sieben Lawinen überlebte, den Lichtdom orten konnte. Kristalle wurden aus dem Dom geschlagen, zermörsert, ausgesiebt und nächtelang gekaut. Das Kauen von Lichtkieseln war vor der Aufklärung eine verbreitete Heilmethode, auch gegen Zahnfäulnis und Sprachzerfall.

g) Lachbaden:
seit alters her praktiziertes Frühstück in perlendem Weißwein, wodurch der Schlaf als Halbschlaf durch den Vormittag gezogen wird, bevor sich eine gründliche Wachsamkeit und damit einhergehend eine Redseligkeit breitmacht, dabei zu beobachten das sich ausdehnende Glücksgefühl, das an den Beckenrändern aufklatscht. Nachmittags das heitere Gequassel aus allen Mündern, die ins Genick geworfenen Köpfe beim Lachen, die durchs Wasser ziehenden Lachwellen.

h) das richtige Leben
ist das Gegenteil vom falschen Leben

wird die Königsquelle von Baden neu gefaßt. Der Kältesee fließt aus. Die Heilhaube entsteht. Wissenswertes über Mündungssalz und Bodenzucker. Silber unterläßt es, Baßfallen zu stellen und erlebt eine Überraschung. Er wird heiß getauft.

Die Tiere

Eben bin ich geweckt worden, wachgerüttelt –
der Zimmerboden bebt, die Gestelle der beiden Betten knistern. Die Vorhänge, vom Licht der Laternen draußen an die Wände geworfen, scheinbar ins Weiß des Täfers gestickt, erzittern. Es ist ein gespenstisches Vibrato, das Wände in Vorhänge und Vorhänge in Wände verwandelt. Jetzt setzt drüber das Geriesel ein. Es ist der erwartete falsche Februarschnee, der jedes Jahr über dem Kurplatz von Baden aus dem dicksten Nebel fällt: frischgewachsene Flocken, hartgefrorene Schadstoffe, klimpernde Winzlinge, die aufs Dach des Bäderhotels *Rose* fallen, die Kopftonleiter spielen, von Ziegel zu Ziegel hüpfen, über Gauben und Walme, in die kupfernen Dachrinnen.
Kleingeld. Reiskörner, auf ein Vibraphon gestreut. Hochzeitszucker, auf ein frischgestimmtes Hackbrett gewürfelt. Wir liegen in einem Himmelbett.

Pina schläft.
Ich lasse sie weiterschlafen, treffe die letzten Vorbereitungen zur Quellfassung alleine, obwohl ich ihr versprochen habe, sie zu wecken, wenn es soweit wäre, löse meine laue Haut von ihrem nachtwarmen Körper. Ich bin es, der gewöhnlich über dem Spalt der zusammengeschobenen Betten schläft. Erhebe mich möglichst leise, ziehe den weißen

hauseigenen Bademantel über, schlüpfe in die Hausschuhe, die eigentlich dafür da wären, den Gast an die Wannenbäder zu führen, tappe ans Fenster, wobei der Holzboden verräterisch knarren möchte, und öffne das innere der beiden Fenster ganz, das obere Geviert des äußeren gevierteilten. Strecke die Hand ins Geriesel, um einige der kalten silbernen Körner abzufangen, die in meiner Hand sogleich zu Tröpfchen schmelzen. Der falsche Zauber dauert nur wenige Minuten, hebt alle Gesetze der Natur auf: Quecksilber, das seinen Gefrierpunkt bei fast minus 37 Grad Celsius hätte, schneit es mit Graupeln als Industrieschnee aus dem Nebelmeer.

Die Nebelbildung über dem Limmattal ist weltweit einzigartig. Schadstoffe aus dem ganzen Mittelland versammeln sich auf gut achthundert Metern im Dunst, fließen als zweite, sogenannte obere Limmat der Muschelkalkkammer von Baden zu. Dort wird sie getrichtert, von der Kälte gebunden und eingedickt. Der Kältesee findet seine tiefste Stelle altbekannt auf dem Kurplatz, vor unserem Fenster. Hier liegt die tiefste Vergangenheit, geronnene zäh fließende Zeit. Ich lasse das Fenster offen, damit die wunderlichen Geräusche der Ereignisse auf dem Grund des Kältesees Pinas Ohr erreichen, ihre Träume weiterzeichnen – sie wird von großen, langsam schwimmenden Säugern träumen. Tangbartbehangenen Galeeren. Küssenden Kraken.

Sachgerechte Fassung einer versiegten Quelle hat unter Einbezug sämtlicher zur Verfügung stehender Gifte zu geschehen, je schadstoffhaltiger die Mittel, über die der mögliche Quellwirt verfügt, um so günstiger die Aussicht, daß seine Fassung Gültigkeit erhält. Gesättigt mit Stoffwechselendprodukten, durchflittert von Strömen aus Kern- und Wasserkräften, in allen Sphären breit durchsendet, garantiert mir der Nebel im Limmattal Industrieschnee von höchstem Wirklichkeitsgehalt.

Ich schleiche aus dem Zimmer, dessen Türe, wie die meisten Zimmertüren unseres Hotels, unmittelbar auf die Galerie des Innenhofes führt. Welch ein Geprassel auf dem Glasdach des Atriums wenige Meter über mir, es tönt nun nach Hagel. Ein Lichtstreifen fällt durchs Glas und die vier Stockwerke hinab ins Vivarium, wo die Goldfische blinkend zappeln, als stünden sie unter Strom. Letzte Nacht sind Schwäne und Raben, die im Innenhof in den Ornamenten leben, durchs Glasdach ausgeschwärmt, zwischen Baden und Zürich hin- und hergeflogen, haben Schmutz in ihren Schnäbeln transportiert, den sie über dem Kurplatz fallen ließen, um den Nebel zu mästen.

Ein Staubkorn war es, ein Geräuschkörnchen womöglich, das die Kondensation im Nebel angeregt hat.

Ich eile die vier Stockwerke hinunter, nehme das Stemmeisen, das ich mir abends zuvor im Keller der Rose beschafft habe, zur Hand. Vom Keller aus gibt es Zugänge zu allen anderen Hotelkellern. Der ganze Kurplatz von Baden ist seit alters weitläufig untergraben, die verschiedenen Bäderhotels sind untereinander verbunden, Gewölbegänge laufen zu den einzelnen Quellstuben. Fundamente der Gasthäuser stehen auf älteren Fundamenten und so fort, diese auf früheren Gewölbegängen zu den ältesten, längst verschütteten Fassungen.

Bewehrt mit einem billigen Schirm, wage ich mich auf den Kurplatz, stehe auf dem Grund des Kältesees. Da liegen kleine Metallsprinkel, Späne, aber auch Eiskörner.

In der Kurplatzmitte steht anstelle des alten Jungbrunnens ein schöner Kreisel mit Kreiselbaum. Der hat seine Wurzeln tief in die Gurgel der Königsquelle verkrallt, nährt sich vom Restheil, trägt in unberechenbaren Zyklen fremde Früchte, sogar im tiefsten Winter – von Pfirsichen weiß man, von gelben Kirschen, von Lindenblüten, Buchennüssen und Kaisereicheln, die Edelsteinen gleichen. Jetzt ist er seit Weihnachten mit verschiedenfarbigen Leuchtbirnen behängt, trägt einfachen Schmuck: Katzengoldbatzen und Schokoladentaler. Neben dem Kreisel ist der sogenannte heiße Stein in den Asphalt eingelassen. Eine Granitplatte, deren Herkunft nicht nachverfolgt werden kann, ein Relikt aus der großen römischen Therme, im sechzehnten Jahrhundert fünfeckig zugehauen. Mit dem langen Stemmeisen und unter Aufbietung der ganzen Körperkraft gelingt es mir, die Platte armbreit zu heben, ich schiebe mit den Füßen zwei granitene Pflastersteine sichernd dazwischen.

Drunter ertaste ich die verschiedenen Fassungen.

Da ist zunächst der Quellenkranz aus den dreißiger Jahren des neunzehnten Jahrhunderts, trockengelegt während des Zweiten Weltkrieges. Sowohl Quellenstärke als auch Besucherzahlen gingen in Baden bereits Ende der zwanziger Jahre zurück. Der neueste Kranz besitzt Verteilerrinnen aus harzhaltigem Lärchenholz – Pedalen, die vom Quellenknecht auch mit den Füßen zu regulieren wären. Alteingesessener Aberglaube verhinderte, daß die Knechte das Innere der Brunnenstube je mit den Fingern berührten.

Ich drücke die Pedale der Rose ganz, schließe die Zulaufrinnen zu allen anderen Bäderhotels geflissentlich und im Bewußtsein, damit das älteste geschriebene Gesetz zu verletzen: Manipulationen in der Brunnenstube sind in Baden seit der römischen Besetzung unter Todesstrafe verboten. Prozeßlos ersäuft wurde, wer es wagte, den Stein zu heben, die peinlich genau bemessenen Verteilmengen zu verändern, oder das Wasser quer anzubohren, da hierdurch das Gesamtgeäder verletzt werden könnte.

Geschichten von mißglückten Nachfassungen sind schweizweit bekannt. Durch Sprengungen wurden Brunnenstuben unwiederbringlich zerstört, ganze Kurgebiete trockengelegt. Gierige Gräber haben manchen Unterlauf falsch gezapft, Sicherungen irrtümlich verlegt. In jüngster

Vergangenheit waren es vor allem die schweren Maschinen, mit denen Quellen nachgefaßt werden sollten, die die umliegenden Biotope beschädigten, sensible innere Gleichgewichte verletzten. Man weiß von Kurorten, an denen das Wasser an jenem Festtag plötzlich ausblieb, als Bäder, Hotels, Straßen und Weinkeller eingeweiht werden sollten, die Honoratioren ihre Amtsbäuche bereits in die eigens gefertigten weiten Bäderröcke gepackt hatten.

Tote Quellen lieben Silber

Unter den Pedalen greife ich endlich auf die steintrockenen Lippen des eigentlichen Quellmundes. Ich streiche ihn frei vom Staub. Nicht, daß er nach meinen Fingern geschnappt hätte, wie in älteren Berichten oft beschrieben, worin man von abgebissenen Fingern der Knechte liest. Damals war es wohl eher die zufallende Platte, die den äußersten Extremitäten wiederholt Verletzungen zufügte. Dennoch habe ich meine Hand schnell zurückgezogen, der Quelle dann wie vorgeschrieben eine Silbermünze verfüttert, auch zusammengescharrtes Schwermetall. Mehrere Giftzähne, die ich im hintersten Raschtal ziehen konnte. Und meine Maultrommel.

Ich horche nach. Höre große Leere, Höhlenwinde, die Fließgeräusche des Kältesees, der nun seine Mündung findet. Schlürfgeräusche wie in der Badewanne bei gezogenem Stöpsel.

Ich könnte nun behaupten, den falschen Februarschnee in den Quellmund dirigiert zu haben, denn eine einzige falsche Flocke muß es gewesen sein, die weit hinab trudelte, sich auflöste, die Gurgel benetzte, weitertroff, auf Grund kam, wo sie eine gesättigte Lösung vorfand, wilde Dämpfe aufreizte, die schlagartig entwichen: Fürze von Dickhäutern.

Plötzlich pfeifen gelbe Gase heraus, die, als ich nur kleine Teile davon einatme, schnelldrehenden Schwindel verursachen. Mit einem Stechen in der Schläfe lege ich mich neben Pina halbschlafen, vier Stockwerke über dem Kurplatz im Dachzimmer, bei offenem Fenster trotz Februarkälte und in großer Aufruhr. Die nächsten Stunden durch ist anschwellendes Gewummer zu hören, das durch die Fundamente läuft, wieder Geheul von Meeressäugern, tief ziehend.

Wirt liebt Wärtin

Pina schläft unberührt.
Ich vergrabe mich ganz in ihre dicken schwarzen, bläulich glänzenden Haare, rieche mich satt. Wir haben uns abends ordnungsgemäß quellnah geküßt. Nur die echte und gemachte Liebe ködert die Gesundkraft. Küsse, Streicheleien, eine Hand, die durchs Haar fließt, eine Wange auf dem kalten Hals und die üppigen Kußgeräusche sind es, von denen die Quellentiere angelockt werden. Den Kandis, der den Liebenden aus den Ohren wächst, knabbern sie gerne auf, das Kußsalz schlecken sie uns aus den Mündern. Es enthält wertvolle Minerale.

Pina teilt meine Hingabe für die Heilkunst beiläufig, übt Zurückhaltung, meldet Zweifel an, die ich leidenschaftlich zerstreue. Verweise auf unsere gemeinsamen Erfahrungen im Heilbereich, die wir in den letzten Monaten im *Quellenhof* im hintersten Raschtal sammeln konnten. Für Pina bleibt das Bäderwesen Erwerb. Ihr berufsmäßiger Ernst gilt ganz der Bratsche, sie spielt die reinsten Obertöne, fidelt mich hörig. Die Naturtonreihe spielt in der Heilkunst eine zentrale Rolle. Naturgesetze sind laut Pina von Grund auf zu studieren.
Mit meiner Praxis geht das Studium einher.

Ich werde keine Mittel an Pina erproben.
Bin mein eigener Patient.

Sie beklagt meine Abwesenheiten, wünscht sich ihren Wirt
gegenwärtiger; geistesgegenwärtig. Versuche meine Absen-
zen auf jene Zeiten zu legen, in denen Pina schläft, und
meine Anwesenheit auf unsere gemeinsamen Stunden. Ich
habe versprochen, nicht mehr in ihrer Gegenwart Maultrommel zu spielen, da sie meine Gedanken aufscheucht.
Habe bis gestern heimlich gespielt, heute mir ein Brumm-
eisenverbot erlassen. Pina, die ihr Streichinstrument seit
frühster Kindheit kennt, hält meinen Umgang mit Ober-
tönen für fahrlässig.

Pina ist Teilzeitquellwärtin, ich bin der berufene Wirt. Der
steht in der Quellenordnung unter der Wärtin. Sie ist es, die
den Sprudel fließend hält, den Quellton wartet. Er blüht
periodisch auf. Sie hört genauestens hin, was ihr die Quelle
rät und vorschreibt, erwartet vom Wirt, daß er es umsetzt,
Umgebungsarbeit leistet, den Abwart macht. Die Wirte waren zur Quelle ohnehin nie zugelassen, kannten sich in der
Pflege nicht aus, hatten vordergründig die Gäste zu betreu-
en, Ansprechpartner, umtriebig zu sein. Oft waren sie nur
angeheiratet. So erbte im hinteren Raschtal immer die Wärtin alle Immobilien. Auch die Quellenkammern und die
davon abgeleiteten Rechte wurden an die Frauen überschrieben, sogar die Kinder der Quellwärtinnen wurden
auf ihren Namen getauft. Der Wirt erhält lebenslängliches
Gastrecht, darf bis ans Lebensende weiterwirten, ist aber
Pensionär und nicht Besitzer. Eigentlich ein Parasit.

Das neue Königsquellrecht von Baden geht, auch wenn ich
der rechtmäßige Erbe der Rose bin, später an Pina Vaser,
geboren und aufgewachsen am Bahnhof Tiefenbrunnen im
Zürcher Seefeld.
Sie hat sich eingemietet, damit unsere Aktivitäten kein Auf-

sehen erregen. Unsere Liebesbeziehung bleibt ein Geheimnis. Selber wohne ich neben ihr in meinem früheren Kinderzimmer, das später Studierzimmer meines Großvaters wurde.

Nachts schlafe ich bei ihr. Da ich keinesfalls als Quellwirt enden möchte, das Wirteleben eingehend studiert habe, bin ich der Heilkunst zugetan, die es mir ermöglicht, auch in quellnäheren Bereichen tätig zu werden, im Dämmerungsbereich zwischen Gastung und Quelle.

Die Heilhaube

Ich erwache zweitens hustend.

Jetzt regnet es streng und fädig. Gase gelangen ins Zimmer. Ich schließe das Fenster schnell. Obwohl es weiterhin großflockig und systematisch industriell schneit über Baden, über der letzten Klus des Juras, den gebrochenen, schräg gelagerten, tief eingerissenen Platten des Muschelkalks, durch die sich die Limmat gefressen hat und weiterfrißt, erreicht kein Schnee mehr die Dächer des Bäderviertels. Er zerrinselt im heißen Qualm, trifft regnerisch auf. Die giftigen Erstgase haben über dem Bäderviertel eine dünne halb durchlässige Heilhaut geformt, an der die Schadstoffe abperlen. Der Regen hat den Kurplatz freigewaschen, von Schwermetallen sieht man nichts mehr. Die jüngste Gegenwart regt sich, schält sich aus dem Qualm, balgt mit vielen Vergangenheiten. Der Nebel, der noch an den Hängen klebt, saugt kleines Leben aus dem Muschelkalk, lagert dieses an der Heilhaut ab, wodurch sie dicker und dicker wird, sachte zur Glocke gerinnen kann.

Nicht nur das Dachwasser der vier Bäderhotels fließt in den kopfsteingepflasterten Rinnen oberflächlich dem Mittelschacht zu, auch die flüssigen Schadstoffe, die an der

Heilhaube herunterlaufen, sammeln sich auf dem Kurplatz wieder, schäumen geräuschreich.

Die Quellenkunde unterscheidet peinlich zwischen echter und falscher Mündung. Der einfach gerillte Gußeisenschacht, obzwar in der Kurplatzmitte eingezogen und also in unmittelbarer Nähe zur Königsquelle, ist keine Mündung, sondern ein profanes Abflußloch, der Kanalisation zuzurechnen. Es ist darauf achtzugeben, daß sich die jungen Niederschlagswasser nie mit den alten Quellwassern vermischen.

Ich traue mir nun zu, den Sprudel selbständig zu fassen. Als ich mit dem Lift ins Untergeschoß der Rose fahre, fällt einiges Quietschen ab, das emsig widerhallt und von den Sittichen, die im Atrium freilebend gehalten werden, zwitschernd quittiert wird.

Im Keller gibt es in den vorderen Gewölben den sogenannten Ruhebereich mit geplätteltem Boden, braun gebeizten Wänden, weißen Sesseln und einem Glastisch mit abonnierten Heilzeitschriften. Sitzend blickt man auf eine Schauwanne mit Topfpflanzen. Ein gedrechselter heller Zapfen, Mundholz genannt, steckt tief im Schauquellmund. Das Lichtbißchen, das aus dem Innenhof durch zwei Fenster in den Ruhebereich herüberfließt, wird in den mundgeblasenen Scheiben getrübt. Tiefes, nicht wirklich hörbares Wummern oder Dröhnen läßt die Mauern wieder erzittern.

Ich ziehe eine beschlagene Glastüre auf, an deren Innenseite das Wasser in Bächen herunterläuft. Da schlägt mir die Baßluft entgegen, satte, schwefelschwangere heiße Dämpfe, jetzt riecht es nach Tierschweiß, geschwollenen Drüsen, nach Eiern von Moschusenten, nach Krankheit und nach Gesundheit. Ich laufe durch den Gewölbegang, von dem zu beiden Seiten die Treppen zu den Wannenbädern hinabführen, die im Halbdunkel liegen. Man sieht nicht auf Grund. Die Zellen sind in den siebziger Jahren neu ausgekachelt

21

worden, zweckmäßige Zierungen auf Hüfthöhe – schematisierte Seepferde und Fischkinder – zeugen davon. Fern höre ich Tröpfeln aus lecken Rohren, Wasser, das auf nasse Kacheln tripfelt. In einer leeren Doppelwanne zu meiner linken liegt ein oranger Schlauch mit seiberndem Schlauchende. Daran eine gelbe Spur.

Der Gang zu den hintersten Zellen ist verstellt mit rostigen Liegestühlen und alten Massagetischen. Die Holztüren dahinter hängen schief in den Fassungen, einige sind von innen her vernagelt. Ich entdecke durch eine offene Türe im Fahldunkel ein halbvolles, stehengelassenes Wannenbad mit offensichtlich verstopfter Mündung. Auf der Wasseroberfläche schwimmt eine Folie, die einer Eisschicht gleicht, selbstredend eine Heilkruste ist. Die letzte Holztüre ächzt, als ich sie aufschiebe, Rost greift auf Rost in den Angeln. Mir bläst eine andere Luft entgegen, die wieder Gegenwart anzeigt. Ich sehe einen kleinen Vorsprung, auf dem ein weißer Plastikstuhl steht. Er dient als Kleiderablage. Links davon eine Treppe, die zur leeren Wanne hinabführt, drüber, im Spitz des Halbgewölbes, ein kleines, kaum zweikopfgroßes, wiederum sehr trübes Fenster, durch das molkiges Licht rinnt. In einem Bedienstetenfenster der gegenüberliegenden Hauswand muß eben eine Nachttischlampe angeknipst worden sein.

Im Zellinneren gehen, wie gesagt, eigene Winde. Die Innenseite der Holztüre ist wild verwittert. Die herunterlaufende Feuchtigkeit hat das Holz weiß gebahnt, den Rost aus den Beschlägen gesogen, in Bächen abgeführt. Urweltliche Zeichnungen glaube ich drin zu erkennen, fliehende Tiere, Kratzspuren von Krallen, Reste von Horn, das am Holz gerieben hat. In den Ritzen Kalkniesel, um die Astaugen Sandbrösel, Mineral, das von den gestauten Winden zerleckt worden ist. Unterarmlange geschmiedete Beschläge fassen die aus zwei Brettern gefertigte Türe. Auch die Nägel sind handgeschmiedet, mit spitzen, zu kleinen Pyramiden gehauenen Köpfen. Das Eisen zeigt die rostwunden Bläschen eines alten Siedeherds. Davon weglaufend: Aderbäche.

Ich verriegle also die Türe, indem ich den Holzstab ins ausgesparte Mauerstück drehe. Dabei bröckelt weißer Brei aus der Scharte, Mörtel. Beim Abstreifen meines Bademantels berühre ich mit dem nackten Arm die Wand, werde eingeweißt. Unter den Füßen spüre ich die Kraft in sich drehender Wassermassen, die wie Schiffsmotoren malmen. Die Bodenkacheln sind aufgerauht. Ich betaste erst die Mündung mit beiden Händen: eine etwa ohrgroße Öffnung, in die Kacheln eingelassen. Darunter ist, wie erwartet, mächtiger Durst. Der zugehörige Stöpsel liegt in Hüfthöhe auf einem Bördchen, ist aus hartem Gummi – mit seiner zerfressenen Oberfläche, abgeätzt von der Gesundkraft des Wassers, gleicht er einem verfaulten Perlpilz. Braune Flecken, graue Schuppen. Ich halte ihn in meinen Händen, wärme ihn kurz, bevor ich ihn mündungsgerecht eindrehe, so, daß kein Tropfen des ersten Wassers entweichen wird.

Jetzt stelle ich mich auf den Satz, prüfe die Bleibsel, den Bodenzucker, das Mündungssalz wie jeder Quellenschmecker, indem ich mich hinbücke, die Zunge drauf lege. Es ist das richtige Salz.
Spüre, wie es in die Kehle rinnt, nehme vom mündungsferneren Zucker nur mit der Zungenspitze, spucke ihn wieder aus. Strenggenommen wird dem Wirt, falls er überhaupt Zulaß genießt, nur der Bodenzucker überlassen, während die Wärtin das Mündungssalz hütet. Sie liest daraus die gegenwärtige Heilkraft des Wassers, Temperaturen, Badedauer. Ich nasche nochmals und verboten viel vom Salz, reibe auch meinen jungen Bart daran, schmiere mir die Lippen ein.

Kniend untersuche ich das Mundholz, das in Brusthöhe herausragt. Ihm ist ein Ohrdreher aus marmoriertem Kunststoff eingelassen worden, um einen dünneren Strahl zu erhalten. Das Wasser hat sich des Kunststoffs längst bemächtigt, innerlich Kiesel getrieben, das Röhrchen ausgekrustet, vorne liegen Körner, die als Faden herabhängen. Ich breche ihn weg, zerreibe ihn. Der Ohrdreher läßt sich nicht mehr bewegen, was ich nicht austesten kann, denn wie ich den Pfropfen nur berühre, höre ich das Beben dahinter –

Verschiedene Bärte und der Baß des Lebens

Zuvor untersuche ich den Bart:
Die Quellbärte wurden in früheren Schriften einfach Schwefelbärte geheißen, bezeichnen das unter dem Mund herabwachsende Geschmeide. Es benötigt mindestens eine unterarmlange Fließlänge zur vollen Entfaltung. Der Quellbart dieser Zelle ist schön in die Breite gewachsen, offensichtlich nie weggewaschen worden. Er zeigt kleine purpurne Rosetten, die an türkisen Fäden hängen. In der Mitte aber ein handbreites schwarzes Band.
Der originale Alpenbart, der jährlich Ende Oktober im hinteren Raschtal bei einer großen internationalen Bartzeiget prämiert wird, läßt sich auf frühe Quellenkulte zurückführen. Unterschieden wird in Wildbart, Stutzbart, Hangbart und Brausebart. Als formschönste Art gilt nach wie vor der seltene Quellbart, der ein Siegerbart ist, nur so bezeichnet werden darf, wenn sich Schwung, Welle, Wuchs natürlich zum Bart fügen, ohne daß ein Messer korrigierend angelegt werden müßte. Wenige Exemplare zeigen gar Farbstreifen in den Fäden, beliebt sind weiße Strähnen in Schwarz und fuchsrote Schecken in Grau. Einige Wärtinnen heiraten ihre Männer gerade wegen ihrer Bartflächen, schlafen gerne auf

Wolle. Die Bartzeiget im Tierfehd war früher ein berüchtig-
ter Heiratsmarkt. Der Träger des Siegerbartes hatte auch
seine Erzählkünste vorzuführen, keinen Bart zu reden, sondern frei zu phantasieren, wobei die Juroren die rhythmische Gliederung, Betonung und Wortwahl beurteilten.
Wenigen Siegern gelang es, den Redefluß nach erfolgter
Prämierung zu stoppen, oft artete das Fest in wüste Be-
schimpfungen aus, kaum einer pflegte seinen Siegerbart
nach der Prämierung weiter, Kunstschmuck und Plastik-
blumen hingen noch Jahre später drin, viele Wärtinnen
wandten sich später von ihren bärtigen Männern ab, da
allzu unwirtlich.

Obwohl ich ahne, daß ich etwas Grundsätzliches unterlas-
sen habe, berühre ich das vibrierende Mundholz meines
erstgefaßten Sprudels, ziehe es auf gut Glück –
Der Wasserarm, der aus der Wand kommt, ist zur Faust
geballt, schlägt mir auf die Brust, schmettert mich an die
Zellwand, wo ich kurz Kühlung erfahre. Das über 47grä-
dige Wasser ist für den hitzigsten Quellenschmecker zu
heiß. Es formt eine Hand, die streicht mir vorerst taufend
über, benetzt Scheitel und Füße. Ich atme die entweichen-
den Dämpfe. Im Spiel der verebbenden ersten Wellenrücken
wird das molkige Licht verfalzt, der Schwindel gepackt, im
Wasser weitergedreht, immer schneller.
Ein bedrohliches Untertongeschehen habe ich um meine
Beine. Erst fließen Schwärme von Aalquappen aus, die
Treuschen genannt werden und auf dem Grund des Walensees heimisch, folglich kaltwasserliebend sind. Sie verenden
sogleich. Anstelle der ironisch silbernden kommen plumpe
und bissige Tiere: Barsche und Karpfen, Muränen, gesot-
tener Laich und alte Eier, Baßbombe um Bombe platzt samt
mitgeschleppter Brut, weitere Baßtiere schlüpfen, prüfen
Herz und Nieren, dunkeln mir den Körper aus, löschen den
Stirnton – das Sirren – gründlich. Das sogenannte Feuer in
den Augen, entflammte Äderchen, wird nicht etwa ge-

löscht, wie ich es erwartet hätte, sondern weiter ausge-
spreizt. Ich erhalte eine Nesselbrille aufgesetzt.

Überraschung

Ich habe tatsächlich eine dunkle Ader gezapft, hätte die
schwarzen Fäden des Quellbartes deuten sollen. Anstelle
des Labs, der weichen Salben, der braven Laugen kommt
heiße Schmiere, schwarzes Nervengewebe, schließlich falscher Zwirn, der mich groß umgarnt: lauter Fäden aus
vergangenen Zeiten, da die ganze Ostschweiz eine einzige
Textilfabrik war. Bilder des Raschtales habe ich vor Augen,
Drehgeschwindigkeiten aus vergangenen Jahrhunderten
sind im Wasser der Unterrasch gespeichert: der Drall des
handversponnenen Hanfes, des Flachses, die Beschleuni-
gung am Handspinnrad beim Spinnen der Baumwolle, die
Drehgeschwindigkeiten der mechanisch gesponnenen Garne, das unbeschreibliche Drehmoment beim Verspinnen der
künstlichen Garne, die maschinell versponnen wurden,
schließlich der Höchstdrall der gegenläufig verzwirnten
Kräuselgarne, denen ein unendlicher und elastischer neuer
Faden entsprang, der sämtliche Drehgeschwindigkeiten po-
tenzierte – alle Drehmomente hat das Wasser der Unterrasch gespeichert.
Es speist die Quellen von Baden.

Keine Landschaft der Ostschweiz hat eine textile Vergangenheit, die mit jener des Raschtals vergleichbar wäre, alles
wirkt dort heftiger, ungeschützter, ungezügelter, aber auch
verschatteter und abgründiger als an anderen Orten. Kein
Landstrich hat sich Neuem so lange versperrt, sich dann
schneller geöffnet. Nirgends sind Leute schneller aufgestiegen und wieder zugrunde gegangen als im Tal der Rasch.

Pina hat meine Verzweiflung bis ins Dachzimmer hinauf gehört. Die Sittiche haben Alarm gesungen. Sie ist zu mir herunter geeilt, hat den Stöpsel gezogen, die Wasser singend mit Handgriffen und Zärtlichkeiten besänftigt. Ich sehe sie dem Quellmund entwachsen. Beschuppt, mit Kiemen. Ihre dunklen, ja schwarzen, klaren Augen. Sie richtet mich auf. Bis zum Hals stehendes heißes Flüssigheil erschwert die Atmung.

Beckentiefes Stehen im Wasser hingegen regt die Tiefenatmung an.

Ich höre tröstende Fiebergesänge meiner Großmutter mütterlicherseits, die im hintersten Raschtal Quellwärtin gewesen war. Elma Selb entschlüpft ungefragt der Wand, zieht ihre Mutter an der Schwanzflosse mit, alle älteren Urgroßmütter mütterlicherseits tauchen auf.

Der danach aufblühende Quellton wird nicht durch ausströmende Luft hervorgerufen, sondern durch die schiere Fließkraft. Jetzt entstehen die fürs Heilwasser typischen tönenden Quirle, sich vom Grundton abzirkelnde untere Quinten, die meinen Schwindel günstig einbinden.

Die Müdigkeit, die sich in mir hocharbeitet, ist teils Entspannung, teils Ohnmacht. Endlich schleppe ich mich in den Ruhebereich, liege dampfend in einem Sessel, wo ich lange vor mich hin dämmere. Die inneren Organe arbeiten weiter. Der Pulspunkt wandert, meldet sich in den Nieren, im Becken, im Hals.

Ich hätte das Heilwasser auskühlen lassen sollen, bis sich an der Oberfläche eine dünne Schicht bildet, die der Patient einreißt. Vor allem habe ich vergessen, die Baßfallen zu stellen. Im hintersten Raschtal wohnte ich über einem Tanzraum, hatte notwendigerweise Baßfallen zu stellen gelernt. Bauchgroße Holzgehäuse wurden beidseitig die Wände entlang gezogen, mit Isolierwatte gefüllt, behelfsmäßig mit anderen weichen Materialien, dann mit schwarzem Stoff überzogen. Die Fallen schluckten die übersteuerten Bässe, ertappten schlechte Musik. Im baßmehrenden Gewölbekeller der Rose wäre eine andere Installation angebracht gewesen: kleine Auffangbecken für die Untertöne hätten gereicht, so hätte ich das heiße Erstwasser, dem ich mich nackt ausgesetzt habe, abführen können.

Bis zum Lift sind es zehn Schritte. Im Großvaterzimmer ist ein seltenes Möbelstück, nicht Stuhl und nicht Couch, nicht Stubenhund, nicht Divan. Mit Rücklehne und über die Ohren wachsenden Kopfstützen. Mein Großvater nannte dieses Möbel *Bäderhund*. Darauf liegen Bücher. Ich räume sie weg, lege mich hin, um das eben Geschehene zu vergegenwärtigen.

DAS ZWEITE KAPITEL

worin Merkel seinen königlich-kaiserlichen Kaffee serviert.
Pina spielt Bratsche. Kurzer Ausflug in die Welt des
Brummeisens. Kriegerische Völker besetzen den Kurplatz.
Merkels Ganzkörperkuß mit der letzten Kaiserin. Von
Würfeln und muschelkalkliebenden Trüffeln.

Die Wasserkunst

Merkel klopft an meine Zimmertür.
Er ist ein Frühaufsteher, heute aufgewühlt. Er war bereits in
der Stadt, um frisches Brot für allfällige Hotelgäste zu holen, berichtet von seltsamen Witterungsverhältnissen. Hier
unten im Bäderbezirk Regen und Qualm, während oben in
der Stadt die Schneeflocken still aufsetzen. Merkel trägt
seinen Regenschuh mit schlechtem Profil, eine Gummihaut,
die er seinen riesigen Halbschuhen überzieht, wodurch sie
noch größer scheinen. Ein tückischer Schneeflaum liegt laut
Merkel sogar auf der Promenade.
Er leidet unter starker Sehschwäche, wagt sich aus den ver-
trauten Zusammenhängen nicht mehr heraus. Die Limmat
entlang frühmorgens im Dunkeln, zur Holzbrücke und zur
Bäckerei, wo ihm erst das Geräusch des ziehenden Wassers,
dann der Duft frisch gebackenen Brotes den Weg weist. Er
bewegt sich gemessen mit seinen langen Gliedern, mit einer
Langsamkeit, wie alle Lebewesen auf dem Grund des Kältesees.

»Wünschen der Herr einen großen Schwarzen?«
Der alte Merkel steht in ganzer Länge vor mir. Er ist größer
als ich, war als junger Mann ein Riese – ein dienender
Riese. Er trägt zwangsläufig maßgeschneiderte Anzüge,
gerne schöne Krawatten und im Service ein karminrotes

Gillet. Die Hornbrille sitzt meist zu tief auf der schmalen Nase, vergrößert die grünen Augen. Sein Gegenüber, das zu ihm aufschaut, sieht zwei Süßwasserseen.

Merkel hat einen länglichen Kopf, kantige, speckarme Wangen und immer die sauberste Rasur. Er rasiert seinen silbrigen Bart zwei Mal täglich naß, scheitelt seine weißen Haare quer. Er hat schmale, pflichtgehärtete Lippen, die hörend geschlossen bleiben, gespannt, aber reglos, während die Augen wandern, wodurch auch das Augenweiß vergrößert wird. Seine schmalen Lippen sind es, die fragen, gut nachfragen können.

Ich werde blind hofiert.

Habe hinlänglich versucht, ihn davon abzubringen, mich zu siezen, er aber beharrt darauf, verweist auf tiefere Zusammenhänge, die *Genealogie*. Also lasse ich mir seinen Trunk ohne Widerrede aufs Zimmer bringen, frühmorgens im Becken und mit Brotmocken. Seinem Kaffee widersetzt man sich nicht, er kommt aus seiner großen italienischen Maschine – Marke Venezia – aus der Jahrhundertwende, die er jeden Tag poliert: ein Messingapparat, mit Dampfdruck betrieben, drauf sitzt ein engelähnlicher Adler. Sie steht im ersten Stock auf einer eigens dafür gebauten Theke, die er zusammen mit meinem Großvater vor Jahren entworfen hat. Die beiden waren alte Freunde.

Da Merkel die innere Zimmertüre beim Rausgehen offenläßt, sehe ich auf der Innenseite der Außentür die perfekte Baßfalle, die Merkel mit meinem Großvater entworfen hat. Sie ist karminrot ausgepolstert wie ein fettes Möbelstück. Messingrunde Polsternägel, im Milimeterabstand eingeschlagen, fassen englischen Zierstoff, bestickt mit indischen Mustern, spitz zulaufendem Blattwerk, in der Mitte tailliert. Die beiden so entstehenden Polsterbäuche sind versinnbildlichte Baßbäuche. Daran hätte ich mir ein Beispiel nehmen können. Es herrscht nämlich bei geschlossenen Türen absolute Stille im Zimmer.

Merkel ist Vorbild – verkleinert sich und seine Ansprüche. Er redet nur von Sachen, die er genau kennt. Von ihm lerne ich, was Untertreibung wäre. Sie ist heilsam bei Schwindelgefährdeten, Lust- und Etikettenschwindlern. Untertreiber haben einen geordneten Untertonhaushalt in ihrer Stimme, sind also ironiefähig. Die Übertreibungssucht fördert fettes Reden, steift sich leicht ins Behaupterische. Schwindelanfälligkeit wird mit Untertreibung behandelt. Verkleinerungssucht jedoch mit Schwindel.

Die Kaffeemaschine ist Merkels Privatbesitz und darf nur von ihm bedient werden. Der daraus gewonnene Kaffee ist der Betriebsstoff für sein serviles Bewußtsein, vor allem aber Remedur für Bädergäste, denen er eigenmächtig Kaffee für und gegen alles verschreibt, seinen Kaffee wohlmerklich, der mit normalem Kaffee nicht zu vergleichen ist. Merkel verschreibt Kaffee zur Entgiftung und zur Stärkung, mit im Angebot hat er Gesundheitskaffee, gemischt aus gemahlenen Eicheln, Roggen, Zichorien, Gerste und getrockneten Feigen, wahlweise versetzt mit arabischem oder afrikanischem Kaffee, den er in italienischer Röstung in großen Säcken liefern läßt. Er lebt das Bäderhotel als Kaffeehaus. Nachmittags unterhält er seine übers Limmattal hinaus bekannte Kaffeestube im Innenhof, die einen Großteil der Einnahmen des Hauses einspielt. Älteren Damen gefällt es, im Plüsch zu sitzen, verteilt auf allen Galerien an den gedeckten Tischen, Kuchen und hauseigenes Gebäck aus erlesenem Geschirr zu essen. Gerade die süßen türkischen Kipfel, die von Merkels Schwester im Hause nach königlichkaiserlicher Rezeptur gebacken werden, sind im Schwange. Sie duften herzhaft; vereint mit dem Duft heißen Kaffees verdrängen sie zeitweise den Schwefelgeruch.

Der Innenhof der Rose ist reicher ausgestaltet als jedes europäische Opernhaus. Seltene Schmetterlinge flattern herum, eine Kolibrifamilie, die mein Großvater mütterlicherseits eingeführt hatte, wird freilebend gehalten. Das Weibchen, das Großvater *Flickflauderi* nannte, entzückt die Gäste, indem es in der Luft stehend Konfekt aus den Mundwinkeln zieht. Merkel benutzt für jede Tasse, die er in einem höheren Stockwerk serviert, effektsicher den alten Lift, da so die Sittiche aufleben.

Er ist ganz Seele, füttert die Kanarienvögel, Papageien, den Beo, pflegt die automatisierten Wasserspiele – ein Leitungsgeäder, das die Eisengeländer der Balustraden entlangläuft, im Geranke der vielen Pflanzen gut versteckt ist und Wasser in alle Töpfe führt. Eine mannsgroße, volle Spritzkanne wird mit dem Lift in den obersten Stock befördert, automatisch in einen Trichter gekippt. Das Wasser gießt nicht nur Pflanzenwurzeln, sondern besprenkelt mit Brausen die Farne, läuft zimperlich über Wasserräder, die winzige Glockenspiele antreiben, etwa jenes mit dem Männchen, das Wasser in die Näpfe der Sittiche spritzt, zuletzt in den steinernen Trog unten ins Vivarium, das genau über der Hausquelle steht, wo mit dem Restwasser eine kleine Sprinkelanlage betrieben wird. Riesige Seerosen, nach denen das Bäderhotel benannt ist, sind der Stolz von Merkels Schwester Mara. Zweimal täglich findet das Gießen statt, frühmorgens und nachmittags, wenn die Gäste da sind, denn sie lieben die feinen Fließgeräusche, die im Innenhof säuberlich vervielfacht werden.

Tee duldet Merkel nicht im Innenhof, außer er stellt ihn selber her aus getrocknetem Nesselfarn. »Tausend Jahre alt«, erklärt er, wenn er seinen Heilsud serviert: »Inklusive Mineralien, Naturkraft, Wirkstoffe.«

Die Mauersegler sind leider ausgeflogen.

Meinem Großvater war es geglückt, im Dachstock Mauersegler anzusiedeln, die ganzjährig blieben. Ende April bis Anfang August flogen sie über dem Bäderviertel zum allgemeinen Wohlgefallen ihre Kreise. Überwintern konnten sie im Atrium.

Wie wurde Badens Sprudel entdeckt?

Die Quellsage ist strapaziert worden, ich filtere heraus:
Die Kelten brannten ihre Dörfer nieder, weil sie nach Westen weiterwandern wollten. Ein keltischer Krieger oder
Hirt, der seiner lahmen Geliebten wegen zurückgeblieben
war, folgte einer verirrten Ziege, die die Klauenfäule und
den Schorf hatte, fand sie im dampfenden Wasser in einer
Felsspalte wieder. Die welke Rose, die er in Andenken an
seine lahme Geliebte ins Wasser legte, blühte augenblick-
lich wieder auf. Tage später waren sowohl Schorf als auch
Fäulnis weg. Der Hirt brachte seine gelähmte Geliebte, die
Helvetia hieß, ans Wasser. Schnell erquickte sie, lief wieder
und gebar keltische Kinder. Den wenigen Quellenkelten
wurde Baden Zentrum des geistigen Lebens, der Musik,
ihrer Kulte. Hirt und Helvetia wurden immer jünger, zogen
sich in die Kalkhöhlen zurück.
Nachdem die Helvetier von den Römern bei Bibracte auf-
gerieben oder in ihre eingeäscherten Dörfer zurückgetrie-
ben und in den römischen Volkskörper einverleibt worden
waren, speiste der *Kaiserborn* die Becken und Wannen des
römischen Badetempels von *Aquae Helveticae*. Er war das
größte römische Gebäude nördlich der Alpen, Zentrum aller Machenschaften und wurde mit Juramarmor ausgekleidet.
Die barbarischen Alemannen zerstörten die Tempel und
den Quellstock. Baden war danach nur Schafsbad.

Die Herkunft des Badener Heilwassers war lange Zeit ungeklärt. Im neunzehnten Jahrhundert kristallisierten sich
verschiedene Erklärungsmodelle heraus, die aber in Widerstreit standen. Eine Herkunft aus dem hintersten Glarnerland wurde einer möglichen Herkunft aus dem Schwarz-
waldgebiet oder dem westlichen Jura gegenübergestellt.
Erst das gründliche Studium der Raschquelle bringt mir die
gültige Erklärung: Das Badener Wasser ist in den Kalkmas-

siven des hinteren Raschtals versickert, hat den wasserführenden breit ausgewaschenen Muschelkalk durchflossen,
ist aufs wasserundurchlässige Kristallin hinunter gelangt,
worauf es nach Westen geführt worden ist. Dieser unterir-
dische Fluß, der weit unter dem Molassetrog alle Flußun-
terläufe einsammelt, wird *Unterrasch* genannt. Im ange-
schnittenen Kalkband des Limmatknies von Baden tritt das
tiefenerwärmte Wasser hervor. Die Raschquelle ist somit
die Quellmutter aller Thermen.

Walzer

Pina übt morgendlich im Zimmer nebenan auf ihrer Brat-
sche.
Das Frühstück nimmt sie unauffällig im Innenhof ein,
streicht sich Brötchen für den Mittag. Wer übt, ißt wenig.
Abends Salate.
Sie spielt erst nach Noten, dann frei. Ich möchte ein Kur-
orchester für Streicherinnen aufbauen, das in der Rose
Konzerte spielt. Während Pina übt, bin ich in den Büchern.
Sie spielt beiläufig mit den Wasserbässen im Fundament,
die bis in unsere Dachkammer hinauf pulsieren.
Pina liebt ihre Bratsche. Ich weiß, daß ihr Instrument ein
Teil der Liebeskraft beansprucht. Versuche selber, wie ein
Streichinstrument zu sein. Pina muß sich an den Bart ge-
wöhnen, er kratzt, verführt nicht eben zum Küssen, das uns
aber Pflicht ist. Je länger die Barthaare sind, desto weicher
fühlen sie sich an.
Die hinteren Wannenbäder bleiben bis auf weiteres geschlossen.
Wir gestalten den inneren Quellbezirk um, lassen erstens
den Sprudel offen zirkulieren, um den Quellton milde zu
stimmen. Er hat sich schnell eingepegelt, taucht alle dreizehn Minuten auf, für drei Minuten.

Das Maultrommelspiel habe ich also aufgegeben, trage mich aber mit dem Gedanken, eine Grammatik für Maultrommler zu verfassen, eine Silbenlehre, die auch rhythmische Figuren aufnimmt, ins weite Feld der Metrik. Das alles hat außerhalb von Pinas Wirkungskreis zu geschehen und aus der Erinnerung, denn mein letztes Schweifeisen habe ich eben der Königsquelle verfüttert.

Titel für meine Abhandlung wäre: *Grundton und Ableitung. Zungenschlaginstrumente und ihre phantasietreibende Kraft. Meine körpereigene Musik.*

Das Maultrommelspiel zieht Trennlinien zwischen Pina und mir; wenn ich vor ihr spiele, wird unsere Beziehung schwierig. Dann wendet sich alles gegen mich. Ich sehe Pinas Rücken. Den unerreichbaren Hals. Eigentlich hätte ich geglaubt, präzise Obertonreihen zu spielen, ihr Perlenketten umzuhängen. Pina findet mein Spiel jedoch unsauber, es zersägelt ihr geschultes Gehör. Offenbar höre ich es innerlich nicht so, wie es sich äußerlich ereignet. Pina ist überzeugt, daß mich die Maultrommel zu weit wegträgt. Sie möchte mich zur Einfalt zurückführen.

Das Schweifeisen ist ein potentes Phantasticum. Richtig gespielt, setzt es Bilder frei, beflügelt alles ins Leichte, führt Schwerverdauliches, nicht Ausgegorenes dem Magen zu, regt also großräumig die Verdauung an, denn die Obertonfolgen gleichen den Geräuschen zersetzender Magensäfte. Pina ist überzeugt, daß mein Stirnsirren nur durchs Baden getilgt werden kann, durch Baßtaufen jeglicher Art, und daß die schrillen Höhen meines Brummeisens alles nur verstärken. Wir reden meistens über Musik. Das heißt, Pina redet, wenn sie nicht spielt, und ich höre ihr zu.

Im hintersten Raschtal spielten wir noch im Januar vor Kurgästen Streichmusik und internationale Unterhaltungsmusik; ich saß anfänglich begleitend am Klavier. Das Kurklavier – ein Bentley – und die Bratsche beschnupperten einander spielend. Als es verliebt gespielt war, begann ich den Brummbaß zu bearbeiten, der neben dem Klavier stand. Wir spielten in wechselnden Besetzungen. Brummbaß und Bratsche vernarrten sich gültig ineinander. Der alte Vaser, Pinas Onkel, spielte erste Geige, seine Frau sang.

Vor dem Mittag zupft Pina zur Entspannung einen Walzer. Merkel, der es im Innenhof hört, ohne die Klangquelle orten zu können, beginnt, beschwingt mitzuwippen. Sittiche paaren sich mit Schmetterlingen.
Ich esse mittags meistens in der Küche, zusammen mit den anderen Angestellten, die mich als Lehrkraft dulden. Ich helfe aus, wo ich kann, gewinne Einblick. Merkels Schwester Mara ist unsere Köchin, ihre Freundin Oma die Frau für alles, bettet, putzt, ordnet, hilft im Service aus. Zwei ihrer Freundinnen sind die Etagenfrauen.

Zum Zeitvertreib für Badende, denen längere Kur verschrieben werden muß – in den Morgen hinausgeträllert –, ein Liedchen, das in den Gewölben widerhallen möge:

Der Wirtewalzer

Wer nichts wird, wird Wirt, wird nichts,
wird wird nichts, Wirt wird nichts
Wer nichts wird, wird Wirt wird nichts
wird Wirt, wird nichts.
(Will ihm dieses nicht gelingen
versucht er es in Quellendingen.)

Wir werden uns berufsbezogen lieben lernen, die frische Verliebtheit in eine Liebesbeziehung umwandeln. Verliebtheit ist geschenkt, quellnahe Liebe lernbar. Kosenamen entstehen, wenn man Kopf an Kopf schläft. Pina nennt mich neuerdings *mein kleiner Gegenwart*, während ich sie *meine Baßärztin* nenne. Sie nennt mich *Silberzunge, Salbaderchen* oder *Wörterwirt*, ich sie *meine Blume, meine Musik*. Andere Kosewörter, die sie aus den Träumen zieht, sind *mein Brunnenhold, mein Streichorchester*. Ich nenne sie *Lippengold, Wimpertier*, sie nennt mich *Morchelgott* und *Bratschenbogen*.

Pina leidet unter dem zweifelhaften Ruf, der einer Quellwärtin vorauseilt. Die Herren spüren in der schwülfeuchten Luft die Säfte fließen, geraten in Wallung; es wächst ihnen Fell, das kunstvoll abgezogen und gegerbt werden muß. Dann hilft nur das Kaltwasserbecken.
Quellwärtinnen werden für Mägde gehalten.
Die Reiberinnen, wie die Quellmägde früher genannt wurden, waren nicht unmittelbar am Quellton tätig, sondern in den noch warmen äußeren Bezirken. Sie rieben die Körper gegen Bezahlung mit Leintüchern ab, woraus sich vielschichtige Geschäftsbeziehungen ableiten ließen. Im Quellenhof war Pina wiederholt Zutraulichkeiten männlicher Gäste ausgesetzt, oft waren es Freunde ihres Onkels, der es gerne sah, wenn seine Kunden Wohlsein bekundeten. Pina verschrieb nebst Kaltwasserbädern nicht selten Hanteltraining, spannte die laschen oder allzu angespannten Männerkörper im Wellnessbereich in die Kraftmaschinen ein, wo sie Schweiß zu treiben hatten.

Der schlechte Ruf, der einem Salbader vorauseilt oder nachhängt, hat mit der Verkommenheit vieler alter Badanstalten zu tun. Stadtbäder, deren Wasser nicht silbern sprudelten, waren Seuchenherde, übertrugen Haut- und Geschlechtskrankheiten. Nicht nur menschliche Überflüssigkeiten und geschröpftes Blut verschmutzten das Wasser, oft war es aus Flüssen genommen, gefärbt von Schlachtabfällen, ausgewaschenen Tierdärmen, Ledergerbe, Urin.

Der Einflußbereich eines Salbaders ist nicht klar umgrenzt.
Soll er Haare waschen, rasieren mit langer, geschliffener Klinge?
Soll er nur gut zureden, gelegentlich schmeicheln?
Giftzähne ziehen, wie ich es im hintersten Raschtal tat?
Salbader sind tüchtig im Mithören, Weitertragen, eigentliche Vermittlungskünstler, wirken katalytisch.
Ein Salz- und ein Laugenbad sind in Planung.
Das Regenbad, das im hinteren Raschtal beliebt wurde, ist leider nicht zu kopieren, da die Niederschläge hier in Baden nicht mit der benötigten Stärke und Reinheit auftreffen. Sie waschen Geräusche aus den Wolken.

Ich bin nur ein halber Wirt.
Zu schroff, oft stimmlos. Sollte Worte wählen.
Wortwahl bedingt Vorarbeit, Aufforstung von Wortstämmen. Wortwurzelpflege, Atem und Zirkulation.
Gäste schätzen es, wenn der Wirt geschnitzte Wahrheiten ausspricht, die sich niemand zu sagen traut. Daraus ergeben sich Abhängigkeitsverhältnisse.
Der Gast wird in seiner Scham gemolken.
Wirte sterben jung. Rauchen und trinken viel, sterben an Herzverfettung, hohem Cholesterinspiegel, hohem Blutdruck. Mitwissertum und die starke Beobachtungsgabe ziehen in Mitleidenschaft.

Zita

Merkel salbadert.
Auch ich werde mir ein salbungsvolleres Reden angewöhnen, weitschweifender ausholen, schönere Wendungen formen, die in der Heilkunst bedeutsam sind. Das Schönreden ist eine wichtige Remedur. Es produziert Atem.
Merkel ist geborener Zuhörer, aber immer im Stehen.

»Möchten der Herr eine Tasse Kaffee?« will heißen: »Erzählen Sie!«
Erzählen ist für ihn Gesundung, Ausholen bedeutet Besserung.

Merkel ist der zwischenzeitliche Wirt der Rose. Er wirkt an der Front, empfängt, repräsentiert. Ich bewege mich hinter ihm, zwischen Quelle und den Büchern, nehme ihm aber einiges an Umgebungsarbeit ab, die ihm zu schaffen macht. Grenze mich ab, indem ich mich zurückziehe ins eigene Gemach, ins Wasser, selber bade, wenn Gäste da sind, was Merkel nie tun würde. Mir wächst ein Vollbart, den er zu deuten weiß.

Merkels Hände verrücken alles, was er anrührt, in die Vergangenheit. Wenn er mit dem Federnbausch Staub wedelt etwa.
Nicht die Nellenburger, nicht die Lenzburger oder die Kyburger, die nacheinander in Baden herrschten, werden als Schöpfer des Königsbads genannt, sondern der Große Karl. Auf seinen Befehl wurden die Quellen heimlich neu gefaßt, Reste römischer Ruinen ummauert, das Königsbad mit Türmchen und Zinnen und Glockenspiel errichtet, das im Volksmund *Karlsbad* hieß, denn er alleine war es, der es aufsuchen durfte, mit seinen Gespielinnen, mit einheimischen Mädchen, und die Legende des heißen oder jüngelnden Steins geht nicht zuletzt auf Karl den Großen zurück, der sein Lager wechselweise im ganzen Reich aufschlug, um die Töchter der Landschaften zu begatten. Karl bevölkerte sein künftiges Reich eigenmächtig, zeugte groß gewachsene, aufrecht gehende Söhne und viele Töchter mit schönen Zähnen in den verschiedensten Gebieten, kehrte jährlich nach Baden zurück. Wenn wir festhalten können, daß alle Europäer in irgendeiner Weise von Karl dem Großen abstammen, weil er sich großflächig verstäubt hatte, sich zum Gründervater Europas aufschwang, so müssen wir anfü-

gen, daß die Mutter Europas die Königsquelle zu Baden ist, die vom Unterraschwasser gespeist wird.

Merkel bringt mir nachmittags, wenn das Haus voller Damen ist, der Innenhof erfüllt vom Gemunkel, ein Porzellankännchen aufs Zimmer, schenkt ein, in ein Täßchen aus der Kaiserzeit, hört zu, wie ich trinke, wartet. »Ist der Herr in den Büchern?«, fragt er dann. Er ahnt von meinem großangelegten Heilvorhaben. Ich gebe vor, die Bücher zu prüfen, mich einzulesen in den Heilbetrieb, werde aber immer wieder abgelenkt von losen Blättern, Schriften, die ich zu ordnen habe, das raubt mir mehr Zeit, als mir lieb ist: Bücherstapel auf dem Tisch, Zettellandschaften, nicht einmal das Bett meines Großvaters ist freigeblieben.

»Schön, daß Sie wieder da sind«, sagt Merkel, während er mir eine zweite Tasse Kaffee einschenkt.

»Wo waren Sie eigentlich seit der Beerdigung Ihres Herrn Großvaters selig?«

Er möchte nichts über die Alemannen und die alemannischen Eidgenossen hören. Sie waren es, die den Quellstock mehrfach zerstörten. »Eine österreichische Schweiz, das wäre besser als die deutsche Schweiz, glauben Sie mir«, sagt Merkel aus innerster Überzeugung.

Baden kam im dreizehnten Jahrhundert in Besitz der Habsburger.

Merkel ist Vorarlberger, spricht erlerntes Kaiserwienerisch vermengt mit einem erlernten Limmattalisch, des zürcherisch-aargauischen Mischdialekts, der eigentlich die habsburgische Ursprache wäre, denn die Habsburger entstammen dem schmalen Kalkgrat zwischen Reuss und Limmatmündung, wo die ursprüngliche Habsburg auch steht. Merkels Sprachgemisch kommt der alten Kaisersprache wohl am nächsten.

Seine Geheimkammer ist das Habsburgerinnenkabinett im ersten Stock. Dort verwahrt er Gegenstände aus seiner früheren Bedienstetenzeit. Als Bursche hatte er bei der letzten Kaiserin gedient, im Schweizerischen Rheintal mit ihr im Exil gelebt. Viele der betagten Gäste lassen es sich nicht entgehen, von Merkel in den Kult der Habsburgerinnenverehrung eingeweiht zu werden. Früher unternahm er zu Fuß Ausflüge über die Ruine des Schlosses Stein, ins Reusstal zur Habsburg. Er verehrt jedoch nur die weiblichen Nachfahren, die angeheirateten Frauen und Töchter des Hauses, die zwölf Kaiserinnen, verachtet aber die herrischen Männer mit ihren hängenden triebhaften Unterlippen, ihren lächerlichen drüberwachsenden Herrscherschnäuzen.

Merkel beteuert, die Königsquelle bei den Besuchen von Kaiserin Zita das letzte Mal in vergleichbarer Kraft erlebt zu haben. Ich aber werte diese Aussage als Beweis für die geheime Liebe zwischen der exilierten Kaiserin und ihrem jüngeren Leibbediensteten. Ich möchte von Merkel wissen, weshalb die Kaiserin die kleine Rose dem luxuriösen *Grand Hotel* vorgezogen habe. Darauf antwortet er, seine Majestät habe Ruhe und Zurückgezogenheit genauso zu schätzen gewußt wie den Pomp angemessener Repräsentation mit den zugehörigen Pflichten.

Küssen, das war vor der freien Liebe etwas anderes als heute, geschah auf gepuderter Kaiserinnenhaut, durchsetzte verschiedene Schichten erlesenen Stoffs, bevor der erforderte Ganzkörperkuß geschehen konnte, der den Quellentieren gefiel. Merkel schweigt, hört nicht, was ich denke.

Zu Zeiten der habsburgischen Herrschaft blieb die Königsquelle ungenutzt, behaupte ich – die ganze Heilkraft floß wieder der Limmat zu, was nun Merkel lautstark bestreitet: dem Volk war die Quelle versperrt, den Habsburgerinnen aber, die Nachwuchs zu gebären hatten, war der jüngelnde Brunnen bekannt, genannt Habsburgerinnenthron.

Letztlich der Stammsitz einer Sippe, die ein Weltreich erheiratete, das sich über Spanien bis Südamerika ausdehnen sollte, laut Merkel das einzige Kaiserreich, das sich durch Heiratspolitik und nicht durch Kriegshändel vergrößerte.

Woher bezogen die Habsburgerinnen ihre völkerverbindende Geschlechtskraft?

Der jüngelnde Stein war ausgehöhlt, gab inwendig einem Quellenknecht Platz. Wohlig im Wasser liegend, zeugten die Knechte, sobald eine Dame ihre Wasserröcke lüpfte, Kaiser. Wurden, solange sie im Wasser lagen, der Natur zugerechnet. Der Stein, eine ausgeschliffene Muschelkalkplatte von dreifacher Gesäßbreite, breit ausgehockt, backengleich gewölbt und in der Mitte genabt, ist in seiner Restmasse in Merkels Kaiserinnenkabinett zu besichtigen. Er war schmaler und schmaler geworden, denn jeder Kontakt noch so feinsinnigen Sitzhäutchens hatte Kalk weggeputzt, in den Hautfalten, in Backen. In der Mitte des jüngelnden Steins war der Quellmund mit wulstigem Lippenrand, dort drängte die Heilkraft stoßweise, formte glubschend neue Wasserwölbungen, aus denen geysirähnliche Gebilde stiegen, die besonders heilbringend waren. Nach ihrem Takt wurde, da regelmäßig, die erste Reichszeit genommen.
»Wie ein Bidet?« frage ich Merkel, der dazu nichts sagen möchte.
»Eher wohl wie ein Klosomat«, antworte ich selber.

Merkel ist angewidert von den männlichen Habsburgern. Sie litten an Hämorrhoiden, weshalb sie sich selber oft auf den Stein höckten. Sie glaubten, dabei auch ihre Fruchtbarkeit zu erhöhen, wußten offenbar nicht, daß bei hoher Temperatur die Samen in den Nebenhoden absterben. Populär geworden sind die Hodenbäder in den achtziger Jahren dieses Jahrhunderts unter Männern in der Hausbesetzerszene verschiedener europäischer Städte, da man unfruchtbar sein wollte aus Prinzip, um dem System keinen Nachwuchs zu liefern.

Trüffel

Wir bewahren im Haus römische Mosaiksteine aus dem römischen Bädertempel auf. Zudem einige der legendären Knochenwürfel, die seit dem sechzehnten Jahrhundert an verschiedenen Orten in Baden in großer Zahl gefunden wurden. Man hielt sie für Knochengewächse, die trüffelähnlich vom Fels ausgebrütet würden, Felsäpfel, Zahlenpilze, mit denen das römische Schicksal gewürfelt worden sein könnte. Mit Hunden und Schweinen wurde die Umgebung eifrig abgesucht, wobei sich Hunde im schroffen Kalk besser eigneten als die schlechter laufenden Borstentiere.

Das Geheimnis um diese Trüffel hat viele Erdkundler nach Baden geführt. Wahrscheinlich ist, daß schlaue Salbader jener Zeit die Knochenwürfel selber schnitzten, geschickt ausstreuten, Zweifel und Geheimnis säten, um im Gerede zu bleiben. Seit aber im hintersten Raschtal, am anderen Ende des Molassetrogs, im Schrattenkalk wiederholt Würfeltrüffel aufgetaucht sind, muß der unter der Molasse durchlaufende Muschelkalk als trüffeltreibende Schicht in Betracht gezogen werden.

Nachmittags leisten Pina und ich Umgebungsarbeit, verlassen die Rose getrennt, erforschen den näheren Quellbezirk. Die Bäderpromenade ist ein einzigartiger erdkundlicher Lehrpfad.

Alles Wissenwerte ist an der Limmat zwischen Kurplatz und Holzbrücke versammelt: Angefangen auf dem Kurplatz selber, wo man den quinteckigen heißen Stein bewundert, der aus gelbem Granit ist. Granit ist in diesen Gefilden importiert, in dieser Größe aufwendig herangeschifft worden, erhält dadurch Hoheit. Eine Reihe solcher Platten verrät den Verlauf älterer Rinnen. Nur die Randsteine der Straßen sind sonst aus meist grauschwarzem oder grünlichem Granit, selbstredend auch der äußerste Kranz des zentralen Kreisels.

Wir befinden uns im Herzen des Muschelkalkparadieses. Dieser Tatsache trägt der Neubau der öffentlichen Bäder aus den siebziger Jahren Rechnung: Es ist ein strikter Betonbau, ganz quadrisch gehalten, mit schartenähnlichen Einlassungen als Fenster, die ihm etwas Wehrhaftes verleihen. Zwischen dem Neubau und dem alten *Verenahof* blickt man über die Limmat direkt in die steilen südständigen Rebhänge der Badener Klus. Der Wein wächst auf den Rücken der aufstoßenden Kalkschichten, genießt optimale Sonneneinstrahlung.

Von meinem Großvater väterlicherseits stammen Untersuchungen über Bäderorte und deren Architektur. Er glaubte behaupten zu können, daß die wirksamen Mineralstoffe aufs Bewußtsein der dort lebenden Menschen einwirken und sich in der Architektur der Häuser, Hotels und Heilstätten ausgeformt haben. Er nennt hier die sich ebenmäßig über Hügel ziehende englische Stadt Bath als Beispiel, erklärt sie zur Geschwisterstadt Badens. Für Baden nennt er Schwefel und Alaun als zentrale Wirkstoffe, was im letzten Jahrhundert eine schwere, fließende Bauweise hauptsächlich in Sandstein zur Folge hatte. Die Hochkonjunktur der sechziger und frühen siebziger Jahre, die im ganzen Limmattal einzigartige, teils bereits wieder brachgefallene Monumente, Straßen, Brücken und Anlagen aus Beton hinterließ, findet ihren Kristallisationskern sinnigerweise im Sichtbetonbau des öffentlichen Bades zu Baden. Die Bördchen der Mauern dieses Gebäudes sind allerdings aus Grobbeton; der ähnelt der Nagelfluh täuschend: Bollensteine wurden mit einbetoniert, tauchen an der Oberfläche auf, sie wird dadurch noppig – lebendig.
Zweifelsfrei wird mit diesem Grobbeton ein Schichtwechsel reflektiert, der erdkundlich bedeutsam ist: Baden liegt am Nordrand des mittelländischen Molassetroges, der von den voralpinen Kalkmassiven im Süden und den Muschelkalkplatten des Juras unterfangen wird.

Zwischen leerstehenden Hotelpalästen führt die Promenade an die Limmat, wird zum Pfad, der mit gelbem Jurakalkschotter gekiest ist. Münzkleine, teils scharfkantige Stücke geben den Schuhen günstigen Halt.

Schon erreichen wir den Rand der Heilhaube mit der zurückgedrängten Vergangenheit. Pina, die sich nicht für Erdkunde interessiert, solcherlei zur Männersache erklärt, schenkt ihr Interesse ganz der Haube. Diese windet sich bereits zum Schneckenhaus, steht weit über den Dächern im Nebel. Außerhalb der Heilhaube ist nackte Vergangenheit. Durchs offene Fenster war sie vorgestern noch ins Dachzimmer gelangt, über die Bettdecke gekrochen, in die Atemwege hinab, hatte alles einbalsamiert, Schlafende mumifiziert.

Unter reichem altem Baumbestand – eingegraut jetzt – führt der erdkundliche Lehrpfad weiter, Mauern und Flußverbauung der Promenade sind ebenfalls grob betoniert, durch die Wassernähe teils schön erodiert und bemoost, von echter Nagelfluh nicht zu unterscheiden. Der Grobbeton an der Ufermauer der Promenade fließt organisch in die Fundamente der altstehenden Fluß- und Lagerhäuser über, unterfaßt reiche, bereits in Kalk geschlagene Gewölbekeller und Säle.

Schließlich das *Landvogteischloß* ennet der Holzbrücke; es steht stolz und unverrückt seit Jahrhunderten auf Kalk. Die steil steigenden Platten der Lägern erinnern an die Kalkberge im hintersten Raschtal.

worin die beiden Tongeschlechter mit den Gesteinen ver-
mählt werden. Karsten Trepp spielt auf seinem Steinweg.
Erdkundliche Exkurse über Molasse zur Moltonmaschine.
Die Gleisharfe fußt im Innenhof der Rose. Sphärische Mu-
sik. Grassierende Quellbewölkung. Märzenglocken stoßen.

Dur und Moll

Ich habe mein Klavier aus Zürich herbringen, in den Ruheraum stellen lassen, die beiden Zügelmänner, die mit
Gurten und einem Rollgestell arbeiteten, im Innenhof verköstigt. Ihr Staunen über das Atrium klang weit. Merkel
zeigt sich interessiert, sein Bruder war königlich-kaiserli-
cher Klavierstimmer. Das Klavier hat sich gut gehalten, ist
kaum verstimmt, obwohl ich seit dem letzten Sommer nicht
mehr darauf gespielt habe. Meine eigenen Spielideen sind
irgendwo eingekammert. Üben darf ich nur, wenn niemand
die Bäder oder den Ruhebereich beansprucht. Die wenigen
Dämpfe, die in den Ruhebereich herüberschwappen, werden mein vertrocknetes Instrument befeuchten, das Holz
tränken, behende einschwefeln. Ich warte auf den Türkis-
ton. Im Keller herrschen konstante Temperaturen, selbst im
Winter muß nicht geheizt werden, die Feuchtigkeit bleibt
hoch, dies würde jedem Instrument zu schaffen machen,
nicht aber meiner japanischen Imitation, die ein nachge-
bautes deutsches Klavier ist und allgemein unter Austrocknung leidet. Es stand zu lange verwaist im Übungsraum, in
der Halle einer einstmaligen Maschinenfabrik bei der
Hardbrücke in Zürich.

Ich erzähle von Karsten Trepp. Mit ihm begann ich 1990 in
Zürich Erdkunde zu studieren. Ich kannte ihn von meiner

Zeit am voralpinen Gymnasium in Ras. Zusammen gründeten wir eine Wohngemeinschaft. Karstens Vater war mein Lehrer für Erdkunde am Gymnasium gewesen, seine Mutter hatte mich am Klavier unterrichtet.

Als Karsten und ich in Zürich Erdkunde studierten, stellten wir seinen Steinweg und meine japanische Imitation ins selbe Zimmer Rücken an Rücken und vertrieben uns vierhändig die Zeit. Der Steinweg warf Massive auf, in die hinein sich Karsten vertiefte. Meine japanische Imitation hatte eine verbesserte Mechanik, die ein leichtfertigeres Spiel ermöglichte, das ausschweifen ließ, bis man erkannte, daß man nur im Halbtrockenen dümpelte. Die Töne meiner japanischen Imitation waren Ballone, die ich straußweise entließ. Karstens Steinweg baute den wuchtigeren Klangkörper, in dem jeder Ton, und war er noch so fein gesetzt, zu einem Tropfen wurde, einen Tonbauch und einen spitz zulaufenden Hals erhielt. In den Bässen war Lehm, der sich mit den Fingern zu Töpfen und Gewölben formen ließ. Mein Klavier stach Torf in immerselben Mocken. Der Steinweg barg Wein in Eichenfässern, dickblütiger Burgunder lagerte neben Bordeaux, bevor in den Mittellagen Erze auftauchten, die verhüttet, umgegossen, zu Glück geschmiedet werden konnten, wenn man herzstark spielte, zu Kerkern wurden, ins Unglück hinabzogen, wenn man nachlässig wurde.
Mein Klavier malte Signalrot, beschlug Aluminium und andere vorgefertigte Leichtmetalle, hatte in den hohen Lagen billiges Glas, Murmeln oder Scheiben, die man verscherbeln und zerkichern konnte, ohne Schaden anzurichten, während Karstens Steinweg Platin, echte Perlen und in der Höhe winzige Kristalle zeigte, die mit äußerster Sorgfalt zu betasten waren. Wenn er das Pedal drückte, fauchten seine Saiten auf. Sie wollten verschmeichelt werden, schmiegten sich dem Spielenden an, atmeten mit.
Karsten gab Unsummen aus, um seinen Steinweg gestimmt

zu halten, er kaufte Lufttrocknungsanlagen und Luftbefeuchtungsanlagen, Temperaturmeßgeräte, ließ stimmen und nachstimmen, temperieren, schob sein Instrument in andere Positionen, neue Gleichgewichte. Der Steinweg war mollastig, die Saiten schienen immer wieder zu verkleben, bildeten Gesellschaften, und ein Sirren, das Kopfweh verursachte, hockte sich auf jeden Ton. Mein Klavier brauchte nie gestimmt zu werden, reagierte auf Temperaturunterschiede wenig, blieb beständig, glitt eher ins Durhafte hinüber, wurde zuckriger, härter, während seines sich aufweichte, absenkte, geräumiger wurde, Nachhall erhielt.

Wenn Karsten telefonierte, spielte er auf seinem Steinweg. Klar gegriffene Durakkorde öffneten sein Sendungsbewußtsein. Mit der rechten Hand griff er zum Hörer, steckte ihn zwischen Schulter und Ohr, mit der linken blieb er in den Bässen. Die Telefonnummern seiner Freunde, an die er sich spielend erinnerte, fielen wie Niesel aus der richtigen Klangfarbe. Er wählte sie mit dem Zeigefinger seiner lauffreudigeren rechten, während er seine schwere linke Hand ganz auffächerte, so die gewonnenen Munterkeiten faßte. Wenn sich in der Hörmuschel eine Stimme meldete, war Karsten zehnfingrig gespreizt gesprächsbereit. Er spielte Flächen, die seine Stimme trugen, ich nannte sie Karstfelder, weil ich wußte, daß sie versickerte in den Rissen, daß er sich ausschweigen müßte, bevor er zuhören konnte. Wenn er große Terzen spielte, schwang sich seine Stimme im Glockenton über jedes Gegenreden hinweg, lud sich auf, dann brannten ihm die Finger durch, die immer spielen konnten, was er gerade beschrieb, durch Landschaften galoppierten, in denen die Kompositionen alter Meister ausgelegt waren, die er streifte, überflog, abdeckte, bis er nur noch »Bach ... Flußmeister ... Seedorfer« seufzte und wieder aufhängte.
Sein Steinweg bot seinen Fingern wenig Widerstand. Er goß jeden noch so flüchtig hingezausten Ton in einen Kelch.

Öfter war er in einer Durstarre, wenn ich ihn später am Hörer hatte, spielte straff und überzeugend, entlockte sich Brusttöne, redete Zwingendes, steifte sich ins Behauptende, das ich nur unterfragen konnte, wenn ich ihm beipflichtete, »Ja... Ja... Ja« sagte, wann immer es möglich war, »Ja« sagte, Dur impfte, wodurch er sich in höchste Überheblichkeiten hinaufpflanzte, als wären an langen Stielen knappgepackte Knospen, die wieder Zweifel freisetzten. Dann erst fand er ins Feingliedrige, wo er eigentlich heimisch gewesen wäre, spielte Blüte, schickte Honig. Er schenkte Aufmerksamkeit, indem er das Gehörte aufgriff, hier Flügel ansetzte, dort Federn zog. Ich glaubte, blühende Magerwiesen zu sehen, die Saiten wurden Halme, auf die sich die Schmetterlinge setzten.

Karstens Steinweg war tückischer als meine japanische Imitation. Er hatte ihn von seinem Großvater geerbt, der ein berühmter Erdkundler gewesen war, am Ende eines vielgestaltigen Lebens von sich behaupten konnte, jedes Gestein dieser Erde berührt, beschrieben oder bestiegen zu haben. Von ihm stammt die Lehre von den Klängen in den Gesteinen, die jeden Einzelstein als Ton oder Klangereignis behandelt und zur verbreiteten Lehrmeinung geworden ist. Manche seiner Sätze, an denen wir Studenten zu kauen hatten, sind körnig geblieben, andere stehen wie gemeißelt: »Nichts bildet unser Bewußtsein gestaltähnlicher ab als die Schweizer Molasse, nicht der zerklüftete Kalk mit seinen unermeßlichen Höhlensystemen und nicht das kristalline Urgebirge, das ins Erdinnere hinabreicht.« Wegweisend war eine Schrift aus den dreißiger Jahren, die einfach »Dur und Moll« heißt, in der er als erster die beiden Tongeschlechter mit den Gesteinen vermählt, Dur, das härtere Geschlecht den hell schimmernden Kalkmassiven zuordnet, die von Winden und Niederschlägen zu mächtigen Tempeln ausgeschliffen wurden, die Wasser innerlich abführen. Moll, das weichere Geschlecht, weist er der Molasse zu, die nur aus Ablagerungen besteht, die leichter abgetragen werden, das Wasser halten können, da Lehmschichten zwischengelagert sind. Niederschläge werden den Molasseflüssen zugeführt, die schnell anschwellen können.

»Molasse enthält alle Gesteinssorten, im Geröll ist die ganze Weltzeit eingelagert.« Solche Sätze schrieb Karstens Großvater in den dreißiger Jahren, bevor er sich ganz dem Kristallin zuwandte, dem Becken der Welt, in dem er Monotonie ortete: die geschlechtslose oder vorgeschlechtliche Tonart, den Einton.

»Alles wird umgeschmolzen, wenn es dem Erdmittelpunkt zugeschoben wird, wo es ein Feuer gibt, das ich mit den Leidenschaften vergleiche, die in einem Menschen hochkochen können. Abgelagertes wird verheizt, wenn nur die Leidenschaften entfacht werden, und fügt sich neu, das Unerwartete bricht hervor.« Die Schriften über Granit und Vergneisung sind Fragment geblieben und enden auf den Satz: »Im Inneren der erkalteten Granitmassen können Kristallgebilde vermutet werden, in denen das Welträtsel konserviert ist wie das Insekt in Bernstein.«

Da Karstens Befinden ganz von der Stimmung seines Instrumentes abhing, verwendete er immer mehr Zeit auf das Stimmen und Umstimmen, öffnete die Verschalungen beider Klaviere, um Vergleiche anzustellen. Er entdeckte, daß die Backen der Hämmerchen seines Steinwegs nicht filzern, sondern aus einer Art Molton waren, dem *Urmolton*, wie er ihn nannte. Auch der Lappen, der, an einer gußeisernen Querstange befestigt, die Saiten abdeckte, per Pedal von den Saiten gelöst werden konnte, war aus selbigem Material. Der Urmolton hatte im Laufe der Jahrzehnte stark gelitten, war ausgetrocknet und verfasert, traf nicht mehr in der gewünschten Gestalt auf, wodurch die Töne gespleißt, verunreinigt wurden. Höhere Luftfeuchtigkeit, Befeuchtung halfen da wenig, und tiefere Nachforschungen

förderten zutage, was in Karsten neue Phantasien freisetzte:
Der Urmolton war ein Nebenprodukt der einstmals blü-
henden Textilindustrie in den Molassetälern der voralpinen
Ostschweiz, die nicht verwertbaren Fasern in der Baum-
wollspinnerei und der Buntweberei waren gesammelt, gepreßt und billig versetzt worden, fanden als Unterlagen für
die ersten mechanischen Maschinen und die schweren Klaviere der Großindustriellen Verwendung, dienten, körper-
groß zugeschnitten, den ersten Turnern als Matten.
Der junge Steinweg, der wie jeder Klavierbauer sieben
Wander- und Gesellenjahre zu durchlaufen hatte, in natur-
gemäß vorwärtsstrebender Richtung, muß bei einer Repa-
ratur in Ras, als er ein beschädigtes Hämmerchen ersetzte,
unter dem schweren Klavierfuß gepreßte Moltonbäckchen
vorgefunden haben, die er mangels anderer Materialen auf-
nagelte. Beim Stimmen fiel ihm auf, daß das reparierte
Hämmerchen einen Ton erzeugte, der ins Glimmen kam,
wundersam innerlich leuchtete.
Steinweg mußte in Ras bleiben. Das Raschtal hat in süd-
licher Richtung keinen Ausgang. Und Umkehren war nicht
erlaubt.
Er blieb in Ras, wo er sich ein Bauernhaus mit Webkeller
erstand, dort baute er einige Klaviere unter Verwendung
seines Urmoltons, bevor er, kaum dreißigjährig, verstarb,
nicht ohne allerdings eine Leuchtspur zu hinterlassen:
Steinweg hatte bei seinen Stimmbesuchen mehrere Töchter
aus guten Häusern verliebt gemacht. Karstens Großvater,
so die Vermutung, ist ein unehelich gezeugtes Kind Steinwegs.

Merkel behauptet, daß die Klaviere Bechstein hießen und
nicht Pechstein, wie ich es ihm einreden will. Er weiß, daß
die härteren, helleren, perkussiven Klaviere neuerer Mach-
art sind. Alle älteren, die er noch im Ohr hat, waren laut
Merkel kaiserlich-weich gestimmt gewesen.

Meine groben Torfbässe hallen in den Gewölben wider. Die Männerstimmen werden bei bestimmten Frequenzen verstärkt, nehmen den ganzen Raum ein.

Die Moltonherstellung wurde im auslaufenden neunzehnten Jahrhundert raumgreifend vorangetrieben, als die meisten Buntwebereien Konkurs gingen. Gleichzeitig erfand Mauritius Meng die große Moltonmaschine, für die er das Patent anmeldete. Alle Webapparate und Buntwebmaschinen samt Fabrikanlagen entlang aller Molasseflüsse der voralpinen Ostschweiz wurden von der Molton AG aufgekauft und durch große Moltonmaschinen ersetzt, die bald täglich so viel Molton produzierten, daß sie damit die gesamte Schweizer Molasseschicht hätten bedecken können.

Ohne Vorankündigung trennte Karsten unsere verschwägerten Instrumente, verließ Zürich wieder, mietete in Neugrund schattenhalb ein Bauernhaus mit ehemaligem Webkeller, schlug ihn mit Molton aus, ließ seinen Steinweg weich betten. Bald hörte man, daß Karstens Steinweg auch Klebstoffe absonderte, daß Harze und Öle aus den Fugen traten, die schnell verhärteten, teils troffen oder fädig blieben. Der Lehm quoll zwischen seinen Fingern, er spielte trüber, ich verstand nur noch »Molton... Molusken... Molke«, wenn er dazu redete. Verhängnisvoll war es für ihn, wenn er sich morgens traumschwer und noch im Schlafanzug ans Klavier setzte, einen Mollakkord spielte, dem er einen nächsten folgen ließ, wodurch er sich seinem Instrument auslieferte. Es gelang ihm nicht mehr, zu entrinnen.

Mein Telefon klingelte seltener.

Das letzte, was ich von ihm hörte, war ein trübseliges Reden über die molassische Molke, die laut Karsten geistheilende Wirkung hatte, solange die Kühe in den Molassetälern heilig waren und auf der Straße herumlaufen durften. Die schlimmste Erosion habe die intensive Land-

wirtschaft herbeigeführt. Alle Grasnarben in den Molassetälern sind laut Karsten durch Überdüngung mit Gülle und
Kunstdüngern zerstört worden, viele Weiden abgerutscht
oder maßlos verfettet. Die geistheilende Wirkung der molassischen Molke führte er nämlich auf die Kahlköpfe und
Düngerlinge und andere langstielige Pilze zurück, die aus
dem Dung der geheiligten Molassekuh aufwuchsen, wieder
von ihr gefressen wurden, so in die Milch kamen. Es war
laut Karsten ein Kreislauf des Glückens und Gelingens, dessen untrügliche Indikatoren die Pilze waren. Die Molassekuh ist längst ausgestorben und durch internationale
Züchtungen ersetzt worden, die auf fettem Boden gedeihen,
höhere Milchleistung erbringen. Die Euter dieser Hochlei-
stungstiere gehören laut Karsten von Geburt an den Groß-
molkereien, die sowohl Kühe als auch Stiere abmelken.
Karsten ist im Emmental, im Toggenburg, im Appenzeller-
land und im Napfgebiet, soviel ich weiß, den Molassekühen
auf der Spur, sucht in den Kalkrippen, die den Nagelfluh
überziehen, und den dazwischen verbliebenen Magerwei-
den nach Skeletten der letzten Herden, die dort verendet
sein könnten.
Einmal, als das Telefon klingelte, hörte ich fern einen Klang
aufwachsen, der keine Farbe hatte, aber ein Raunen um-
fing, das nicht mehr enden wollte. Ich habe wieder aufgehängt.

Was ist Molasse?

Pina spielt geschmeidiger als ich, setzt gleich an, improvi-
siert. Sie spielt leichterdings, trifft die richtigen Töne, die
ich erst suchen muß. Mein Spiel, das eine großangelegte
Suche nach den Körpertönen ist, begeistert sie nicht wirklich, das vorgespielte Interesse ist liebenswert. Pina spielt
eine Musik, die mich betrifft, auch wenn sie dazu redet.

Sie spielt sogar auf meiner japanischen Imitation weich und enganliegend, spielt sich zwischen mich und mein Klavier, so daß anfänglicher Spielneid, den jeder hat, wenn er jemand anderen auf seinem Instrument schöner spielen hört, schnell verfliegt.

Meine erdkundlichen Erläuterungen hingegen erlangen im Hall des Gewölbekellers Fachkraft:

Molasse (frz. schlaff, sehr weich) bezeichnet die am nördlichen Alpenrand abgelagerte jüngste Schichtenfolge, die vor allem aus Nagelfluh, Sandsteinen und Mergeln besteht und den Untergrund bildet, auf dem alle Dörfer gebaut, in dem alle Städte verwurzelt sind.

Süßwassermolasse entstand in den Schwemmfächern der ersten Flüsse, die Steine aus den Uralpen, dem Aarmassiv etwa, ins Flache rollten, wo sie zwischen Palmblättern, Schlamm, Tierhäuten liegenblieben.

Meeresmolasse wuchs unter dem Einfluß des Nordmeeres, das wiederholt bis an die Uralpen vorstieß, die Geröllschicht mit organischen Ablagerungen überzog, wodurch ihr Krebse, Skelette von Narwalen, ungeschlüpfte Schlangen, Knochenflossler und lebendige Schildkröten eingeboren wurden. Deshalb wird sie auch *Molasse vivante* genannt, die *sich regende Schicht*.

Ferner wird laut Karsten unterschieden in gefaltete und ungefaltete Molasse. Die ungefaltete oder mittelländische Molasse weist lediglich scharfe Eintälungen, aber keine Schichtbrüche auf, während die gefaltete oder voralpine Molasse unter dem Alpdruck von Süden her gebrochen und aufgestemmt wurde. So sind schräge Ebenen entstanden. Die nachstoßenden Gletscher, der Raschgletscher etwa, haben unsere Molassetäler sauber ausgehobelt, bauchig gewalmt und weich gerundet, die Flüsse und die Seitenbäche haben die Täler tiefer und tiefer gefurcht, mannigfach Geröll verstoßen.

Aktive Molasse wird laut Karsten die jüngste und schnellstwachsende Sedimentschicht genannt, die in den letzten dreißig Jahren abgelagert wurde, bereits beachtliche Mächtigkeit vorzuweisen hat und bei erneutem Alpdruck aufgeworfen werden dürfte. Dann würden die Operationsräume unterirdischer Spitäler, Luftschutzanlagen, Verrechnungszentren, Datenbanken und verschiedene Endlagerungsstätten an die Oberfläche treten, mit vielerlei Edelmetallen aus dem Gleis-, Starkstrommasten- und Antennenbau verfaltet werden. Bei späterer Erosion durch Wasser, Winde, Launen des Wetters würde auch die aktive Molasse verschliffen und getält werden, was laut Karsten etwas langsamer vor sich gehen dürfte als bei der Molasse vivante, die vor allem durch die wild eingerissenen Seitenbäche stark beansprucht wird. Diese lösen Absonderlichkeiten aus den locker liegenden Unterschichten, rollen sie in die Täler hinaus, wobei manche Eierschale bricht, manches trockengelagerte Tier gewässert und also lebendig wird. Der schroffen Hitze-Kälte-Wechsel wegen kommen ganze Hänge ins Rutschen, gefrorenes Wasser spaltet Blöcke ab, alle Natursteinbrükken, die natürlicherweise Molassebrücken waren, sind eingestürzt, viele Natursteintunnel vergebens mit Beton ausgespritzt worden.

Merkel steht am Klavier.
»Sie haben Erdkunde studiert?«
Nur angefangen.
»Vielleicht können Sie mir erklären, wie das Mittelmeer entstanden ist?«

Sonntagmorgen

Zeitweise setzt der Regen aus. Ich habe das Fenster geöffnet. Es herrscht absolute Stille auf dem Kurplatz. Weißgewaschene Luft. Man hört die Schritte von weither, sieht auf dem Kurplatz verschmolzene oder bereits getrennte Paare.

Diese Gegenwart duldet nämlich nichts Laues, sie besteht aus lauter Entschiedenheiten. Alles Schöne in den Stimmen der Badenden hallt auf dem Kurplatz wider, aus den Kellerbädern, den Wannengrotten. Der Kurplatz ist Verstärkeranlage, ein großartiger Echoraum, gerade daraufhin angelegt, die entweichende Gegenwart zu fassen. Jetzt Gekicher, weitläufiges, erquickliches Lachen. Allerseits gelöste Stimmen. Die Luft ist voller Gezwitscher.

Jungvögel.

Wieder vollumfängliche Stille. Nur mein Bauch redet. Ich könnte den Kurplatz mit dem Brummeisen bespielen, fürchte aber, daß durch unpräzises Spiel die Vergangenheit wieder Raum gewinnen würde.

Es fällt mir ebenso schwer, im Atrium der Rose nicht zu selben, nicht zu silbern, nicht zu salbadern, denn der Echoraum wäre beachtlich. Das sagenhafte achtfache Echo, das in den Schrattenkalkmassiven des Raschtals von vielen Naturtonforschern gesucht wird, ereignet sich hier.

Im Dachstuhl wäre mein Spiel eher angebracht, dann träfe das Silber auf Holz. Einzelne Ziegel schwängen mit. Ich beschränke mich ganz auf meine Silbengrammatik, spiele Brummeisen im Kopf.

Meine erklärte Gewohnheit, sofortlöslichen Kaffee zu trinken, erweckt bei Merkel Abscheu, er wird mich unaufhörlich kolonialisieren mit seinem Credo für die italienischen Dampfmaschinen. Auch deutschen oder englischen Filterkaffee hält er für unziemlich.

»Wissen Sie eigentlich, wie das Abendland zum Kaffee gekommen ist?

Die Habsburger haben die Osmanen, die bereits vor den Toren Wiens standen, mit Hilfe der Polen in die Flucht geschlagen. Den Kaffee ließen sie in Säcken zurück. Einer meiner Vorfahren nahm sich dieser Säcke an und eröffnete das erste Kaffeehaus in Wien. Von da breitete sich die Kaffeehauskultur über die ganze Welt aus. Es gibt Leute, die behaupten, der Kaffee sei schon früher in Marseille, Amsterdam, London gewesen, das stimmt nicht. Ohne Wien gibt es keinen Kaffee in Europa. Der Kipfel erinnert ja an den Türkenmond.»

Merkel gesteht zwar ein, daß der Weltgeist im Mittelmeerraum seine ersten Atemzüge gemacht hat, seiner Überzeugung nach ist er in der Monarchie aber zur höchsten menschlichen Blüte gelangt.

a) zur Entstehung des Mittelmeers:

Anfänglich glühende Massen, Auswurf, der langsam kristallisiert. Freigesetzte Gase bilden einen Wolkenmantel. Flüssigkeiten fallen daraus, verdampfen wieder. Ein Wasserteppich entsteht, daraus das Meer. Kontinentalplatten stoßen aufeinander, werfen die Massive auf. Das Matterhorn ist afrikanischen Ursprungs und also mit dem Muttergestein verbunden. Das Nordmeer umspült die werdenden Alpen. Ablagerungen.

Auf dem späteren Mittelmeergrund ist eine Wüste, sengende Glut. Regen zerzischt, die Uralpenflüsse, die nach Süden flossen, etwa die Rhone, verpuffen, bevor sie den glühenden Grund erreichen. Gewaltiger Dampf über dem künftigen Becken, unvorstellbare Hitze. Der Atlantik, beim späteren Gibraltar gestaut, ist nur durch ein schmales Band vom großen leeren Becken abgetrennt. Wasser trägt Schicht um Schicht der Zwischenwand von Westen her ab, während an der Ostwand Winde und Hitze schürfen. Als das erste Stück einbricht, strömt der Atlantik über die Kante, löscht unter Getöse Steinbrände zwischen dem späteren Spanien und dem späteren Ägypten. Das Becken füllt sich, nur der Stiefel bleibt ausgespart. In der Alpenmitte steht der Sockel aus Granit, das Grundgebirge, die Kristallwurzel. Eine letzte, langsam kriechende Druckwelle hat sich unter der Molasse durchgearbeitet und am nördlichen Ende des Molassetrogs – stark verlangsamt, während Jahrmillionen – den Jura aufgeworfen, bevor sie in den Ebenen Deutsch-

lands und Frankreichs verebbt. Die Weinbauern und Landwirte bedanken sich für den günstigen Einfallswinkel der
Sonne an ihren Kalkhängen mit ausgelassenen Festlichkeiten.

Der Wein aus den südständigen Kalkhängen in Ennetbaden
heißt Millionentropfen, da Millionen von Kurgästen im
Verlaufe der Jahrhunderte davon tranken. Jedes Bäderhotel
oder Kurhaus hatte seinen eigenen Quelltropfen anzubau-
en, dabei entstand ein Wettbewerb sondergleichen, zu vergleichen mit den Quellbräubieren in Ras.

b) die Badener Bucht:
Die Heilhaube ist über die Limmat gewachsen, schließt
jetzt die Rebberge und das Hanfland in Ennetbaden mit ein,
reicht bis zur Holzbrücke. Drunter ist Frühling. Qualmen-
de Dächer über dem Kurquartier.

Seit ganz Ennetbaden unter der Haube ist, können Pina und
ich auf unseren Kontrollgängen auch die Limmat über-
schreiten, ohne die Gegenwart zu verlassen. Die Schnek-
kenhausform verändert sich zusehends. Die weiße Haut
pulsiert. Im Inneren steigt der Druck, weshalb es schwieriger wird, sie zu beschreiben. Wir stehen unter einem warmen, halbierten Mond. Pina erkennt eine lebendige Qualle.
Jedenfalls überwölbt das Gebilde die ganze Badener Bucht.
Sie füllt sich mit Geräuschen. Schaum. Auf dem Kurplatz
lautere Quellen. Möwen bringen Quietscher von fern, lan-
den im Fluß. Luftleinen enden an der Außenhaut. Langwel-
len. Silberfäden. Alle vertriebenen Gedanken. Die Gleise
singen.

c) das Kupfer:
Die Gleise durchs Limmattal, die die ersten Gleise der
Schweiz waren, verlaufen in Richtung Südost-Nordwest.
Sonnenauf- und -untergänge ereignen sich im Frühling und
im Herbst exakt in der Gleisverlängerung. Dann fließt
Dämmerung auf die Gleise, rollt kleintropfig über die

Stränge. So entsteht Kupfer. Das wird von den Zügen auf-
gesammelt, nach Baden gebracht. Die Nordostbahn von
1847 hatte keinen anderen Zweck, als das Dämmerungs-
kupfer aufzupflügen. An den Lokomotiven waren kleine,
kaum handbreite, rundausgeschliffene Pflüge befestigt, in
die sich das Metall einschlaufte. Die flüssige Schicht ist
dünner als Blattgold. Von Hand aufgeschabt, zerrinnt sie,
brennt sich durch die Haut. Das Metall – einige hundert
Gramm können täglich den Gleisen abgekupfert werden –
lud man auf Wagen, es wurde nachts nach Baden geführt.
Die neuesten elektronischen Lokomotiven, die in Baden
gebaut werden, haben rüsselähnliche Saugvorrichtungen,
die den Bienen nachempfunden sind, mit denen sie das Kupfer aufschlürfen, aber auch Düsen, die es laufend den
Fahrleitungen aufsprühen, damit die Ströme besser geleitet
werden.

d) Verankerungen:
Die Front der alten, heute geschlossenen Bäderhotels von
Ennetbaden dient letztlich der Stabilisierung der Gleisharfe. So wurden am Limmatknie beidseits des Flusses
moderne Würfelbauten tief hinunter verstrebt, damit die
ungeheuerliche Spannung zwischen Baden und Zürich aufgebaut werden kann. Die Saiten im ganzen Limmattal
schwingen.
Das Grand Hotel ist ein wichtiger Ankerpflock. Der Westflügel, der während des Zweiten Weltkrieges abgerissen
werden sollte – bereits waren die Kristallüster verkauft,
lagen die kleineren gläsernen Kronleuchter der Bedien-
stetenkammern und Vorzimmer auf der Straße –, wurde
nach dem Krieg ergänzt durch den zweiten, den moderne-
ren, zentralbeheizten Ostflügel. Hierfür mußte das alte
leerstehende Römerbad abgebrochen werden. Der ältere
Westflügel des Grand Hotels steht zur Zeit leer.
Weitere Verankerungen sind in den weitläufigen Industrie-
anlagen hinter dem Bahnhof, Hallen, in denen moderne

Lokomotiven gebaut werden, neuerdings Turbinen für Wasserkraftwerke in der Türkei und China, wo ganze Täler gestaut und unter Wasser gesetzt werden.

e) der Bahnhofsberg:
Beim Bahnhof beobachten wir, wie ein langer, leerer alter Zug aus dem Schloßtunnel geschoben wird. Er bringt das flüssige Gleiskupfer, das im Bahnhof Baden in einen Trichter gegossen wird und durch verschiedene Rinnen ins Berginnere fließt. Der Bahnhofsberg von Baden ist vollständig ausgehöhlt. Da gibt es Einkaufsebenen, Tiefgaragen, Straßentunnels, aber auch Höhlen, in denen Randgruppen hausen, versteckte Tanzräume, teils in den Resonanzräumen der Harfe. In früheren Zeiten wurden in den heißen unterirdischen Kalkküchen Bäderköche vermutet, die große Feuer betrieben. Heute haben Gegenwartskünstler dort ihre Wohn- und Arbeitsstätten.

f) die Blumen:
Bärlauch ist die Promenade entlang gewachsen, ein duftender Teppich an den steilen Hängen, die zum Bahnhof hinauf führen. Man erkennt wilde Tulpen, Märzensterne Mitte Februar. Vereinzelt Morcheln. Bärlauchsalat mit einheimischen Morcheln kann in jedem Bäderhotel bestellt werden. Der Regen hat nachgelassen. Treibende Feuchtigkeit ist in allem. Gezwitscher frisch geschlüpfter Vögel. Bereits blühende Magnolienbäume. Würde man den Bärlauchteppich abziehen, sähe man auf die verschiedenen Höhlungen darunter.

g) das historische Präsens:
Die hohe Brücke zwischen Baden und Wettingen steht mit dem Neubau der öffentlichen Bäder im Zusammenhang, ist ganz der Harfe untergeordnet. Letzter Steg. Sobald die Haube die hohe Brücke berührt, platzt sie. Dann entweicht die helvetische Gegenwart, eine besondere, seit gut zwei-

tausend Jahren in Baden kultivierte Zeitform. Die auf dich zurückgreifende Zeit. Sie nährt sich aus der tiefsten Vergangenheit. Die Vögel holen sich häppchenweise davon, verteilen sie im ganzen Mittelland.

h) das Wasser und die Musik:
Der sogenannte Gleis- oder Gegenwart, als den ich mich gerne bezeichnen lasse, bezieht das Gleiskupfer am heißen Kupferbrunnen an der Promenade, von wo er es verteilt. Er schmiert die Gelenke und Zwischenstücke des Instrumentes, damit Patina entsteht. Kupfer ist das verbindende Element zwischen Stein, Wasser und Musik. Pina und ich möchten die Musik und den Gesang wieder ans Wasser bringen, wir planen längere Badezeiten. Große schwimmende Tafeln möchten wir einrichten, Wassertanzräume mit ausgebildeten Baßärzten anstelle der alten Schröpfhallen. Große zusammenhängende Tanzräume in den Industriehallen und in den Höhlenbädern im Bahnhofsberg.
Das Neue römisch-irische Gesamtbad entsteht in den Hallen der Turbinenfabrik. Das angegliederte Kongreßbad soll eine Fortführung der Bad- und Tagsatzungsbecken werden und könnte im Ostflügel des Grand Hotels untergebracht werden.
Katholiken und Protestanten saßen in Baden gemeinsam im Wasser, Päpste und Prostituierte, Elsässer und Belgier, die nicht mehr nach Deutschland reisen wollten nach dem verlorenen Krieg, saßen mit Deutschen, die nicht mehr nach Frankreich reisen wollten, gemeinsam in Baden. Bald werden Befürworter der europäischen Union aus den Vereinigten Staaten und Gegner der Vereinigten Staaten aus den Vereinigten Emiraten im Neuen römisch-irischen Bad von Baden sitzen, das postum die Helvetier mit den Römern aussöhnen wird.

i) Eidgenossen und Japaner:
Die alemannischen Eidgenossen, die die Habsburger be-
siegten und Baden zum Tagsatzungsort erklärten, werden
die Japaner Europas genannt, da sie alle Sitzungen im heißen Heilwasser abhielten. Sie entschieden gemeinsam und
aus den Bäuchen heraus.

j) die Gleisharfe:
Im Sommer angeschwollen, hochtrabend und voller Zu-
kunft, liegt sie im Winter flach über dem Limmattal und
leitet Ströme. Zentrale Resonanzzelle ist das Atrium der
Rose.
Solange hier die Musik gepflegt wird, erklingt die ganze
Harfe. So lebt Erinnerung auf. Die Töne schwirren direkt
durchs Glasdach ins Vivarium oder gehen davon aus.

worin die Rohstoffquellen von Zürich gezapft werden. Silber lebt am Steg der Gleisharfe und gründet das Zahnradorchester. Kasimir Maag spielt Schlagzeug und Hackbrett und macht Liebe. Silbers ausgefeilter Obertongesang taugt in der Straßenmusik wenig.

Das Meer

Eben ist die Heilhaube geplatzt, die Gegenwart enteilt, die Gleise entlang, durchs Limmattal.

Die stählernen Saiten der Harfe sind in Zürich tief in der Stadtmolasse verbohrt, im Bahnhof befestigt, an vielen Fundamenten der zum See laufenden Bahnhofstrasse, zusätzlich im See vertäut (mit riesigen Ankern zwischen Opernhaus und Tonhalle). Der Zürichsee ist ein Resonanzbecken. Die Eidgenössische Technische Hochschule die zugehörige Warte.

Nun, da unsere Naturheilmethode Wirkung zeigt, allgemeine Verbreitung erfährt, erhalte ich Gelegenheit, meine jüngste Vergangenheit aufzuzeichnen. Pina möchte alles wissen. Wir sind verpflichtet, unsere Beziehung, Zentrum des Heilwesens, instandzuhalten.

Ich wechsle auf die andere Seite der Gleisharfe und lande im Herbst des Jahres 1994. Hier kommt also die Patientengeschichte von Wendelin Selb, genannt Silber, seit einer Woche im Bäderhotel Rose zu Baden lebend, wo er als Gegenwart amtet; vom November bis Februar im Quellenhof im hintersten Raschtal angestellt; zuvor wohnhaft gewesen in einer Dreizimmerwohnung an der Hardbrücke am Westrand der Stadt Zürich im fünften Stock eines Mietshauses mit verschatteten Topfpflanzen im Treppenhaus. Im obersten Eck eines Eckhauses. Zwischen Schnellstraßen und Gleisen. Beim Güterbahnhof. Querstehend die Hardbrücke, eine Autobahn auf tausend Füßen. Steg und Riegel.

Silber, so sein intimer Ruf- und wenig bekannter Künstlername, hatte sein Schlaf- und Arbeitszimmer über dem Gleismeer. Von seinem großen Zimmerfenster aus sah und hörte er sozusagen alles. Töne schwirrten durch die Stadtluft, zogen Linien, beschrieben Kurven. Silber verfolgte ganzzahlige Vielfache und andere musikalische Wunder und verpaßte keinen Sonnenuntergang.
Er lebte in einer Wohngemeinschaft mit Kasimir Maag. Karsten Trepp war ausgezogen und hatte seinen Steinweg mitgenommen, sich in sein Instrument oder seine engere Heimat zurückverkrochen. (Dieses Schicksal ist vielen Raschtalern beschieden.) Karstens Zimmer blieb leer oder wurde zwischenvermietet. Sein Cousin Kasimir, genannt Casio war Multiinstrumentalist. Silber und Casio lebten fortan zusammen am ersten Steg der mißgestimmten Gleisharfe: dort, wo sie am lautesten war.
Beidseits zeichneten die Hügel der Zürcher Stadtmolasse gleichförmige Horizonte. Drüber ziehender West, rollende Wolken, von den Tönen weitergepeitscht. Die Flüssigkeiten kehrten zurück.

Das Raschtaler Zahnradorchester

Der heiße Sommer 1994 trieb Blüten in Silbers Stirn. Er hörte seine körpereigene Musik. Mal war es ein Pochen in der Brustgegend, ein Sirren hinter den Schläfen, ein Pumpen im Damm. Oder alles gleichzeitig. Silber entschloß sich, diesen Geräuschen auf den Grund zu gehen. Er gab sein Erdkundestudium an der Eidgenössischen Technischen

Hochschule auf und ließ sich freischaffender Musiker schreiben. Seinen Entschluß festigte er mit der Gründung eines eigenen kleinen Orchesters, bestehend aus alten Freunden.

Silber war der einzige Abstinenzler unter den Raschtalern, die in der Stadt lebten. Sie übten Zusammenhalt, bildeten Zirkel und Kreise, um gemeinsam rauchen und trinken zu können. Wenn man in der Stadt einem Raschtaler begegnete, stand hinter ihm bereits der nächste. Einladung folgte auf Einladung. Diese Feierlichkeiten waren stadtbekannt. In der Fremde ließen die Raschtaler alle Hemmungen fallen. Die gemeinsame Fremdsprache förderte alles Ungesagte und viel Ungehobeltes zutage. Die Räusche waren gefürchtet, mündeten zumeist in harmlosen Gesang. Wer den Anschluß an diese Kreise verlor, alleine weiterrauschte, endete in den Sümpfen oder in einer Einzimmerwohnung in der Agglomeration.

Silber rauchte nicht, trank wenig und organisierte alles. Er mietete eine der brachgefallenen Industriehallen an der Hardbrücke, ließ sein verwaistes Klavier hinbringen. In diesem Großraum wollte er seine Körpermusik orten. Der Eingang, zu dem eine Treppe hochführte, lag unmittelbar an der Brücke. Beim Herauskommen hatte man fetten Beton vor Augen.

Weshalb dieses Kommen und Gehen?
Silber trommelte seine Bekannten zusammen, ohne genau zu wissen, wie seine Musik klingen sollte. Es brauchte Silbers Überredungs- und Casios Kochkünste in besagter Dreizimmerwohnung, bis im Herbst 1994 das Raschtaler Zahnradorchester zur ersten Probe versammelt werden konnte. Köder war der Auftritt an einem Straßenfest im kommenden Frühling.
Die Proben verkamen zu Gelagen. Silber hatte die anderen

Instrumente um sein Klavier angeordnet und forderte von seinen Mitmusikern Ernsthaftigkeit ein. Niemand leistete seinen Vorgaben ernsthaft Folge. Er hatte Wiederholung in jeder Weise verboten.

Casio spielte immer auf dem Punkt. Nie hatte Silber das Schlagzeug so reden gehört. Ohren wuchsen seinen Schlägern zu. Er war ein Anpassungskünstler. Kannte keine Vorurteile. Nur Zuneigungen. Hatte sich immer zu beziehen. Er malte mit dunklen Farben, lockte so das Licht an. Seine Geliebte Lia studierte Oboe und konnte nicht weghören. Sie sang schwesterlich, spielte das Klavier für Engelsohren. Lia war übertrieben hellhörig, hatte eine bewegliche Zunge. Sie war hellbegeistert, hellauf verliebt. Casio blieb roh talentiert und verliebte sich in Lias Freundin Monika, die ihn mit ihrem bundlosen elektrischen Baß bunt unterfing.

Lia schlief mit Ärmel Bösch. Der bereiste mit seiner Geige die westliche und die östliche Welt und entsandte Herztöne, die beantwortet wurden. Er hielt in jeder Musik mit, indem er Töne anderer Instrumente in sein Spiel aufnahm: Einen traurigen Ton etwa, der ihm in Irland zugeflogen war. Darin brachte er alle Westwinde samt Sprühregen an die Hardbrücke. Einen Flimmerling aus der Steppe Chinas, der die Hitze vergangener Jahrhunderte aufzittern ließ. Lia herzte Bösch, worauf beide das Orchester verließen.

Silber hätte gerne mit Petra Moll den Atem getauscht. Sie spielte Altsaxophon und nur die Ränder entlang. Ihre Leidenschaft galt der äußersten Haut eines Klangkörpers. Sie legte Tangenten. Petra Moll beherrschte die Zirkularatmung, errichtete Säulen, aus denen sie Funken schlug. Die flogen Leo Lippuners Baßklarinette zu, der es an Leuchtkraft mangelte.

Der Untergang des Orchesters

Der Auftritt an einem Straßenfest unter der Hardbrücke
(zur Wiederbelebung des Quartiers) war gesetzt, ein großes
beheizbares Festzelt eigens aufgebaut worden.
Straßenkinder halfen beim Transportieren des Klaviers. So
erhielt es über zwanzig Beine. Die Topfpalmen, die im ganzen Zelt standen, waren von angrenzenden Nachtlokalen
gespendet. Orientteppiche von den Orientteppichlagern.
Kinder tummelten sich vor der Bühne, Mütter redeten mit
Müttern. Die Freunde der Musiker füllten das Zelt. Das
halbe Raschtal saß da. Erst hörte man nur die Geräusche
des Verkehrs. Das Orchester spielte damit, Cello, Baß,
Schlagzeug, die Bläser blieben leise. Silbers Klavier wurde
laut. Erhielt Schnauzen. Bellte. Warf aus. Silber fraß sich
fest in Tonfolgen, die niemand nachspielen wollte. Es gab
Gerede. Bösch und Casio spielten ihm zu, der nun immer
einsamer wurde, sich weiterbiß. Dann blieben Silber und
Casio übrig, das Gerede nahm Überhand. Casio hätte jedem Geräusch die Tanzmusik entlockt, baute nun seine
Notanlage auf, zwei Plattenspieler.

Wie wird aus Peinlichkeit Glück?
Den denkwürdigen Untergang des Raschtaler Zahnrador-
chesters verhinderten vorerst die anschwellenden Geräusche der Harfe, ein Schnellzug, mehrere Lastwagen, dann,
als kein Zug mehr kommen, kein Zug mehr entstehen wollte, spielte Silber ins Leere. Casio ließ plötzlich Platten
laufen. Das Orchester trat ab, nahm Silber von der Bühne.
Tiere erwachten in den Palmen, stiegen herunter. Rote Bälle
rollten aus den Boxen. Das Orchester war beerdigt, Silber
vereinzelt. Die Raschtaler tanzten. Das Klavier trugen andere in den Übungsraum zurück. Silber rührte es nicht mehr
an. Silber versuchte sein Glück mit der Straßenmusik. Wenn
Casio sich dazu bequemte, mitzumachen, verdienten sie
anständig. Sie spielten bei Billettautomaten oder neben

Kiosken, vor Fernsehsendern, Radiostationen, Spielhöllen und Zeitungshäusern, die sich in die leeren Hallen entlang der Hardbrücke eingemietet hatten. Silber spielte mit Pappbecher am Gitarrenhals und sprach absichtlich Englisch, mimte den Weitgereisten.

Er wartete auf die große Eingebung, hatte Ideen für eigene Lieder im Kopf. Sie wollten sich nicht zur Melodie fügen. Das Verlangen, eigene Gesänge zu schreiben, wuchs mit der zunehmenden Austrocknung seiner Stimme. Eine Heiserkeit meldete sich leise und artete in Husten aus. Er spuckte nachts Späne.
Silber sang weiter, bis er nur noch flüstern konnte. Dann erstarb auch die Straßenmusik und somit seine letzte Erwerbsquelle.

Naturtöne unter der Hardbrücke

Der Hochsommer 1995 spannte sich ins Allerprallste.
Dickhäuter zogen mehrere Sonnen an langen Leinen über den Mittag. Silber blieb zu Hause, hörte plötzlich alles: Die Geräusche klopften an. Kamen durchs offene Fenster ins Zimmer. Casio hatte sich die Angewohnheit, den Leuten ins Gesicht zu schauen, zuzunicken, die Bereitschaft, jedes Gesicht zu erkennen, zuzuordnen, solange aufrecht erhalten, bis er sicher war, daß man am Hardplatz niemanden kennen oder wiedererkennen konnte. Casio kaufte beim anatolischen Metzger ein, trank seinen Kaffee bei einem Kroaten, der eine Eckkneipe betrieb, die *Café Singapur* hieß. Vorne an der Hauptstraße waren im Parterre die Büroräume lange Zeit leer gestanden, bevor eine Religionsgemeinschaft Einsitz nahm, worauf die Fenster verdunkelt und mit Heilsbannern ausgeschlagen wurden, bis mehrere Ferrarifahrer aus dem Niederthurgauischen dort den exo-

tischen Nachtclub *Heaven* gründeten. Er erhielt einen eigenen Parkplatz.

Das Heilmassageinstitut, das im Parterre des Hauses hinter weiß umflorten, vogelbesetzten Vorhängen eröffnet wurde, war abends dottergelb ausgeleuchtet und wurde von mehreren Amanden gleichzeitig betrieben. Da auf der Scheibe »Bitte läuten« geschrieben stand, klingelten Angetrunkene im fünften Stock. Amanda heilte grundsätzlich seriös Männer jeden Alters, kannte krampflösendes Wundlab, träufelte Sirup in die offenen Rachen, massierte Zeckensalbe auf wundgescheuerte Häutchen. Mal war sie Osteuropäerin, dann wieder schwarz, immer hieß sie Amanda. Freilebende Freier klingelten bei freischaffenden Musikern. Sie suchten verzweifelt das Heilmassageinstitut oder waren so frei, ihre ungelöschten Blicke durch die Wohnung streifen zu lassen, sobald Silber öffnete. Suchten Plüsch oder Rosa oder Amanda.

Welche Tiere lebten in der Harfe?
Nachts giftiges Gezwitscher, das Silber den Schlaf teilte. Gischt wanderte wieder und wieder auf sein Kissen, gelblicher Schaum. Das Gleismeer von Zürich: Brutstätte für Sirenen. Gefiedertes Vieh nistend zwischen den Schwellen. Eine Stahltierweide: Gleisböcke wurden hinter die Geißen gesetzt, reihenweise verstoßen. Schrillblinder Gleishimmel sommernachts. Funkensprung. Langgezogen, ins Jämmerliche verblasen die Hörner sämtlicher Feuerwehren. Hungergesänge. Das Großvieh maulend. Haxen wilder Schweine lagen morgens in den Weichen.

Geschrei in kleinen Flämmchen. Laufende Bunsenbrenner. Am entlegenen Ufer des Gleismeeres: Pumpwerke. Tanzveranstaltungen mitternachts. Über die Gleise trollende Bässe, von durchfahrenden Zugkompositionen zerrattert. Produktionsstätten für Schiffsschrauben künftiger Hochseedampfer waren am entlegenen Ufer. Schienen zu den Häfen dieser Welt. Halbierte Wale lagen auf Güterzügen. Casio spielte sogar nachts Schlagzeug. Er hatte sein Fenster offen, wenn er Musik machte, so daß nicht auszumachen war, wo die Lärmquellen waren. Paukenschläge kamen teils aus seinem Zimmer.

Wieder dieses Gequietsche, Schreie gequälter Keiler. Wildschweinhorden aus dem Westen, wußte man, strömten herab aus den Juraausläufern, zogen ostwärts. Wölfe aus der Umgebung von Baden umstreunten seit Jahrzehnten die Stege der Harfe. Wieder Gleissträge, die von den Wagenrädern verschliffen wurden – es klang, als würde das Becken des Schlagzeuges mit dem Baßgeigenbogen gestrichen – bodennah verfestigte sich flächiges Scheppern, aus dem Geräuschkerne sprangen, die sich entpuppten im Flug, kurz aufglommen als ganze Töne, sich zur Reihe fügten, zum Wimmern wurden, bevor sie, sich teilend, kaum hörbar einen Dreiklang bildeten, so daß nebst Schmerz immer etwas Feierliches in der Luft hing.

Silber war jetzt schwer obertonhörig, deutlich untertonblind. Er stemmte sich gegen Bässe an, schrieb nun an seinem Gleiswerk, einer Musik, die nur aus hohen Tönen zusammengesetzt war. Einen Gleisgesang wollte er komponieren, den Limmattaler Naturjodel, der unter der Hardbrücke durchgeschickt die andere Seite erreicht hätte. Ein Obertonchor hätte seine Musik zusammen mit einem Maultrommelorchester im Bahnhof Hardbrücke sommernachts uraufgeführt: im Abgang stehend, zwischen den Betonpfeilern. Silbers Musik hätte sich mit dem Gebrause des über die Brücke ziehenden Nah- und Fernverkehrs vermengt. So wäre der vergossene Brückenkalk zum Leben erweckt worden, hätte sich breitgestampft. Ein Ohrkriecher. Tausendwurm. Selten schäumte die Unterrasch an den Pfosten herauf. Abends stand Silber auf der Brücke in den

Untergängen, sah westlich den Dämmerungshafen bei Baden, östlich die entzündeten Raschtaler Alpen.

Morgens das Gerassel von Ketten, Akkordarbeit im Alteisenhandel unter dem Fenster, Verlad. Stobbernde Dieselmotoren. Den Stirnton brachte Silber nicht mehr aus dem Schädel. Spitz ausgefeilte Stacheln. Zeitweise half nur noch die lauwarme Kopfdusche. Er hatte die Duschkunst verfeinert, stundenlang seinen Scheitel kalt- und warmgeduscht, so sein Bewußtsein für die Heilkunst mählich geöffnet.

Geschepper. Schweres Metall wurde auf die Güterwagen verladen. Zahnräder lagen im Rost, drehten sich knarschend. Casio, der die Nacht durchgespielt hatte, war ganz aufgeweckt, trommelte mit den Fingern flirr. »Alteisen verladen«, das hieß in seiner Schlagzeugersprache draufhauen. Sattelschlepperweise wurden alte Schlagzeuge auf internationale Güterzüge verladen, Großküchen, Einbauküchen, Becken und Pauken, Ständer und Stühle.

Brandung. Gesause entlang der Saiten. Beschleunigende Schnellzüge, hoch drüber jagende Pfeiftöne. Weitausschwingende Trossen. Tongewordene Geschwindigkeit, mittags an die Zimmerwand gepeitscht. Die Schleiftöne der einkurvenden Züge aus der Ostschweiz, aus Norddeutschland, aus der Westschweiz, aus Süditalien. Heranratternde Güterzüge, abgestotterte Fahrt beim Bremsen.

Wer wohnte in den Luftbaracken, die über den Gleisen, aber unter den Wolken standen? Wer läutete die Kupferglocken, die Silber hörte, aber niemals sah?
Er versuchte, die mißgestimmte Gleisharfe selber zu bespielen. Die Hardbrücke war sein Querbogen, dem er entlangstreifte. In den Bussen 33 und 77 war der Harfenklang trotz des Sirrens der Elektromotoren deutlich hörbar. Er hatte

wochenlang in Bussen gesessen, war über die Brücke geflitzt, um in die richtige Querschwingung zu kommen. Dann hatte er Aufnahmegeräte gekauft, Mikrophone aus dem Zimmerfenster gehängt. Die Herren Nachbarn waren äußerst lärmempfindlich. Seltsame Tonereignisse schrieben sie Casio und Silber zu. Der drunter wohnte, klopfte mit einer Stange ans Fenster, was Casio zu frischen Takten anregte. Einmal hing da ein Blatt mit aufgezeichnetem Totenschädel in der lauen Abendluft. Schritte auf dem knarrenden Holzboden waren nichts für ein überreiztes Gemüt.

Stoßverkehr, die Böden redend. Silber schlief allgemein wenig, horchte sich wund, trocknete unmerklich aus dabei, hatte Ende August 1995 reichlich Zimmerzucker im Hals. Casio spielte Schlagzeug und machte Liebe. Silber trank mit Casios Liebhaberinnen morgens in der Küche einen bitteren Kaffee, den er maßlos übersüßte.

Stahlträger, von Sägeblättern zersungen. Silber hatte schädeleigene Lärmquellen, ein durch und durch närrisches Gehör. Es stürzte großräumig. In der Luft Melodienreste, die jahrelang in sich selber gedreht hatten. Da war etwas Neues, tiefgreifend Pflügendes gefragt. Ein neuer Traktor.

DAS FÜNFTE KAPITEL

führt über schräge Ebenen und in jene Gefilde, in denen
freie Liebe praktiziert wird. Silbers Großvater mütter-
licherseits wird beerdigt. Aquarelle von der Aarquelle bei
Brugg und Skizzen des Wasserschlosses. Kaspar Raschles
Werdegang. Silber ist grundsätzlich abstinent.

Westen

Silbers Mutter Menga Selb war an einem Augustmorgen
1995 am Telefon. Casio leitete weiter. »Der Großvater ist
gestern gestorben«, sagte sie, »Morgen Nachmittag ist die
Beerdigung in Baden.«
Die Kompositionen platzen wie Ballone. Leere Häute lagen
im Zimmer.
Silber verließ am folgenden Vormittag seine Gleiskammer.
Er trug schwarze Hosen, ein schwarzes Hemd, schwarze,
billige Turnschuhe, lief auf der Spazierrinne über die Hardbrücke. Unter ihm die in der hochstehenden Vormittagssonne bereits flimmernden Stahlstränge. Als er am Bahnhof
Hardbrücke die Treppe heruntersteig, auf Fahrbahnhöhe
stand, sah er aus dachlosen Güterwagen auf den Abstell-
gleisen Hitzeschlangen steigen. Es war ungewöhnlich heiß.

Silber bestieg den Doppelstockzug nach Killwangen-Sprei-
tenbach. Der hatte große Verspätung. Die Ventilation war
ausgefallen. Im Zug war es noch heißer als draußen, sogar
im unteren Stock, zudem fuhr er schleichend. Silber
schwitzte. Es stank. Stank nach nicht funktionierender Lüftung in einem neuen Zug im Hochsommer 1995.
Bald stand der Zug einige Minuten vor dem nationalen
Postgebäude, das mit mehreren Zeppelinhäuten überzogen
war. Als er weiterfuhr, wurde Silber die Gewißheit nicht

mehr los, steil abwärts zu fahren, schob es seinem etwas veränderten Gleichgewichts- sprich Orientierungssinn zu, der gelitten hatte in den letzten Wochen, da er nur mit Lauschen und magerem Singen beschäftigt gewesen war. Es war eine übertriebene, unbotmäßige Hitze. Der Zug blieb wieder stehen, die Türen ließen sich nicht öffnen. Es war offensichtlich ein Hitzeschaden. Dann fuhr er doch noch bis Dietikon, ohne anzuhalten allerdings, am Bahnhof vorbei, direkt aufs große Rangierfeld, den Güterbahnhof Limmattal.

Neben den Gleisen waren Containerlager, große Krane, die ganze Sattelschlepper durch die Luft trugen. Hinter den Puffern sah er hausgroße Propeller, die Silber für Schiffsschrauben hielt, die jedoch alte Propeller von Wasserflugzeugen waren. Der Güterbahnhof Limmattal führte über die Kantonsgrenze in den Aargau hinüber nach Spreitenbach, wo Silbers Mutter Menga Selb mit ihrem Lebensgefährten Derendinger lebte. Dort sah man vorerst nur gekippte Körbe von Ballonfahrern. Wracke Schiffsbrücken mit Steuerkabinen und kleinen Offiziersmessen, die man als Fertigelemente containergerecht versetzte. Beachtliche Brachen.

Der Bahnhof Spreitenbach war im Einkaufszentrum untergebracht, das unmittelbar hinter den Gleisen begann, ein Gesamtbauwerk, das die ganze Limmattalbreite durchspannte, angefangen bei den beiden ersten Hochhäusern der Schweiz, die auf einer Moräne standen, anschließend der alte Dorfkern, am Spreitenbach gebaut, nahtlos übergehend in die zentralen Lager aller Grossisten, überstrahlt von sechs Türmen, die mit Leuchtreklamen und Werbesprüchen in verschiedenen Sprachen beschriftet waren. Bildschirme auf vielen Dächern, auf denen Werbefilme und Trickfilme liefen. Der Komplex überbrückte sowohl die acht Spuren der Schnell- und Regionalbahnlinien als auch die dreispurige Autobahn und Hauptverkehrsader Zürich–Bern, überbrückte als Raststätte die gestaute, breit schwadernde Limmat samt umliegenden Biotopen und Riedlandschaften – und erreichte als Motel mit mehrstökkigen Parkflächen für Sattelschlepper die andere Talflanke lückenlos.

Selbstredend hatte dieses Gebilde eine tragende Funktion für die Gleisharfe, diente als Steg für die hohen Töne, war Leitstelle für übernatürliche Ströme, zugleich Ankerung für die straff gespannten Stahlsaiten. Es ist ein Geschwisterbau zur Hardbrücke und dem betonierten neueren Bädertempel in Baden.

Wer in dieser Fläche wohnte, brauchte die Innenräume nie mehr zu verlassen. Es gab verschiedene Sektoren: Kleinitalien, Kleinasien, Kleinafrika und so fort. Die Straßen waren teils indisch, teils englisch angeschrieben. Silber glaubte einen religiösen Redner vom Turm herab zu hören, als er die Stadt in der schläfrigmachenden Vormittagshitze betrat, erkannte dann, daß es sprechbetonte Tanzmusik war, die aus einem offenen Fenster schallte. Ältere Männer zeigten gefärbte Bärte. Silber lief die alte Spreitenbacher Gemeindestraße entlang, sah Schmieden, Gast- und Bauernhäuser, vor denen auffällig Werkzeug und Gerät aus älterer Agrarzeit zur Schau gestellt war, Pflüge, Schlitten, aufgehängte Sensen, Dreschflegel. Häuser und Gerätschaften waren plastifiziert oder dünn lackiert, jedenfalls mit einer Schutzschicht überzogen.

Menga Selb und Klaus Derendinger wohnten in einer schön ausgebauten Dachwohnung im alten Dorfkern. Der lockeren Konkubinatsvorschriften wegen waren sie in den siebziger Jahren wie viele andere unverheiratete Paare aus dem Kanton Zürich weggezogen, wo außereheliches Zusammenleben untersagt war. Zusammen mit Derendinger hatte

Menga Selb supervisionierend verschiedene Restaurationen in der Raststätte übernommen, das Landgasthaus, die Bistrobar, die Pizzeria, ein indisches Lokal. Menga fuhr morgens um sechs mit dem Auto zur Arbeit, durch den Dorftunnel, der im Bett des ehemaligen Spreitenbaches angelegt worden war, das ganze Einkaufszentrum unterquerte. Sie parkierte beim Lastwagenparkplatz.

Aquarelle von der Aarquelle

Wenn mich Mutter Menga in den frühen siebziger Jahren in den Ferien hat, gibt sie mich im Einkaufszentrum bei der frischeröffneten Krippe ab oder setzt mich ans riesige Fenster des Landgasthofes über den Gleisen und der Autobahn, mit dem Auftrag, Sattelschlepper und Güterzüge zu zählen und zu zeichnen, was ich getreulich ausführe. Mittags fährt sie auf der neuen Autobahn durch die Großbaustelle, die Limmattal heißt, wo überall rote Krane stehen, nach Baden, um in der Rose nach dem Rechten zu sehen.
Sie verrichtet dort liegengebliebene Büroarbeit, hilft in der Administration und in der Küche, ißt das Mittagessen mit Merkel, Großvater, der Köchin und den Etagenfrauen. Nie hätte Menga Selb ihren Vater Armin Römer ins Altersheim geschickt, eine Selb hat einen starken Familiensinn, selbst wenn sie in den sechziger Jahren mit einem Hippie namens Raschle liiert war.
Ich bleibe nachmittags bei den alten Männern. Der Frühaufsteher Merkel rasiert sich in der Küche zum zweiten Mal naß. Großvater liest eine Zeitung, die seinen Bart verdeckt. Tiefes Schweigen. Merkels Schwester Mara, die meinem Großvater nahegestanden haben muß, wäscht ab.
Die Mauersegler kreisen in der Küche.
Nach dem Mittagsschlaf werden Merkel und Großvater meine Jasspartner.

Nachmittags führe ich Großvaters Bart spazieren. Mit meinem gutgekleideten Großvater laufe ich um drei Uhr täglich vom Bäderbezirk zur Holzbrücke, er mit Stumpen, Hut und Stock, immer mit braunem Gillet, braunen Hosen, die Leute grüßend. Wir gehen über die Limmat zum Schloß, wo wir kurz vor den Kanonen und Rüstungen des Museums stehenbleiben. Im Sommer werden die Spaziergänge auf die Kalknase der Lägern ausgedehnt, um die Versteinerungssammlung zu erweitern, die wir im Innenhof der Rose ausstellen. Danach kaufen wir Zigaretten, Heftchen oder Schokolade, die wir beim Gefängnisturm den Gefangenen an die herabgelassenen Schnüre binden, mit denen sie im allgemeinen Passantenstrom nach Geschenken fischen. Diese Gefangenen beheizen die gußeisernen Öfen im Bahnhofsberg von Baden, steigen also vom Turmspitz tief hinunter zu den Heizstellen, schaufeln Kohle in die Trichter. Sie sind Kettenraucher wie Großvater, der mit seinem Bart einer kultischen Gemeinschaft zugerechnet werden könnte. Abends holt Menga mich wieder heim nach Spreitenbach, wo ich fernsehe, ohne mit Derendinger zu reden, der abends meistens fernsieht.

Mehrmals frühlings fahren Großvater, Merkel und ich mit der Bahn ins untere Limmattal nach Brugg, wo die Reuss und die Limmat nacheinander in die Aare münden, die sich bald darauf im Rhein auswälzt. Allgemeine Mündungsschau. Die Wanderroute ist festgelegt, führt durch die Brugger Altstadt hinab zur Aarebrücke, der schmalsten Flußstelle überhaupt, kaum dreizehn Meter breit. Eine Düse. Großvater gerät auf der Brücke stehend jedesmal in Erregung. Das Wasser aus dem ganzen Alpenraum wälzt sich lautlos durch die Enge, selten hört man Geschlurf. Großvater redet über Wasserverdrängung, versucht zu errechnen, wieviel Wasser in dieser Zone zusammenfließt. Er zeigt jedem, der stehenbleibt, die blubbernden Wasserballone, die grünen Kringel, die wandernden, auf- und abtauchenden Süßwasseraugen. Für ihn ist diese Flußenge die eigentliche Aarquelle, ein Quellmund. Dann setzt er sich, und beginnt zu aquarellieren, malt die Ballone, sucht nach der Wasserfarbe, die dem unbeschreiblichen Blaugrün der Aare nahekommen könnte.

Während sich Großvater auf oder neben, jedenfalls in der Nähe der Brücke mit aufgesetztem Strohhut einrichtet, ist Merkel zum alten Marktplatz gelaufen, wo früher ein großes Habsburgerschloß gestanden hatte, das von den Bernern vollständig zerstört wurde. Merkel ist überzeugt, daß dieses Schloß das sagenhafte Wasserschloß war.

Später streifen wir durch die üppigen amazonischen Wälder in den Mündungszwischenstreifen sämtlicher Flüsse der Alpennordseite, suchen in den sandigen Böden nach Speisemorcheln, von denen wir nie auch nur eine einzige finden. So hat sich in mir die Überzeugung gefestigt, daß es Trüffel in verschiedenen Ausformungen gibt, daß man von Morcheln aber nur redet.

Beerdigung

Trotz markiertem Fußweg durchs ganzjährig verglaste, sommers wie winters klimatisierte Einkaufszentrum Spreitenbach verirrte sich Silber und mußte mehrmals nach dem Weg fragen. An jeder Ecke standen warmgekleidete Rufverkäufer mit Halsschlaufen inmitten ihrer Sonderangebote, dann folgten reihenweise Imbißstände, an denen Würste gegrillt wurden.

Menga erwartete ihn im Bistro beim Bahnhof. Sie hatte stark überschminkte Augen, küßte ihn auf die Stirn, somit aufs dritte Auge. Derendinger, der in der Parkgarage im Auto wartete, zeigte immer noch eine blondierte Strähne. Auf der Autobahn, die an die Parkgarage anschloß, fuhren sie durch ein offenes Stück Himmel. Die Fahrschneise war bald großzügig mit gelben Kalkblöcken gesäumt. Der erste Kalkkamm floß aus Südosten hochnackig und horizontgenau auf Baden zu und markierte die Bucht. Derendinger fuhr wie immer schnell, schneller als die Schnellzüge, fuhr das kurze Stück auf der Überholspur, während es in Richtung Baden steil und steiler abwärts ging. Menga und Derendinger waren Schräglagen gewohnt. Als sie vor Baden die Wettingerstraße hinab in die Senke fuhren, zog sich Silbers Magen zusammen. Allgemeine Verengung, Zusammenzug von Masse. Die Dächer der Häuser waren wehrhaft abgetreppt, führten Kalkritter, die die Lägern entlang und ins Blaue hinüber reiten wollten, zur Holzbrücke hinunter, zu den erdenden Bädern.

Derendinger hielt den Wagen vor dem Landvogteischloß an, weil Silber zu Fuß zur Rose gehen wollte. Erst der Geruch der Limmat spendete rettenden Atem. Als er auf der Holzbrücke stand, sah er zwischen den Lamellen Kindheitswasser fließen. Das Holz roch nach aufgeheizter alter Beize. Die Gerüche durchwoben sich im lamellierten Schatten. Früher war die jetzt geteerte Fahrbahn ein gittriger Rost gewesen, durch den man aufs ziehende Grünblau hinabgeschaut hatte.

Mein siebenundachtzigjährig verstorbener Großvater Armin Römer war ein überzeugter Nichtschwimmer gewesen. Eigentlich wasserscheu. Nie tiefer als knietief hatte er im Wasser gestanden, obwohl er der größte Wasserkünstler gewesen war. Möglich, daß er die Wassertreppe unter der Badener Holzbrücke ausgewählt hatte, um den Zugang zur Unterrasch zu finden. Der Nutzwasserarm trifft vor der Holzbrücke wieder auf den Wildwasserarm der Limmat, die Verquirlungen sind beachtlich, die Wasseraugen groß, das Blubbern und Schlurfen ungebremst. Er mag sich eingegliedert haben in die Reihen der leicht Trabenden, der fersbetont Gehenden, der bewußt Laufenden und schnaubend Ausatmenden, die in den Bäderhotels logierten. Er hatte therapeutisches Wässern vorgetäuscht, stieg die grob betonierten Stiegen hinunter, den Schwimmenden mimend, obwohl dort kein Mensch schwimmt, vor allem kein nicht-schwimmender, wasserscheuer Großvater.

Merkel erwartete Silber in der Rose. Da sah er ihn zum ersten Male wieder. Merkel siezte und wollte gesiezt wer-den. Sogar den Großvater, der sein bester Freund gewesen war, hatte er bis zum Tode gesiezt. Das Großvaterzimmer in der Rose war verdächtig aufgeräumt, abschließend ge-ordnet. Zettelburgen. Heftchen, Poster, Plakate, Zeichnun-gen, Skizzen. Die Beerdigung geschah im allerkleinsten Kreis. Die Mitarbeiter der Rose waren da, zwei alte Frauen aus der Nachbarschaft, die Armin Römer geduzt hatten. Merkel weinte ausführlich und wuchs Silber ans Herz. Des-sen Großeltern väterlicherseits fehlten. Sie waren in den Sommerferien. Silber betrank sich am Leichenmahl schwei-gend. Derendinger machte gute Witze. Vom Gasthaus *Win-zerhof* in den südständigen Reben hoch über der Limmat sah man aufs Bäderviertel, die Verstrebungen der Gleisharfe, die Industriehallen, alten Fabriken, die Villen, die Alt-stadt mit der Ruine, schließlich das ganze Limmattal, das hingestreckt lag, von der Abendsonne breit ausgeleuchtet.

Die freie Liebe

Pina möchte mehr von meinen Eltern wissen. Ihre Eltern sind Musiker, die Mutter Pianistin, der Vater Professor am Konservatorium in Zürich. Mir tut es gut, mich auf geord-nete Familienverhältnisse einzurichten. Denn meine Eltern praktizierten freie Liebe.
Ich wurde im August 1967 in Ras-Kappel gezeugt, während aus billigen Mono-Boxen der Gefreite Pfeffer Bewegungs-abläufe rhythmisierte, Liebe würzte. Mein Vater Kaspar

Raschle war ein Anhänger der Warmwasserlehren, genoß Gruppenwärme, wechselnde Partnerinnen, wollte sich nicht binden. Meine Mutter wurde schwanger, als sie in Ras-Kappel in einem Bauernhaus sonnenhalb in einer Kommune lebte und im Gymnasium nach absolvierter Lehrerinnenausbildung als Musiklehrerin aushalf. Sie lebten nie länger zusammen.

Ich muß im Sommer der Liebe sonnenhalb im Freien und unter Einfluß der Schweizer Hirnsäure gezeugt worden sein, in einem kosmischen multiplen Höhepunkt, denn Kaspar Maria, so sein Künstlername, konnte seinen Orgasmus verzögern wie kein zweiter. Ewige Gesetzmäßigkeiten durchspülten sein Hirn. Danach war für ihn die Welt nicht mehr wie vorher. Er verließ seinen Körper in Etappen. So ist er mein geistiger Vater geworden. Er hilft mir fernwirkend, den bunten Kunststoffhimmel der späten sechziger Jahre zu durchleuchten, aus dem mich die Störche pflückten.

Weil mein Vater alle rauschbefördernden Mittel bereits in den sechziger Jahren an sich selber erprobt hatte, habe ich die Substanzen im Blut. Ich bin geborener Abstinenzler, konsumiere nur Weckmittel, hauptsächlich Kaffee. Ich bin ein Nichtraucher geblieben, obwohl alle Musiker um mich herum Kette rauchten, auch Großvater Armin Römer Kette rauchte, zuletzt Stumpen. Das Nichtrauchen habe ich von meinen Großeltern väterlicherseits geerbt, Max und Erika Raschle-Lippuner, die militante Nichtraucher und Nichttrinker sind. Großmutter Erika leitete die Antialkoholikervereinigung in Neugrund.

Man muß laut Casio an allem nippen, um immun zu bleiben. Seiner Überzeugung nach entsteht durch Abstinenz Stau, Unterhöhlung, Verhärtung, dadurch erhöhte Anfälligkeit. Plötzlich erwacht man und ist Kettenraucher. Eines

Morgens hat man Lust, sich einen Fernsehapparat zu kaufen, stellt ihn zu Hause auf und wird von der Sendegewalt erschlagen. Auch Pina findet mich eher brav. Fast anständig. Anständiger als sie, die aus gutem Hause kommt. Anpasserisch. Bestenfalls zuvorkommend. Andere, erfolgreichere und begabtere Musiker, die professionelle Raucher sind, meinen Vater Kaspar Maria verehren, finden meine Grundabstinenz von allen Rauschmitteln übertrieben, Jazz sei dem Hanf entwachsen, behaupten sie, die Blütezeit des englischen Pop sei mit der Schweizer Hirnsäure in Verbindung zu bringen und so fort.

Abstinenz von allem außer Kaffee regt die Regelkreisläufe an. Alle Räusche der letzten Jahrzehnte, ja Jahrhunderte habe ich vererbt erhalten. Ich trage Räusche meiner Vorfahren aus, bin ein Katerkind, lebe seit jeher in einer Verkaterung. Abstinenz ist meine Verpflichtung. Denn mein Vater war der Rausch in Person.

Kaspar Raschle war ein Langhaariger der ersten Stunde. Er wollte ein bekannter Liedermacher werden. Es gibt eine einzige Platte von ihm. Er singt mit Gitarre reines Räss, dazwischen spielt er ziemlich dilettantisch Maultrommel. Er war ein Vorreiter der Dialektkunst. In den Raschen Liedern wird die Entdeckung des Raschtales besungen. Der Gründervater des Klosters Ras, der Bettelmönch Ruscelus, wird hymnisch verkitscht, dargestellt als kosmischer Heilsbringer, Kräuterarzt, Quellenindianer. Frühe Wellen der Keltenverehrung gingen nicht spurlos an meinem Vater vorüber. Selber wähnte er sich als spätgeborener Druide. Bekannt ist, daß er von mehreren Kantonspolizeien gesucht wurde. Er hing mit anderen Langhaarigen an den Gestaden der Limmat. Anfangs der siebziger Jahre wohnte er in einem Wohnwagen an den Waldrändern im Limmattal auf der Grenze zwischen den Kantonen Aargau und Zürich, um der Justiz zu entkommen, arbeitete, soviel mir erzählt wurde, an einem Liederzyklus, der mit »Gift und Gülle« überschrieben war, nur in Fragmenten vorliegt.

Kaspar Maria Raschle war der erste, der in den Waldlichtungen, Bahnborden, Vorgärten des Limmattals ein widerstandsfähiges Gras anbaute, das er die Quecke nannte. Sie war angeblich im hinteren Raschtal heimisch gewesen. In seiner göttlichen schwarzen Zitrone fuhr er die Stauden nach Zürich, verkaufte sie an der Riviera, wo einige Dutzend Langhaarige saßen oder lagen, um an der Sonne ihre Zöpfe wachsen zu lassen. Dazwischen lagen eine Autoreise nach Indien, von wo er einmal in einer Zündholzschachtel zwanzig Sämchen verschiedener Nachtschattengewächse mitführte, die er im ganzen Limmattal schattenhalb setzte. Dreizehn Sorten gediehen und waren sämchenreich. Daraus kann die ganze jüngere Queckgrasproduktion auf allen Dachgärten Zürichs abgeleitet werden.

Ausgerechnet im Frühling 1967 traf er in Südkalifornien ein, trieb sich an den Küsten herum, lag in lauen Wellen an der Abendsonne, wo er nachweislich zum ersten Mal die Schweizer Hirnsäure schluckte, worauf ihm Stimmen den Weg nach San Francisco wiesen. War es Kaspar Maria, der die Hirnsäure nach Kalifornien brachte, oder war er es, der sie so benannte, den Amerikanern ein im weitesten Sinne einheimisches Produkt im kollektiv erweiterten Bewußtsein verankerte, jedenfalls hat er im Sommer der Liebe mit verschiedenen Rock-Interpreten aus dem englischsprachigen Raume Bekanntschaft gemacht, eine Mexicoreise angehängt.

Im oberen Toggenburg besuchte er danach einen neunjährigen Jungen, eine hohe Inkarnation, die in einer leerstehenden Mühle auf einem Holzthron schattenhalb versteckt in einer vergessenen Kurve einer Seitenstraße Hof hielt. Kaspar Raschle überzeugte dessen Umgebung davon, daß

es im hintersten Raschtal noch geeignetere Rückzugsgebie-
te für Geistträger gebe, zudem eine altbewährte Heils-
tradition, Bastionen von Naturheilkundlern. Schließlich
siedelte die Inkarnation mit Troß und Truppe, Tonbändern,
tollen offenen Wagen nach Ras-Kappel in ein freistehen-
dendes schönes Bauernhaus sonnenhalb mit Blick auf das
Kloster. Mit siebzehn Hektar Land, die rein biologisch be-
arbeitet wurden. Man hauste in umgebauten Ställen, aber
auch in Zelten und Wohnwagen, hielt Schafe und Hühner,
einen Esel, viele Hunde und war zeitlos der Sonne zugehalten. Einige trugen Trachten oder Trachtenähnliches und
versuchten sich in der Streichmusik, die im Raschtal prak-
tisch verschwunden war. Kaspar Raschle sang Protestlieder
englischsprachiger Liedermacher, bevor er selber im Dialekt zu dichten anfing.

Kaspar Raschle war ein liederlicher junger Vater, übergab
mich aus Überzeugung der Kommune und den Großeltern
und verließ Ras. Das Limmattal wurde sein Wilder Westen.
Maultrommelfunde auf den Baustellen der Autobahn im
Limmattal versetzten ihm bleibende Verzückung. Er raste
unentwegt die Strecke ab und begründete sein Verhalten
mythologisch. 1973 wurde er bei einem Unfall auf der Autobahn Zürich–Bern zur Handorgel gepreßt, als ich gerade
fünf Jahre alt war.
Sein Mitfahrer, der überlebte, berichtete, Kaspar Maria sei
von den Früchten mexikanischer Kakteen berauscht gewesen, als er, verfolgt von der Aargauer und der Zürcher
Kantonspolizei, mit überhöhter Geschwindigkeit, nach
wilder Verfolgungsjagd falsch einspurte, geisterfuhr. Sein
Astralkörper lenkte das Fahrzeug.
Sein wahrer toter Körper wurde in den Trümmern nie gefunden, er könnte abgesprungen oder in die Lüfte entfahren
sein, heute in Goa oder in den Wäldern des Limmattals
schattenhalb weiterleben. Mir wurde als Kind erzählt, er
sei immer auf Reisen.

Kaspar Maria Raschle wurde erst nach seinem frühen Verschwinden zum Idol der Ostschweizer Jugend. Sein Geist hat das Open Air Festival in St. Gallen mitgeprägt. Meine Mutter hatte da bereits einen festen Freund, der sie nicht heiraten und mit mir nichts zu tun haben wollte. So bin ich ein Großelternkind geworden.

Pina spricht ein kultiviertes Zürichdeutsch, sofern dieser Dialekt in Reinform vorliegen kann – Seefeldisch, die weichere Seesprache, die sich die Goldküste und die Sonnenhänge Zürichs entlang entwickelt hat, mit weich verschluckten Konsonanten. Der stetige Geldfluß hat dort Kehlen geadelt. Das prägende Gassenzürichdeutsch, das in den sechziger Jahren an der Züricher Riviera Mode wurde (obwohl viele der Langhaarigen aus oben genannten Quartieren entsprungen waren und ihre Zungen umzuschulen hatten), ist in die Lieder meines Vaters eingeflossen.
Auch Kaspar Maria bediente sich einer Kunstsprache, wenn er als erster sogenannt einheimisches Räss sang. Er lauschte dieses nämlich meiner Mutter ab, die im hintersten Raschtal aufgewachsen war. In Zürich gab es niemanden, der ihn hätte durchschauen können. Ich begann selber, in seiner Kunstsprache zu reden, meinen Vater ab Schallplatte zu imitieren. Heute wird er mannigfach kopiert, sein zusammengesteckter Mischdialekt, der nicht wenige Fetzen reinen Zürichdeutschs enthält, wird allgemein für eine Originalsprache gehalten. Die meisten ostschweizer Dialekte sind eigentlich nicht singbar, da zu vokalschwach, das Räss macht hier eine seltene Ausnahme.

Immerhin darf ich meinem Vater Kaspar Maria attestieren, in seinen Gesängen die Grundzusammenhänge richtig erahnt, wenngleich allzu verblümt beschrieben zu haben. Die Gleisharfe wird bei ihm skizziert. Das Raschtal und das Limmattal bringt er in Verbindung, betrachtet die Landschaft vom Tierfehd über Ras und Kaltbrunn nach Zürich

DAS SECHSTE KAPITEL

beschreibt die verschiedenen ausgleichenden Öffnungen.
Kontrollspaziergänge im Quartier. Schwimmen, Baden
und Duschen. Quellsucht und Reisefieber. Casio erleidet
einen Rückfall. Silber erfindet zeitlose Musik. Gabriel
Vaser singt von einer heilen Welt. Pinas vielversprechende
Stimme.

Die Mündungspflicht

Silber schlief nicht wie vorgesehen im Großvaterzimmer,
fuhr spätabends im Schnellzug nach Zürich zurück, verlor
sein fahles Gesicht im spiegelnden Zugfensterglas. Erst die
vielfarbigen Werbungen, die beim Einkaufszentrum Spreitenbach in die Nacht hinausspotteten, lockten seinen Blick
weiter. Auf den Großleinwänden über den Dächern liefen
abendfüllende Spielfilme. Dann flogen Mast an Mast aufgereiht Lichtkörper des Güterbahnhofs Limmattal vorbei –
kalte Kegel, weißen Grell werfend, Perspektiven falteten
sich auf und klappten wieder zu bei rasender Geschwindigkeit, Flügelschläge von Schmetterlingen, Schnitte von Scheren. Schnelle Verjüngungen, laufende Alterungen. Auf der
ganzen Breite waren offene Güterwagen zu erkennen, die
zu einer einzigen langen Formation zusammengesetzt wurden. Nach weniger als fünfzehn Minuten fuhr der Zug
bereits im Hauptbahnhof ein.

Zurückgekehrt war Silber mündungspflichtig.
Er stand am Fenster seines Arbeitszimmers und sah auf den
Hardplatz, das Gleisrund des unendlichen Achtertrams.
Endstation. Die neue Hardbrücke mit ihren breiten Zu-
fahrtstraßen hatte alte Straßen lahmgelegt. Alle Autobah-
nen zwängten sich provisorisch zwischen den Siedlungen

aus den zwanziger und dreißiger Jahren durch, die nun in der Brandung standen. Schiffskörper in stets rauher See. Täglich wachsendes Verkehrsaufkommen. Stündlich sich mehrende falsche Harfentöne.

Jetzt war Mündungsarbeit angesagt.
Oft hatten Quellfasser von Baden in Hardbrückennähe gewohnt. Große, hundertjährige Laubbäume markieren die Warte. Abends auf der Straße rote Rücklichter, westwärts stoßend. Gelbe und weiße Scheinwerfer herkommend. Venen und Arterien. Projektionen des Fahrleitungsgeäders an der Zimmerwand. Rieselndes Blätterwerk.

Gequietsche – auf den vermeintlich leeren Güterwagen, die nachts unter Silbers Fenster abgebremst wurden, lag eine schwarz glänzende Masse, die bei jeder Gleisnarbe, die überrollt wurde, leicht ins Wabern geriet.
Es war die schwarzgewordene Stille aus allen Richtungen des Himmels, die dann verfrachtet wurde. Silber hörte vom Bett aus, wie am Bahnhof Hardbrücke Wagen um Wagen einfuhr. Er schaute nach, beobachtete, wie die schwarzen Massen eigengesetzlich in die Lifte kippten, die in die Brückenposten eingelassen waren, so auf die Brücke gelangten. Auf der Busspur krochen sie – großen Roßschnecken ähnlich – dem Hardplatz zu, sammelten Schaum auf.

Der Hardplatz ist der häßlichste Platz der Welt.
Tagsüber meistens menschenleer, nachts verlassen. Zufahrrinnen sind quirlfömig angelegt, um den Verkehr flüssig zu halten. Der Platz selber ist verschiedenfarbig ausgepflastert: Die weichen, grauen Einbuchtungen sind Becken und Tröge älterer Brunnen, die zugeschüttet wurden. Tatsächlich handelt es sich bei den Schächten um echte Mündungen. Meistens waren sie verstopft mit Lärm. Silber kratzte die Schachtrillen frei.
Der Volksmund glaubt, die schwarzgewordene Stille fließe

durch die Schächte in die Sihl, die beim Hauptbahnhof Gleise unterquert, folglich in die Limmat, wo sie sich löse wie billige Tinte. Indem die schwarzgewordene Stille beim Hardplatz versickert, glättet sie sich zum Spiegel. Auf der Oberfläche bleibt dumpfes Gerede und Restgewisper, ähnlich dem Gewisper, das man hört, wenn man ohrtief in der Aare schwimmt, und das erklärt wird mit den Kieseln und den Bollensteinen aus dem Nagelfluh des Berneroberlandes, die auf dem Aaregrund zum Meer gerollt werden. Erst beim zweiten Hinhören wird klar, daß es sich bei diesem Gewisper um die eigenen verlorenen Stimmen handelt, die durchs Aarewasser aufgemischt werden. Wer in der Aare badet, hört sich selber reden.

Der Lauf des Regenwassers hat die schönsten Plätze der Welt geformt. In Siena wird der im Winter und Frühling anfallende Regen auf den Dächern gefaßt, über die geziegelten Kengel und Traufen zur Piazza gelenkt, wo breite Bäche entstehen, die zur Mündung laufen, dort verschluckt werden, darunter gröbere und feinere Kieselbetten durchkuhlen, die Filterungen sind. Die ganze Stadt ist unterhöhlt von großen Wasserspeichern. Bei Regen im August wird die Mündung mit Kork zugestopft, die Piazza in ein Freibad verwandelt. Dem Regenwasser, mit einigem Weihwasser versetzt, wird verjüngende Wirkung nachgesagt. Nach alter Regel werden erst die Alten und die Behinderten, dann die Kinder und die Mütter zugelassen.

Silbers Kontrollspaziergänge führten durchs Quartier. Er polierte nachts die Gleise, reinigte die Plätze.
Das Tramgleisrund am Hardplatz stabilisiert die eingefaßten Mündungen.
Alte Straßen sind dafür sackgeleitet worden. Etwa die alte Hauptstraße zum Bullingerplatz. Zentrale Drehscheibe für den Straßenverkehrsfluß zwischen Hamburg und Brindisi jedoch ist der runde Brunnen, gut zweihundert Meter vom

Hardplatz entfernt. Von da laufen die Straßen in alle Windrichtungen. Zum Friedhof Sihlfeld etwa. Dem größten
Friedhof der Schweiz. Das ganze Quartier samt Brunnen,
auf den sich einst das ganze Leben bezog, wurde Ende der
zwanziger Jahre vorausschauend angelegt. Damals stand
der Bullingerplatz stärker im Einflußbereich der West-Ost
Achse. Heute wird er vom Transitverkehr nur noch ge-
streift. Ein irregeleiteter Audi kreist seit Jahren um den
runden Brunnen, der einer der ersten Kreisel auf dem Kontinent war. Die Pflasterung, die den Urkreisel einfaßt, ist
dem Muster einer Schlangenhaut nachempfunden. Drin ist
eine flache, gut vier Meter breite Schale auf breitem Brun-
nenhals. Nie betritt ein Erwachsener den Kreisel. Für die
Fontäne war eigens die Unterrasch angebohrt worden. Eine
einfache englische Brause teilt das aufstoßende Wasser
randgenau. Es bildet Hauben, platzt bundrein auf den äußeren Schalenrand, von wo es bladdernd das untere flache
Rundbecken bespielt, teils als Vorhang, meistens gerissen.
Bei Westwinden verformte Wölbungen.

Bei Stau an der Bullingerbrunnenenge, wo die Autobahn
eine empfindliche Kurve dreht, wieder in die alte Hauptstraße einmündet, gerät der Nord-Südverkehr auf der
Alpennord- und auf der Alpensüdseite ins Stocken. Con-
tainerarbeiter an der Elbe spüren den Stau. Satellitenge-
steuerte Schiffe fahren weltweit langsamer. Albanische und
bosnische Kinder legen hochsommers ihre Tücher auf dem
Beckenrand säuberlich aus, baden, duschen im Sprinkel,
werden aus nächster Nähe beäugt von den fernfahrenden
Dieter, Guido, Werner. Kinder von anderen Kontinenten
tauchen in der Schale auf, tanzen sekundenschnell den
Sprinkeltanz, rennen im Kreis. Es sind Kiemen gesehen
worden. Kröten laichen frühlings in der Schale.
Verenen oder Nymphen, die nachts aufreizend in der nicht
mehr besprinkelten Schale sprinkeltanzen, bewerben einen
der benachbarten Veranstaltungsorte, die von Fernfahrern

und Fernsehzuschauern gerne besucht werden – oder andere fernöstliche Heilverfahren, die jeden Stau lösen.

Nach getaner Arbeit genoß Silber Bäder in der Limmat auf der anderen Seite der Hardbrücke. Sie frischten ihn sommernachts wieder auf. Das gemäßigte Rascheln des begradigten Flusses spendete Trost. Wenn er sich süßwässerte, nackt im Seil hing, das er an einem Brückenpfosten befestigt hatte, Süßwasser über die Ohren ziehen ließ, die doppelstöckigen Lichtraupen über die Bahnbrücke fahren sah, erhielt er seine Stimme zurück. Nur im Flußwasser hatte er Stimme, sobald er es verließ, trocknete sie ihm aus. Er sang nur Vokale – Kopfstimme, die die Schädeldecke entlangwanderte. Da war ein Blubbern im Bauch, in dem ein Baßton wohnte, der wieder aufschnarrte, seine Beine in eine fließende Schwimmbewegung dirigierte. Die Heilkunst ordnet diese Gesänge eindeutig dem Naturjodel zu. Während der Naturjodel der Orientierung in der Landschaft gedient haben könnte, sang Silber, um Resonanz zu haben. Bereits meldete sich ein verändertes Hörverhalten. Die Lust, verdaut zu werden. Schneller zu verdauen.

Sitzbäder

Casio hatte sich bei verschiedenen Formationen unmöglich gemacht, war zu spät gekommen, hatte Termine verpaßt, beschlossen, sich auf seine elektronischen Geräte zurückzuziehen. Er erlitt einen Rückfall. Bereits Ende der achtziger Jahre hatte er mit Wiederholungen gearbeitet, damals nur Kopfschütteln geerntet.
Als ihn seine letzte Geliebte verlassen hatte, vergrub er sich in seinen Geräten. Sie standen neben dem Bett. Daraus kam Kammermusik. Silber versuchte anfangs, Casio wieder in die gespielte Musik zurückzuholen. Der aber lebte mit den Kakerlaken. Sie wohnten in seinen Geräten, und er behaup-

tete, daß Teile der Geräusche, die er fabrizierte, von den Kakerlaken herstammten, die seine Musik liebten.

Also begann Silber selber am Bildschirm Musik zu machen. Casio und Silber schmiedeten Pläne, formten eine zukunftsweisende oberton- und untertongestärkte Musik, die Silbers neuen Bedürfnissen genau entsprach: perfekt modellierte Bässe, eingeflauscht in Streicherbeete, unterfüttert von Casios schlauem, flinkwendigen Schlagzeug. Diese Musik war es, die den deutschen Schäferhund des Nachbarn beunruhigte. Er heulte nächtelang, in der immerselben Lage, während sein Herrchen im Keller an einer Bombe bastelte, Kühlschränke und Motorradmotoren reparierte. Zudem schmuggelte er in den Trommeln seiner Waschmaschine Uran aus dem Ural an die Hardbrücke, nahm tief im Boden Bohrungen oder Sprengungen vor, getreu der alten Regel, an der Hardbrücke die Unterrasch anzubohren.

Rhythmische Engführung brachte erstaunlicherweise Freiraum. Absehbare Folgen. Frei verfügbare Zeit. Die Sonne blendete, die Läden wurden geschlossen. Silber glaubte, das Glückszentrum entdeckt zu haben. Alle Resonanzbedürfnisse seines Körpers deckte er ab. Schloß Kreise, ließ wiederholen. Endlos wiederholen.

Musik kam aus verschiedenen Quellen und verschiedenen Jahrhunderten. Casio nahm sich, was ihm gefiel, addierte unverfroren. Er zog üppig Baßbutter unter, molk Gleisbökke ab. Silber war immer gespannt. Gleichbleibend gespannt. Melodiefetzen über dem Gleismeer. Neue Lokomotiven schwirrten herum, pflügten gleichförmig. Dung. Neue Gewächse aus eintönigem Boden. An den Rändern Magergräser. In der Mitte fette Quecken. Große Ampfern.

Karstens Zimmer war zwischenvermietet worden. Verschiedene Plattenleger aus Rom und Wien oder Berlin schliefen tagsüber halb, ließen abends Platten laufen, bevor sie nachts verschwanden. Casio kannte viele Leute, die seine Platten spielten, ihn verehrten, nur noch in der Rille lebten. Der Schnellstraßenschlaf am Gleisfeld behagte ihnen. Einige fuhren Achterbahn in ganz Europa.

Casio war immer der erste, der sich am Neuen vergiftete, und der erste, der wieder geheilt war. Er wandte sich älteren analog geschalteten Geräten zu, ließ seinen Bildschirm unbeaufsichtigt. Damit war die Spielwiese frei für Silberselb, der, eingeführt in die Technik des Beraubens und Zusammensetzens, Flächen legte, sich neue innere Organe schenkte, weitere Herzen, andere Backen, neue, hellere Stirnen. Baßpauken, die ihm den Atem raubten. Und wieder schenkten. Und raubten. Und wieder schenkten.

Er reiste mit seiner körpereigenen Musik im Kopfhörer durch Täler, ohne sich erinnern zu können, ob er tatsächlich von zu Hause weggegangen war, innerlich ausgemessen bis in die Zehenspitzen, hinauf zum Scheitel. Er hörte nur noch seine eigene Musik.
Wie kam es zur Überstürzung?
Silber wollte auf Grund laufen.

Saalbäder

Casio nannte sich nun *Analog*. Als er Ende Oktober 1995 in der gesperrten Unterführung beim Escher-Wyss-Platz den ersten Auftritt mit seinen Geräten hatte, wollte Silber zu Hause bleiben. Silber half ihm nicht, die Geräte zu transportieren. Legte sich ins Bett. Konnte nicht einschlafen. Also machte er sich auf.
Silber schlenderte nach Mitternacht über die Brücke. Bereits hatten sich die Herbstschleier zum Nebel vermasst.

Auf der Fußgängerrinne der Hardbrücke fühlte sich Silber ohne Schwere.

Unter der Brücke standen verschiedene Leute vor verschiedenen Eingängen. Darunter weitläufige Katakomben. Musik aus verschiedenen Winkeln. Silber suchte die Ränder ab, ohne Casio zu erkennen. Er setzte sich in einen Sessel, dem eine Feder entsprungen war. Hörte endlos wiederholte Stimmschnipsel. Werbewirte füllten im Hintergrund die heißen Flüssigkeiten in Flaschen ab. Verschiedene Ärzte trugen große Spritzen herum. Einige Tanzende wurden gegen Wiederholung geimpft. Silber ließ sich nicht impfen.

Offensichtlich standen Augenmenschen hinter den Reglern, sie operierten mit Röntgenpauken. Silber trank Säfte, die ihm gereicht wurden, und entdeckte Vorhänge im Beton. Offene Pforten. Volle Saalbäder. Dahinter ein großzügig ausgestaltetes graphisches Kabinett. Nischen für Neon. Offenes Gebläse. Heißwasserwannen. Eiströge.

In einem Spiegelsaal entdeckte er Brutkästen. Befruchtete Dotter im roten Licht. Offene Heileier. In der Mitte lag die Königin. Dickweiß. Im nächsten Saal hingen Ausgesteuerte in den Sesseln. Sie tranken Kunststofföle, schlürften Fäden. Den Ausgang fand Silber nicht mehr, floh ins Betriebsinnere. Dicke Wollbässe empfingen ihn. Warme Bauchpinsel. Er glitt vorbei an Webmaschinen, an denen viel Volk saß. Als er zu nahe heran ging, wäre er beinah mitverwoben worden. Er sah daneben Roste, die schwarz ziehendes Wasser übergitterten. Stand vor einer Maschine, die vibrierte, einen endlosen Faden spuckte. Silber lief weiter durch Verdauungs- und Zersetzungsgeräusche. Er war im Innern des Mastdarms. Grassierende Darmflora. Von fern hörte er Gesänge. Er hielt darauf zu.

Der Singsaal

Gabriel Vaser sang lauthals in einer Wodkabar. Man erreichte sie über ausgelegte Bretter, die kleine Teiche überspannten. Die Wasseroberfläche zitterte im Kerzenschimmer. Gabriel hatte mit Silber das Voralpine Lyceum in Ras besucht. Bei ihm standen ein paar Studenten. Silber war froh, auf alte Bekannte zu treffen. Beim Näherkommen hörte er im Hintergrund eine Schlagerplatte laufen. Gabriel sang dazu. Lauter als die anderen. Neben ihm stand eine Frau mit schwarzen Haaren.

»Sing mit uns«, lallte Gabriel. »Silber – Silber«, sangen alle auf sein Geheiß, also sang Silber irgendwie mit, trank Wodka und formte stimmlos seinen Kose- oder Künstlernamen, öffnete und schloß seinen Mund. Zwischen ihm und den Singenden war Flaschenglas. Gabriel umarmte ihn, tanzte mit allen, hatte die mächtigste Stimme der Gruppe. Die Wasserlachen klatschten an die Bretter, schwaderten, erweckten den Eindruck, als tanzten die Flüssigkeiten nach seinem Lied. Die Nadel sprang aus der alten Platte, die immergleiche Zeile des Schlagers kam aus den Boxen, » – sere Liiiebe blei – sere Liiiebe blei – «, bis bald alle »sere Liiiebe blei« sangen, ohne daß jemand den Arm des Plattenspielers weitergeschubst hätte.

Gabriel spielte den Einheimischen. Alle Raschtaler wurden nun lustig. Es waren zwei darunter, die echtes Räss sprachen, aber nicht viel sagten, während Gabriel, der ein Zugewanderter war, sich den Dialekt angeeignet hatte, groß damit auftrumpfte. Er stellte Silber seine Cousine vor: Pina. Später wurde der Plattenspieler ausgeschaltet, einige sangen weiter, bis Gabriel alleine hell ansetzte, worauf Silber mit einstimmte, brummend einen Boden legte. Einige der Studenten verabschiedeten sich eilfertig, und Gabriel sang enthemmt schön. Während Silber Bruststimme hielt, erstanden Landschaften vor seinen Augen.

Gabriels Schwärmereien über die nebelfreie Zone im hintersten Raschtal verlockten Silber sehr. Die Vasers hatten den Quellenhof übernommen und suchten Aushilfen für die Wintersaison. Gabriel lud ihn ein. »Wir brauchen Leute wie Dich, Silberling, Musikanten, Sänger. Du kannst morgen schon kommen, wenn du willst.«
Silber hatte aufgeschnappt, daß Pina im Dezember im Quellenhof arbeiten würde, um Geld zu verdienen fürs Bratschenstudium. Er sagte zu.

DAS SIEBENTE KAPITEL

worin Silber liebeskrank wird, sich frühmorgens überstürzt, den Schnellzug der Südostbahn besteigt. Der gräßliche Vogel Gaster. Föhnfenster über den Glarner Gletschern. Er zieht bei Weesen an den tönenden Bergen vorbei, erfährt in der Taminaschlucht keine Linderung. Raetia terza.

Ottomotoren

Silber schlief schlecht im Nachhall der Tanz- und Gesangsweisen.

Die Schnäpse hatten Geräusche konserviert, jetzt schwammen sie im Körpersaft, setzten Rhythmen und Fetzen von Stimmen frei, tauchten wieder unter. Ein laufender Lastwagenmotor stotterte helfend unter dem Fenster, warf gleichförmig geknotete Netze, fischte Silber aus der Tunke, schleppte ihn an den Bettrand, dort erwartete ihn das Kopfweh, ein ausgewachsenes Kopfweh: redende Fäden liefen durch die Stirn, gelbe Nadeln steckten in den Schläfen.

Es war zehn vor sechs.

Silber stand auf Beinen, die nicht ihm gehörten, am Fenster. Der Zimmerboden knarrte angestammt hölzern, die Bodenbretter trieben auf See. Er entriegelte die Läden, schob sie spaltbreit auf. Das Fensterbrett war eigenartig angefeuchtet. Nebel.

Zuggroße Fruchtkörper waren über Nacht zwischen den Gleisen aufgestoßen, Grünspanträuschlinge waren darunter, weiße, rasch gilbende Schirmlinge mit den typischen genatterten Stielen standen in den Weichen, dahinter hirnartig gewundene Hüte und spitz zulaufende Häublinge. Die Gleisharfe war verpilzt. Man hörte keine Züge, nichts als Diesel- und Ottomotoren, fern sirrend die Elektromotoren der ersten Brückenbusse.

97

Silber hatte schwelenden Nachbrand, trank in der Küche elf Schlucke kalten Leitungswassers, netzte Stirn und Schläfen.

Kaffee? Lag nur in sofortlöslicher Pulverform vor. Eine weitere Säure hätte Lähmung bewirkt. Schwarztee gab es in billigen gelben Beuteln, aber keine Milch. Grüntee hätte die Schläfen schnellstens entnädelt, Orientierung gestiftet, die Nebengeräusche dezimiert, das Bewußtsein aufgehellt. Die Büchse war leer.

Also konnte ihm nur eine laue Scheiteldusche auf die Sprünge helfen.

Silber war nämlich warmwasserhörig. Er duschte sitzend im Dunkeln. »Traumverlängernde Maßnahme«, nannte schon sein Großvater Armin Römer die Scheiteldusche mit über Ohren, Nacken und Rücken fließendem lauem Wasser, das Frösteln hervorruft, somit die Nerven anregt. Brausestrahlen, auf die Fontanelle gezielt, erzeugten kurzfristige Glücksempfindungen. Bei zu kaltem Wasser konnte das Gift im Hals und unter der Zunge gerinnen, bei zu heißem Wasser verschwemmt werden. Die richtige Wassertemperatur lag stets leicht unter der Körpertemperatur.

Die Duschzelle mit untergebauter Badewanne war Silbers Zuflucht gewesen, seit das Süßwasser des Sees und der Limmat herbstliche Temperaturen angenommen hatten. Er begann zu johlen, einen hohen, engen, gepreßten Ton, der in den Duschgeräuschen zerkleinert wurde. Die stark resonierende Wanne sammelte die Splittertöne, öffnete Räume, entlockte ihm erst Bruststimme, dann den schummrigen Grundton im Becken.

Nach einer Viertelstunde hatte Silber eine Seife im Bauch. Obenaufliegend Schaum. Der wanderte ihm auf die Zunge. Er spuckte ihn aus. Wasser floß nun in beide Ohren. Unter der Wasserhaube erinnerte er plötzlich Pinas Stimme, obwohl sie nur wenige Worte zu ihm gesagt hatte im allgemeinen Lall, er hörte ihre Stimme klar, sah ihre redenden Augen. Silber wurde schnell liebeskrank. Über den siebenten Himmel hinaus steckte er die Erwartungen. Aus der Seife bildeten sich die schönsten Blasen, bläulich marmoriert, die stiegen ihm in die Augen. Silber malte es sich aus mit Pina Vaser.

Ansatzlos kam sein Entscheid, den Siebenuhrzehnzug zu nehmen.

Die ersten Strahlen kalten Wassers gossen seine Entscheidung fest.

Die Liebeskrankheit ist bekanntlich unheilbar.

Sie äußert sich zunächst dadurch, daß der Befallene an unerhörtem Lichtdurst leidet.

Er sucht seine Geliebte über dem Nebel.

Im Sonnenwo.

Silbers Reise in der Seifenblase

Überstürzte Abreise bedeutet freien Fall. Die plötzliche Lust, sich in Vorstellungsräume zu schmeißen, darauf vertrauend, daß man Flugeigenschaften im eilig zusammengeworfenen Gepäck mitträgt.

Falls die Atemfolge unterbrochen wird, hat man mit Folgeerscheinungen zu rechnen: Rhythmusstörungen, Launen, Einbrüchen auf unsorgfältig bestelltem Grund. Gestolper.

Bei allgemeiner Atemnot jedoch kann eine gezielte Überstürzung die Tiefenatmung schockweise installieren, frische Bilder liefern. So entsteht neuer Antrieb.

Silber hatte nur wenig Zeit.

Er zog seine Reisehose und seine billigen Sommerturnschuhe an. Steckte Kleider für eine Woche ein. Das Treppenhaus durchflog er. Wie immer bei einer überstürzten Abreise vergaß er die Hauptsache, machte, mit der Reisetasche bereits vor dem Mietshaus auf dem Parkplatz, nochmals kehrt, eilte die vier Stockwerke wieder hoch. In seinem

Zimmer sah es aus, als wäre ein Einbrecher am Werk gewesen: Kleidungsstücke lagen auf dem Boden, in der Küche der Abwasch vom Vorabend. Er holte den vollen Gitarrenkoffer aus dem Zimmer, schickte den Blick flach über seine Sachen, die aus dem tieferen Zusammenhang herausgerissen waren, prüfte wiederholt, ob er die Herdplatte tatsächlich ausgeschaltet hatte, kniff sich in die Hand, um aus der geröteten Stelle Gewißheit zu ziehen. Dann rannte er erneut das Treppenhaus hinunter, wobei die Topfpflanzen Wind zugefächelt erhielten. Bei der Hardbrückenunterführung saßen auf der Treppe zusammengekauert zwei Raschtaler in den ewigen Sümpfen. Aus den Schächten in der Unterführung qualmte es ergiebig. Die kopfsteingepflasterten Mündungen auf dem Hardplatz setzten durch die Schachtrillen ebenfalls Dämpfe frei, es roch nach Schwefel und Benzin.

Der Bus wartete. Jemand hielt die Türe blockiert. Silber setzte sich in die hinterste Reihe. Herren aller Länder schliefen im Bus ihren Wochenendschlaf mit über die Brauen geschobenen Kappen und unter harten, kantigen Hüten. Schläfrige Hälse, geschorene Nacken. Frauen aller Welt hatten ihren Schlaf in befellte Handtaschen gesteckt. Aus den Frisuren quoll Schlaf, aus den Handtaschen und den Mündern floß Watte.

Der Hauptbahnhof: eine Rhythmusmaschine.

Silber buckelte seine Tasche, rannte zum Zug, streifte Schultern und Bärte, stieg im letzten Moment ein, bevor sich die Türen schlossen. Das Geräusch in sich greifenden Stahls hörte er, als er das Raucherabteil betrat. Es war einer der alten Schnellzüge; er war mäßig besetzt.

Silber war außer Atem. Er sah Speitäublinge und falsche Reizker im Bahnbord. Perlen kalten Schweißes standen ihm auf der Stirn und unter der Nase. Der Zug setzte knarschend über die Weichen, das Rucken ging ihm ins noch bettgewohnte Gesäß, durch die Wirbel, verrückte sie merklich, dies nahm ihm seinen steifen Stolz, lockerte den

gehärteten Nacken. Die Scheibe beschlug. Tiefgreifendes
Quietschen bei jeder Zweigung. Er ließ sich in seine eigene
Körperschwere hinabfallen, wurde vom flachen Atem
schnell betäubt.

Plüsch

Als er die Augen wieder öffnete, schwebte der Zug auf
halber Höhe über dem See. Ein letzter Raddampfer zog
seine Spur stadteinwärts. Ein rudernder Achter ohne
Steuermann schnitt die hinter dem Schiff entstehenden Wel-
lenkämme. Silber folgte der Fortbewegung des Geräts, das
bald wieder die ruhige See bestrich, bleierne Glätte teilte.
Die sechzehn Ruderblätter setzten seitlich Tupfer, die anfänglich Augen glichen, dann zu Kreisen wurden, bevor das
nachkeilende Fahrwasser sie verformte. Schwere Brut hing
östlich über dem See, herabhängende Säcke, weiße Euter
mit vollen Zitzen. Silber hustete, immer wieder war es dieser körnige Trockenhusten, der mißmutige Blicke der wenigen Reisenden auf ihn lenkte. Er raffte sich also auf,
durchlief einige leere Abteile, ließ sich im Speisewagen ins
rote Plüsch fallen, bestellte einen Kaffee, den ihm ein ge-
stärkter weißer Ärmel mit goldenen Manschettenknöpfen
auf den Tisch drehte: »Bittschön, ein großer Schwarzer für
Monsieur. Wie weit fährt er?« Erst jetzt hörte er das be-
herzte Wienerisch des Kellners, der wie ein Koch gekleidet
war, sein schwarzes Haar mit Brillantine zum Seitenschei-
tel frisiert hatte. Es war offenbar ein ungarischer Speisewagen, der via Siebenbrücken, Sargans, Innsbruck, Wien nach
Budapest fuhr.
Der starke Schwarze pumpte weitere Bilder in die bereits
entzündeten Augen. Im Scheibenglanz vor dem grauen Hintergrund verfolgte er östlich einen Himmelskörper, der von
den Wolkenzitzen aufgesogen und wieder hergegeben wur-

de. Anfänglich hielt Silber das weiße mitrollende Rund für die eben aufgegangene Sonne, die sich erkenntlich zeigen wollte. Hinausgleitend auf die sumpfige Ebene, wo frühmittelalterlich der Tuggenersee gewesen war – später verlandet, wobei sich Pest, Malaria, Schwindsucht zurückzogen –, entdeckte er vor dunklerem Hintergrund, daß es sein Auge war, das sich in der Scheibe spiegelte.

Die Ostbahn fuhr durch beachtliche Nebelvorkommen, die Sicht war erschwert, die Feuchtigkeit hing hinunter, verklebte den Himmel mit dem Boden. Die Bäume waren verkickt, ein Wäldchen mit Gesträuch schien schimmelbefallen. Vereinzelt hockten Krähen auf den Feldern, die wenigen freistehenden Häuser standen leer. Alle Geräusche wurden abgezogen, der Schnellzug streifte rasend Farbe ab, das satte Rot floß aus dem Plüsch, das glänzend schwarze Haar des Kochs ergraute ebenfalls. An den Starkstromleitungen war Weißwäsche aufgehängt, die Felder waren belegt mit dorfplatzgroßen Leintüchern. Hauch hatte alle Scheiben besetzt, Silber wischte sich ein Guckloch frei.

Die Decke lichtete sich rasch wieder. Bläuliche Schlieren waren bald ins Weiß eingelassen, das sich ausdünnte, Schicht um Schicht wurde freigelegt, die letzte stieg steil aufgewölbt, gab den erwarteten Oktober frei: Der Schnellzug wurde ins Königsblau hinaus entlassen. Farben und Geräusche fanden ins Abteil zurück.

Silber sah die breit hingefläzte Flanke über Siebenbrücken in der Morgensonne. Die subalpine Molasse stieg unvermittelt aus der Ebene auf. Wenig Schnee lag in den Höhen über der Baumgrenze, die Schichtgräte waren dadurch deutlicher konturiert. Der Nadelwald ging auf halber Höhe in einen bunten Mischwaldrock über. Er lag zuunterst geschlossen rötlich über einem westwärts wegstrebenden Zeh des Molassefußes, auf den die Starkstromleitungen zuliefen.

Der Siebenbrückenerberg hat die Form eines Geiers, der seine Flügel ins Land hinabstreckt, seine Brut darunter hü-

tet. Der Vogel heißt *Gaster*, das ihm unterworfene Land
Gasterland. Das Raschtal war sein Nistgebiet gewesen, bevor er sich einsteinerte. Gletscherzungen des Raschgletschers trugen die Eier aus dem Raschtal heraus, sie liegen
vornehmlich in den Endmoränen bei Kaltbrunn. Wenige
Eier sind auf der Raschgletscherzungenspitze gefroren nach
Westen gewandert, liegen auf dem Grund des Zürichsees,
der aus getautem Gletschereis entstand. Selten schlüpft in
Zürich ein großer Geier, eigentlich nur in heißen Sommern
nachts, wenn die Gleise singen.
Gesehen worden sind nur mächtige Schatten.
Gaster war ein Greif, entzog ganze Wale mit seinen Krallen
den Urmeeren, die die werdenden Alpen umstießen, schichtete organisches Material um, befruchtete sowohl die Meeresmolasse als auch die Kreide, indem er Eier der verschiedensten Viecher von weither holte. Er ist ein großer
Artverwandter von *Basilisk*, dem oft vervielfältigten Brunnendrachen zu Basel, der Truthahn, Geier und Echse zugleich darstellt und laut Ruscelus der Zucht eines keltischen
Druiden entsprungen ist, der seine Hühner mit Kaninchen
einkreuzen wollte.

Silber hatte Ausblick ins südwärts geschlitzte Glarnerland,
wechselte die Seite. Im Föhnfenster vergletscherte Glarnerkalkmocken, dazwischen, über dem Grundgrün des Talbodens, von der einen Talseite zur anderen gespannt, ein
einzigartiger Nebelschleier, weißgewordenes stilles Einvernehmen, dünner als jeder Hauch, Fangnetz für Gleitschirmflieger, die sich über die Klippen werfen, feinstes,
unverwobenes Vlies aus Dunst, genäßt vom Tau, Tropfen,
die als Töne herunterfielen, Geglitzer in der frühen Oktobersonne, sogar die fingernagelkleine Glarner Spinne, die
in den Fäden hing, war gut zu erkennen. Schnell verflüchtigten sich Silbers träge Sitzgewohnheiten. Seine Vorstellung, geritten von Koffeingäulen, sprengte durch dieses Tal.
Schon hatte er vergessen, in Siebenbrücken auszusteigen.

Er setzte sich wieder auf die andere Seite. Jetzt erschien die Weesener Schüssel, die anschließt an den Siebenbrückener-berg und nicht molassisch weich geschwungen ist, sondern karg und steilzahnig ragt, ein klassischer Eckberg mit nach Süden stehender Kante. Sie markiert den Eintritt ins Kalk-gebirge. Die Weesener Schüssel steht wie der Bug eines gestrandeten Schiffes in der Ebene, ist aber kein einzelner Berg, sondern flächig, ein großes, unbegehbares Karstgebiet auf über zweitausend Metern, eine Hochebene, ganz vergrätet, ohne Weiden, unzugänglich, auch nicht bekletterbar, da die vielen messerscharfen Rippen Menschen verletzen könnten. Verwitterung bewirkte die Feinziselierung der ohnehin scharfen Gipfelgräte, der vorstehenden Gäbelungen, kleinen Rippchen. Zahnreihen weißer Haie. Sie schreckten Neugierige und Kletterer seit jeher ab.

Die Schüssel wurde lange Zeit für einen Friedhof der ausgestorbenen Molasseböcken gehalten, war Nest für junge Geier, Knochenlager von Höhlenbären.

»Wollten der Herr nicht in Siebenbrücken ausgestiegen sein?« fragte der Kellner. »Wünscht er noch einen großen Schwarzen?«

Silber nickte. Der Schnellzug der Ostbahn zog durchs schmale Tal des Walensees.

Alle Kalktäler verlaufen in west-östlicher Richtung, da die gestemmten Schichten, im Gegensatz zur weicheren Molasse, nicht quer aberodiert worden waren, so den Morgen- und den Abenddämmerungen und den mitgelieferten Naturfarben zugehalten sind, den häufigsten Winden offengelegt, die pfeifend Erosion betreiben.

Jetzt waren tatsächlich die nackten Hinterseiten der fünf Heiligen zu sehen, was nur an wenigen Stunden im Jahr möglich ist, da die Raschquelle auf ihrer Innenseite, selbst wenn sie nur schwach schüttet, üppig über die Kanten hinaus nebelt, den Heiligen Hauben aus Blumenkohl aufsetzt, Bärte aus Qualm girlandisch zwischen den Zacken hinabwachsen läßt. Alle klebrigen Wolken waren weggeputzt, die weißen Berge von der Morgensonne ausgeleuchtet, man sah die Ebenmäßigkeit ihrer Formen. Aber auch alle Schichten frisch und deutlich: Quintenerkalk. Schrattenkalk, Seewerkalk. Öhrlikalk. Räscher und hinterräscher Quart. Der Zwischenschratt. Mulk und Qualber. Unterer und oberer Terz.

Silber befand sich in höchster Aufregung, als ihm der Kellner den zweiten Kaffee auf den Tisch stellte. Anschließend an die fünf Heiligen sah er die Hinterseiten der sieben Churfirsten und die Zacken der drei Kerle vor dem Osthimmel. Der Zug verschwand im Tunnel. Tauchte am Südufer des Walensees und in den prächtigsten Farben wieder auf. Verschwand im nächsten Tunnel. Unterhalb der fünf Heiligen, auf der anderen Seite des Sees, in dem sich die frischen Strahlen der Morgensonne opalisch brechen ließen – eine Farbe löste die andere ab –, liegt der alte Fischer- und Fährort Weesen. Am Walenseeufer gibt es in gleichmäßigen Abständen Dörfer: die Ortschaften Sekunden, Terzen, Quarten, Quinten, Sexten, Septimen, schließlich Oktaven, das heute Sargans genannt wird. Römische Geschichtsschreiber beschrieben sie als Grenzorte zur tönenden Welt, des rätischen Sprachraums nämlich, dessen Sprachen fürs römische Ohr fremd klangen, offenbar wie Musik. Während der Zug immer schneller fuhr, begann er stark zu vibrieren, nahm den Grundton auf, der auf Seespiegelhöhe lag. Silber sah die musikalischen Gesetze an den Kalkwänden gespiegelt: In den ausgefeilten Spitzen zeichneten sich die Obertonreihen ab, ganzzahlige Vielfache, es war eine einzige zusammenhängende Schlaufe, in Sargans ansetzend, die drei Kerle, die sieben Churfirsten und die fünf Heiligen überziehend.

Er hörte unheimliche Töne.
Wie konnten sie entstehen?
Im Karst der Weesener Schüssel, der Heiligen und der

Churfirsten sind vom bachlos versickernden Regenwasser bekanntlich Höhlen ausgewaschen worden. Bei Trockenheit pfeift der Wind durchs System. Heilsuchende aus aller Welt legen sich sommers auf die überhitzten Kalkhänge in der Tierwies, horchen den zikadendurchschrillten Öhrlikalk nach Windharfentönen ab, die von unheimlicher Lautstärke, trotzdem von erlesener Schönheit sind. Westwinde erzeugen andere Musik als der heiße Föhn, der von Süden her einfällt, die Hänge aufwärtsstreicht, manche Zisterne von unten her bebläst, so die hohen Töne hervorbringt. Nicht nur der Wind ist tonbildend, auch das innerlich abfließende Wasser aus dem Selamatt, dem nordständigen toggenburgischen Brustband der Churfirsten, bringt den Kalk zum Klingen. Zwischen Weesen und Septimen gibt es mehrere Öffnungen, die Quellmünder im erweiterten Sinne sind: Labien der weltgrößten Klangquellen. Kilometerlange Pfeifenkörper münden auf Seespiegelhöhe aus.

Zu ergründen bleibt, ob der Tierwieser Naturjodel etwa die Verstimmlichung dieser Kalkorgeltöne sein könnte – denn auf Molasse wird in anderer Weise naturgejodelt als auf Kalk – oder ob er, wie einschlägig behauptet, den Höhlengesängen abgelauscht ist, dem Geheul der Quellentiere, denen sirenische Gewalten zugeschrieben wurden.

Das Geschlecht der Quinter besiedelte angeblich alle Seedörfer am Walensee, ernährte sich nur von Quappen und soll den Zugang ins Tierfehd gekannt haben.

Tamina

Bei der Urrheinscheide in Sargans zahlte Silber und stieg aus. Der Schnellzug fuhr ostwärts weiter, wo wieder Nebel mauerte. Gegen Süden aber, im oberen Rheintal herrschte schönstes Wetter. Er erwischte den Anschlußzug in Richtung Chur. Der zweite große Schwarze trug ihn schmerzlos weiter. Silber war ferngelenkt. Der Liebeskranke wird von nahen Quellen förmlich angezogen. In Bad Ragaz stieg er aus, steckte die Tasche in ein Schließfach. Da kein Elektromobil mehr fuhr, eilte er zu Fuß durch das frisch renovierte Dorf, vorbei an vielen schönen Läden, an den verschiedenen Palastanlagen, die nach wiedergefundenen alten Plänen in den letzten Jahren hochgezogen worden waren. Hinter den Quellenhöfen stieg er in die jähe Taminaschlucht ein, an deren Nordseite Nachtschatten bläulich klebten. Er rannte blindeifrig nach hinten, zwischen die Wände, wo die Kälte hockte. Der Stirnton war in den Schläfen. Möglich, daß er Linderung erfahren hätte von seiner Teilblindheit und dem davon ausgehenden Hörfieber, wenn er sich in eines der kleinen Becken gehockt hätte, die in der Taminaschlucht von Rentnerinnen angelegt worden waren. Sie hatten die lecke Leitung gefaßt, mit Steinen und Ästen kleine Becken gemauert, in denen sie frühmorgens zu zweit und zu dritt nackt badeten. Silber sah Köpfe in den kleinen Dampfhauben, gebundenes, getöntes Haar und rotweiße Badekappen, grüßte ausführlich.

Ein Wildwasserbad hätte beruhigende Wirkung ausgeübt, geerdet. (Auftrieb des Wassers. Druck auf die ganze Haut. Höhere Herzleistung. Verbesserte Nierenausscheidung.) Silber hätte sich danach im Föhnfenster gesonnt, weitergedöst, wäre in einen ausgleichenden Halbschlaf getaucht, der den Kopfdruck genommen hätte. Dann wäre eine kurzzeitige Verschlechterung erwartungsgemäß eingetroffen, er hätte deutliches Kopfweh erhalten, bevor sich rasche Besserung ergeben hätte.

Es roch nach Tabak. Bald begegnete er drei orange gekleideten Gemeindearbeitern mit je einem Stumpen, die damit beschäftigt waren, die roten Sitzbänke des Verkehrsvereins abzumontieren, da sich Ende Oktober niemand mehr in die Schattenschlucht hinein verirren sollte. Dies gaben sie Silber mit kühlen Blicken zu verstehen, ohne von der Arbeit abzulassen, die sie in Zeitlupe ausführten. Schatten sammelten sie mit Mistgabeln auf. »Geschlossen«, murmelte einer. Sie waren die irren Blicke der vielen Heilsuchenden gewohnt, wurden bei ihrer Arbeit oft belästigt von abgeschmackten Quellenkundlern, die ihnen Erkenntnisse und Erlebnisse erzählten, endlos schüttend. Silber ließ sich nicht aufhalten, grüßte die Gemeindearbeiter ausnehmend freundlich, lief weiter, bis er wieder Puls in den Ohren hörte. Ein kleiner Lastwagen überholte ihn, hielt an. Der Chauffeur bestätigte, daß die Quellenkammer und der Gasthof bereits geschlossen waren. Es war strengstens verboten, hinunterzusteigen, die Quellkammer längst verriegelt. Wenn er ihm helfen könnte, Flaschen aufzuladen dürfte er mit ihm zurückfahren. Silber verlud also Leergut, bekam die Quellenstube nicht zu sehen, jedoch den Gewölbekeller des alten Bäderhauses. Er trug Harasse und Einzelflaschen in den Lastwagen. Als der Chauffeur drinnen telefonierte, eilte er an den beiden Häusern vorbei nach hinten, wo die Schlucht mit der eigentlichen Quellenküche beginnt. Die vorderste Kammer war ein leicht schräger, unerhört tiefer Kamin, dem ein nächster in veränderter Schräglage folgte, und wieder ein nächster, weitergereiht zum Schlitz. Vertikal gestellte, modellierte Gebirgslandschaften. Fronten alter, kollidierender Eisberge. Der Fluß hatte sich Schicht um Schicht hinabgefressen, bis der wasserführende Muschelkalk freigesägt war. Die Schatten wohnten zwischen den Wänden in engster Nachbarschaft mit einem Himmelsblau, das sich schmal einzwängte. Die Strahlen der Vormittagssonne, die sich an den glattgewaschenen Wänden brechen ließen, beglitzerten den steigenden Qualm und die vielen fliegenden Feuchtigkeitsteile. Silber stand vor der verketteten Drehtür. Er kletterte nicht über die Abschrankung. Die Tamina floß silbertrüb, hatte die Farbe ihres Rauschens angenommen, erwanderte seine Haut ungefragt, strich den Nacken und den Rücken hinab, was seine Quellensucht verstärkte.

Der Chauffeur hupte. Silbers Ohren waren den Geräuschen verhaftet, die auf den verschiedensten Ebenen Mitspracherecht genossen, eigene Schichtverläufe hatten. Zudem waren die Augen trostlos vergafft in die wechselnden Lichtspiele. Der Chauffeur hupte doppelt. Endlich konnte er sich losreißen. Schmerzen und Teile der Einbildung ließ er zurück. Die Tamina bediente sich daran.

Die leeren Flaschen klirrten auf der Rückfahrt. Gemeindearbeiter winkten freundlich zu. Einer hatte sich ausgezogen und in eines der Becken gesetzt, wo er für zwei alte Frauen das Gemeindetier spielte. Seine orange Arbeitshaut lag auf den Ufersteinen. Als der Lastwagen die Quellenhöfe erreichte, lag der Nebel wieder geschlossen über dem ganzen Rheintal. Der Chauffeur setzte Silber beim Bahnhof ab. Dort bestieg er den nächsten Zug zurück nach Siebenbrükken. Der Walensee ruhte matt, warf keine Wellen, die fünf Heiligen waren längst wieder eingeschwefelt.

Raetia Terza
Viele Mönche des Klosters Pfäfers, die die Bäder der Taminaschlucht betrieben, zogen sich im Alter ins Kloster Ras zurück. So mag manches Geheimnis der Rätischen Welt im Raschtal eingebracht worden sein, das seither *Raetia Terza* genannt wird.

2. TEIL

Das Tal der Rasch

worin Silber mit der Regionalbahn fährt, zunächst bis zum Bahnhof Kaltbrunn. Rätselhafte Funde in den Moränen und Schutthügeln. Die Jass- und Fasnachtskönigin von Kaltbrunn ist eine Brasilianerin. Allgemeine Verblümung im unteren Raschtal. Silber erblickt seine körpereigene Grille.

Einsteigen

Als Silber selben Vormittags in Siebenbrücken die Raschtalbahn besteigen wollte, stand vor ihm nicht der bekannte rote Regionalzug, vor dessen offenen Türen ein älterer, die Uniform ganz ausspannender Kondukteur, »Kaltbrunn – Neugrund – Ras« rufend, allfällige Fahrgäste einwies, sondern eine vierfarbige Zugkomposition, deren Türen sich auf Knopfdruck mit irritierendem Zischen aufschoben. An der marinblauen Außenwand war ein gelbes Schild angebracht, auf dem er ein schwarz gezeichnetes, nicht ganz geschlossenes Auge erkannte. »Ein Blindzug«, hörte sich Silber sagen, als er einstieg, sich nochmals umdrehte, zurück schaute, ob er auf dem falschen Perron sei. Es war das richtige. Er warf seine Reisetasche auf den erstbesten Sitz des leeren Abteils, wollte sogleich das Fenster öffnen, des seltsamen Geruchs wegen und weil er es immer tat, wenn er einen Regionalzug bestieg. Das Glas war rundum verkittet. Silber setzte sich. Die getönte Scheibe malte dumpfes Ocker an das braunstarke Nagelfluhband, es floß von weit oben herab, war am Fuße des Massivs in Draht gefaßt, wo unmittelbar eine Straße durchgezogen worden war. Dort lagen apfelgroße Bollensteine, die durch die Maschen gefallen sein mußten. Der Kältesee hatte sich über Nacht auf den Mischwald gelegt, weiße Zapfen aus den Blättern gesogen. Alles Höhere verlor sich ganz im Nebel, teils waren Nadelbäume zu sehen, deren Wurzeln die verbleibenden dünnen Humusschichten der offenen Wand durchsetzten, ganze Gruppen von Steinen umkrallt hielten. Frei herunterhängende Wurzelfäden regten sich im Wind. Einige Bergföhren standen schräg aus der Wand heraus.

Es war das weiße Rauschen der einsetzenden Belüftungsanlage, das Silber schlafbringend tünchte, obwohl er sich vorgenommen hatte, wachsam zu sein, seine Kinderaugen wiederzufinden, wenn er ins Raschtal einführe, wo er, über dem Nebel, der Oktobersonne gewiß war. Es roch im Abteil eindeutig nach Künstlichem, womöglich waren es die verbliebenen Duftspuren einer starken Sonnencreme vormaliger Nebelflüchtlinge, die den Frühzug erwischt hatten.

Der äußerste Rücken der subalpinen Molasse wird von der Raschtalbahn in großem Bogen umfahren, sie beschreibt eine U-Form, endet hinter dem Berg in Ras gut vierhundert Meter höher, weshalb sie von regelmäßigen Benutzern auch U-Bahn genannt wird. Sie führt von Siebenbrücken zunächst in nordwestlicher Richtung durch die Ebene bis Kaltbrunn, von da in Gegenrichtung weiter durch den Rikkentunnel der Bodensee-Toggenburgbahn, wo sie aber nach gut fünfhundert Metern nach Süden abzweigt, langsam Höhe gewinnt, um ins untere Raschtal einzufahren.

Der Zug setzte sich unmerklich in Bewegung, lediglich das Sirren an der Wagendecke verstärkte sich, im Unterschied zu den alten Wagen, die stotternd losgefahren waren, harsch abgebremst, oft länger in der Ebene gestanden hatten. Bei offenem Fenster waren die Sümpfe zu riechen gewesen, Moore und Torf, in entwässerten Abschnitten Chemismen intensiver Landwirtschaft. Die Ebene war nun mit dem Nebel nahtlos vernäht. Allgemeine Feuchtigkeit besetzte auch die Zugscheiben, bei der Fahrt paarten sich die Einzeltropfen, gerannen zu schrägen Bächen.

Der Zug hielt im Offenen vor einer Endmoräne. Dort war

eine neue noch unbenamste Station, die Türen schoben sich auf, schlossen wieder, ohne daß jemand zugestiegen wäre. Silber bildete das Geräusch der schließenden Türen mit seinen Lippen nach, wobei er sich nicht entscheiden konnte, ob »sichtig« oder »züchtig« sprechender war.

Der Einschnitt der Raschschlucht, vor Kaltbrunn in die Molasse gerissen, war für Silber nicht mehr wiederzuerkennen, als er über die Stahlträgerkonstruktion fuhr, die den wild verinselten Fluß überbrückte. Die ganze Mündungszone war gestuft ausbetoniert worden, der vielen Wasser wegen offenbar, die in den vergangenen Jahren in die Ebene hinausgekommen sein mußten. Hausgroße Rechen und Auffangschächte waren eingezogen worden. Der weitläufige Schwemmfächer war zuunterst leicht terrassiert, das Raschdelta ganz ausgebaggert. Auf Inseln standen Gradalle, daneben liefen Förderbänder zu den riesigen Regalen des Bollensteinwerks Kaltbrunn, in denen die Bollensteine sortiert zu Tausenden lagerten, die größten kopfgroß, die kleinsten kieselklein ausgesiebt.
Bei offenen Fenstern hatte man auf der Brücke die Rasch fließen gehört, als führe man mitten durch einen Wasserfall. Der neue Regionalzug glitt auf modernen Radlagern lärmisoliert weiter, und Silber, der sich an frühere Geräusche genau erinnerte, vermißte sie nicht, im Gegenteil, er war froh, an der Stille zu sitzen, nur die Lüftung zu hören, ein Fauchen.

Wochen zuvor war die neue Straße von Kaltbrunn nach Neugrund eröffnet worden. Die alte hatte in langen Serpentinen steinschlaggefährdet über den Brünnenpaß geführt, bevor sie die gut zweihundert Meter höher gelegene untere Talebene mit den Ortschaften Tosen – eigentlich Tausend, benannt nach der Jahreszahl der Ortsgründung –, Ried und Brunnadern erreichte.
Der neue Tunnel durchstößt den Molasserücken bereits auf

halber Höhe. So erreicht man mit dem Auto Neugrund schneller als mit dem Zug. Viele Züge fahren heute leer. Der Tunnelaushub, das warme Berginnere, war einfach in die wilde Raschschlucht gekippt worden. Einzelstein für Einzelstein wird bei Kaltbrunn in den Schwemmfächer trolen, wo alles systematisch ausgewertet werden dürfte.

Kaltbrunn verdankt seinen Namen den Wassern des unteren Raschtales, der Kaltwasserquelle von Brunnadern nämlich. Sie entspringt einer schmalen Kalknase, die aus der Molasse steigt, und führt eisiges Wasser. Im Halbstundentakt stößt es unter Geröchel auf. Brunnadern bestand ursprünglich nur aus dem Brunnenturm, der auf der Nase gebaut wurde und den Kaltwassergeysir faßte. Er wird im Volksmund Wasserkirche genannt, heute als Kühlturm für die ortsansässige Glöcknerei gebraucht. Mineralwasser rinnt im Turminneren herab, in ein Sammelbecken, von da in einer eigenen überdeckten Rinne nach Tosen, wo die Rasch energisch nach Westen abdreht. (Bereits der Raschgletscher hatte diese Westwendung genommen, die zuoberst liegenden Sandsteine ausgehobelt, in die Ebene hinaustransportiert und im heutigen Naturschutzgebiet schichtgenau abgelagert. Der seltene Mergelhopf brütet drauf.)

In Tosen stand auch das Wärterhaus, von dem aus das Brunnadener Kalkwasser in lärchenhölzernen Teucheln durch die Schlucht hinunter nach Kaltbrunn geführt wurde, zum dorfplatzgroßen Brunnen, wo es vormals nur Molassewasser gegeben hatte. Da überschüssige Dünger im oberflächlichen Wasser ins Dorf zurückgelangten, allgemein Erreger aus den Sümpfen ins Wasser wanderten, war die Frischwasserquelle von Brunnadern für die Bewohner der Ebene lebenserhaltend, der Kaltbrunnen deshalb immer bewacht. Briefe und Mitteilungen konnten in den Teucheln in eigens verfertigten Flaschen von Tosen nach Kaltbrunn geschickt werden. Heute steht in Brunnnadern ein großes Wasserreservoir, das nach wie vor die Kaltbrunner Haushaltungen speist. Eine Mineralwassergesellschaft macht sich daran, das Brunnenwasser abzufüllen und zu verwerten. Sie bewerben es als »Flaschenpost« und »Brunnödliger Urquell«. Geplant ist eine Verkaufsstelle in Kaltbrunn, zu der neue Teuchel gezogen werden sollen. Die frisch abgefüllten Flaschen fallen den Käufern in die offenen Arme.

Der Zug fuhr nun durchs Dorf, an besagtem Kaltbrunnen vorbei, nahe der Gast- und Geschäftshäuser, kleinerer Läden, verlangsamte die Fahrt, klinkte den Zahnradantrieb ein und bezwang die Steigung auf den Bahnhofshügel gemächlich. »Lieber Busse als eine Geisterbahn«, konnte man an die Wände gesprayt lesen. Die Raschtalbahn bleibt in Kaltbrunn ein Ärgernis. Der motorisierte Verkehr wird von kleinen Barrieren und mehreren Ampeln stündlich behindert, wodurch sich motorisierte Kunden angeblich abhalten lassen, in Kaltbrunn ihre Einkäufe zu tätigen. Der Gewerbeverband möchte die Bahn abgeschafft wissen, ganz auf Busbetrieb umstellen. Private Verkehrsunternehmen könnten profitieren. Die Bahn hat erst vor wenigen Jahren neues, modernes Rollmaterial angeschafft, das noch nicht abgeschrieben ist. Der Schulrat Neugrund und der Verkehrsverein Ras plädieren für den Erhalt der Bahn.

Eloisa Stucki, Jasskönigin von Kaltbrunn

Am Bahnhof Kaltbrunn stand der Zug über zehn Minuten, ohne daß die Lüftung ausgeschaltet worden wäre. Silber sah einen Mann in rotblau kariertem Barchethemd vor dem Fenster durchschlurfen. Das Bahnhofsgebäude war offenbar außer Betrieb. Die Rolläden waren heruntergelassen, das gelbe Blindzeichen hing auch über der Tür.

Silber blickte auf Jahresringe der geschichteten Baumstämme, die neben dem Güterschuppen lagen. An dieser Stelle hatten oft alte Panzer auf Güterwagen gestanden oder einfach leere, rostige Güterwagen aus Polen und Portugal. Der Regionalzug wartete den Voralpenexpreß der Bodensee-Toggenburgbahn ab, der endlich aus dem Tunnel kam, geräuschlos vorbeizog.

Der Bahnhof und der zugehörige kleine Güterschuppen lagen auf erhöhtem Niveau, das in der Verlängerung des Rickentunnelausgangs mit Berginnerem aufgeschüttet war, von einer Reihe gestutzter Edelkastanien begrenzt, die dem Gebäude südlichen Zauber verlieh. Vom Bahnhof Kaltbrunn aus konnte man nicht nur über das Dorf und die ganze Ebene blicken, sondern auch nach Süden ins Glarnerland, woher der letzte Bahnhofsvorstand von Kaltbrunn, Adam Stucki, gekommen war.
Er hatte noch in den achziger Jahren einen Vorstandsbart gezeigt, der ins Amtliche gesteigert war, später mosaischen Auswuchs annahm. Adam Stucki ließ Züge warten, wenn einer seiner Fahrgäste zu spät kam. Seine Frau Eloisa, eine Brasilianerin, betrieb den kleinen Bahnhofkiosk, hegte die Geranienlandschaft, die um den Bahnhof und den Güterschuppen herum angelegt war. Adam Stucki hatte wenig zu tun, jede halbe Stunde einen Zug abzufertigen. Die Billette für die Passagiere, die er alle kannte, waren bereits ausgestellt und am Schalter samt Wechselgeld hinterlegt. Allgemein hielt er die Passagiere dazu an, Abonnements zu erwerben. Man sah ihn oft mit der Spritzkanne herumlaufen. Im Weichenstellhaus, das eine Fensterreihe gegen Süden hatte, standen Palmen.

Die Hüte der Angestellten der Raschtalbahn waren wegen des Fremdenverkehrs immer blumiger geschmückt gewesen als jene der Angestellten der Bundesbahnen. Das Bild der reich bekränzten Beamten der Raschtalbahn ist von Stucki mitgeprägt worden, denn tatsächlich hatte er manchmal Blütenblätter oder Geäst auf den Schultern, Blütenstaub auf der Bahnkappe. Oder er winkte mit einer Rose in der Hand die Passagiere ein, was, wie man wußte, teils Versehen, teils eingelöste Jasschuld war. Denn Stucki war ein vergifteter, aber schlechter Jasser, der nicht verlieren konnte. Im *Belvedere*, dem Kaltbrunner Bahnhofsbuffet, trafen sich die scharfen Jasser aus dem Raschtal. Adam Stucki wurde als Glarner mit dem Räscher Kreuzschieber-Coiffeurjass nie wirklich vertraut, er jasste nicht mit der nötigen Schärfe und Ausgekochtheit. Die Raschtaler machten sich einen Spaß daraus, den Bahnhofsvorstand auszunehmen, »Stuckirupfen« nannten sie das böse Spiel. Erst ließen sie ihn hoch gewinnen, was bei ihm Durst verursachte. Wenn er betrunken war, konnte man ihn zu dritt rupfen, wobei sein eigener Mitspieler absichtlich schlecht spielte. Das verdiente Geld wurde geteilt. Wenn er einen Zug abfertigen mußte, benutzten die jungen Raschtaler diese Minuten zudem, ihm die Karten neu zu mischen, was seine Frau Eloisa Stucki mit eigenen Augen sah. Sie lernte also das scharfe Jassen mit allen Tricks und den zentralen Sprüchen aus der Anschauung, wurde zur schärfsten Jasserin weit und breit. Adam Stucki durfte nur noch danebenstehen. Eloisa gewann Spielschuld und Ehre für ihn zurück. Zudem holte sie jährlich in anderer Verkleidung den ersten Preis an der Kaltbrunner Fasnacht ab und führte als Frau entgegen aller Tradition den Gänsemarsch der Kaltwasserkläuse an, die den Kaltbrunnen Ende Januar verkleidet kultisch umtanzen. Adam und Eloisa Stucki blieben kinderlos.

Moränen

Das Belvedere steht gut hundert Meter vom Bahnhof entfernt. Zwei Türmchen zieren das Gebäude. Mit dem mächtigen Fernrohr auf der Terrasse davor können etwa die Erdkundler beobachtet werden, die in den Endmoränen des Raschgletschers wühlen, zudem Vogelkundler in der Ebene, die sich mit Feldstechern bewehrt an seltene Vögel heranpirschen. Die Kantonschulen Wattwil, Glarus, Rapperswil und Pfäffikon mieten abwechselnd die große Terrasse des Belvedere und die vierzehn kleinen Studienfernrohre für den Erdkundeunterricht.

Endmoränen gibt es in der ganzen Ebene. Die Erdkunde untersucht sie systematisch, denn sie bergen nicht selten Unerwartetes: Samen ältester Kräuter, Spuren eiszeitlichen und voreiszeitlichen Lebens. Bis nach Zürich hatte die Zunge des Raschgletschers in der letzten Eiszeit Pflanzenmaterial aus dem hintersten Tierfehd verstoßen. Auf dem Rückzug aus dem Mittelland neues Saatgut zurückgebracht, gefrorenen Laich, Fische, die wieder zum Leben erweckt wurden. Um die wenigen gefundenen Eier streiten sich Erdkundler mit Vogelkundlern öffentlich.

Die Gesellschaft für Erdkunde betreibt Naturfreundehütten auf allen größeren Anhäufungen. Sie forscht auch im Schutthügel, auf dem der Bahnhof Kaltbrunn und das Belvedere stehen. Dies mag ein Grund dafür sein, weshalb der Bahnhof geschlossen wurde.

Es wird gegraben.

Oftmals logierten leitende Angestellte der Raschtaler Textilunternehmen im Kaltbrunner Belvedere, da sie, aus flacheren Ländern stammend, mit den Dunkelheiten, verstärkten Schattenlagen und höheren Feuchtigkeiten in Neugrund und Ras nicht zu Rande kamen.

Aber auch die Sonnenuntergänge, die es an keinem Ort im Raschtal geben kann, da die molassischen Rücken den Westhorizont verstellen, locken sonntäglich Raschtaler Familien ins Belvedere, wo sie sich Rahmschnitzel mit Butternudeln servieren lassen. Föhnfenster sind die Attraktionen, wahnhaft gesteigerte Blauzonen über mächtigen

Kalkriesen, dahinter die blauen Firne des kristallinen Urgesteins. Ganze Verwandtschaften leihen sich die Studienfernrohre aus, stehen sonntäglich ausstaffiert in einer Reihe auf der Terrasse, lassen Blicke schweifen. Die Aussicht ist Nachspeise bei Firmungs- und Konfirmationsessen, und Kindern wird bedeutet, daß der Schnee auf den hintersten Firnen Zimtsorbet sei, die dunklere Molasse aber Schokolade.

Der Erdkundler Albert Trepp hatte 1911 ein bis heute gültiges Südpanorama vom Belvedere aus gezeichnet, Anmerkungen angeführt, unter anderem die Sagen des Vogels Gaster weitergeschrieben, das Feld der Wissenschaftlichkeit verlassen und die Flügel des Vogels über Siebenbrücken mit Strichlinien eingezeichnet.
Legendär waren in den Zehnerjahren dieses Jahrhunderts die Dämmerungsfahrten von Professor Trepp und Eduard Spelterini, die ihre Ballone vor dem Belvedere steigen ließen.
Mit Westwinden fuhren sie über die subalpine Molasse und den Appenzeller Kalk, nahmen Luftmessungen vor, beschrieben die Luftfarben. Das St. Gallen der florierenden mechanischen Stickerei war das Zentrum der Ballonluftfahrt in der Schweiz und finanzierte die Flüge. Spelterinis Ballon trug die Aufschrift
ST. GALLER STICKEREIEN – WELTWEIT!

Die Naturbrücke

Unmerklich setzte sich der Zug erneut in Bewegung, fuhr auf dem Schutthügel am leerstehenden Belvedere vorbei – es wurde gerade vom Nebel getrunken –, hinein in die Schneise zum Tunneleingang. Dort standen aufgereiht acht neue beizbraune Holzhäuser. »Erdwärmeanlage Kaltbrunn« stand auf einer Tafel mit roten Buchstaben, die eine Erfindung bewarb – sie wird sich landesweit durchsetzen. In diesen neuen Häusern leben die Kaltbrunner Gemeinderäte, ertragen Zugwinde und Schneisengeräusche, profitieren von der Tunnelwärme: Warmwasser, das im acht Kilometer langen Rickentunnel verschiedenerorts aus Dekke und Wänden tröpfelt, wird in isolierten Leitungen, die vom örtlichen Handwerkerkollektiv entwickelt worden sind, abwärts nach Kaltbrunn geführt, wo es zunächst die Wohnhäuser der Magistraten, dann das Mehrzweckgebäude, die Kirche, die Schulhäuser und alle anderen öffentlichen Gebäude beheizt. Auf diese Pionierleistung sind die Kaltbrunner stolz, und nach einigen Anlaufschwierigkeiten läuft die Anlage zur vollen Befriedigung, ist patentiert. Bei jeder Anlage, die an Tunnelausgängen in den Alpenländern entsteht, wird die Gemeinde Kaltbrunn tüchtig mitverdienen. Bald werden alle Dächer vergoldet sein.

Der Zug verschwand im Tunnel, ohne daß die Beleuchtung eingeschaltet worden wäre, was Silber, der ganz in Gedanken hing, anfänglich gar nicht aufgefallen war. Plötzlich diese Finsternis, sie schien ihm endlos. Er spürte, daß die Wirkung des Kaffees nachließ, der Körper an Leichtigkeit verlor. Als er den Kopf ans Polster legte, um zu dösen, wurde er wieder und wieder von seiner eigenen schlechten Musik geneckt. Mückenschwärme in der Stirn.
Unvermittelt wurde Silber bei Tosen aus der Wand gespuckt. Der Tunnel geht in eine Brücke über, die sich in einem einzigen Bogen über die Rasch spannt, um schattenseitig in den nächsten kleineren Tunnel einzumünden, der durch Arkaden bald gelichtet wird. Da bremste der Zug auf der Brückenmitte, blieb stehen. Silbers Schrecken wich der Enttäuschung, als er erkannte, daß der Nebel im unteren Raschtal noch dichter war als zuvor. Schwaden wurden an die Scheibe geweht, strichen zäh vorüber, setzten dem Zug Flügel an. Als sich die Türen öffneten, hörte er sich giftig

flüstern. Geräusche der malmenden Rasch krochen ins Abteil. Mit ihnen die Schauer. Er blickte hinunter. Die Rasch schlug gegen die Südwand, drehte nach Westen ab. Das gefräßige Wasser hatte den weicheren Sandstein ausgemahlen, einst in Richtung Kaltbrunn einen Tunnel gehöhlt. Lange war eine dicke Nagelfluhschicht als Naturbrücke begeh- und bewohnbar gewesen, darauf hatten die Zollweiler Tosen-Bruggen und Ennettosen gestanden, die 1759 beim Felssturz von Tosen samt Vieh, Zoll- und Bienenhäusern in die Schlucht hinunterdonnerten. Das Tosenereck wurde fortan Kaffeemühle genannt, da nichts übrigblieb von den Häusern als braunes Pulver, das Wochen später in Kaltbrunn die Ebene färbte.

Die Mulde bei Tosen ist ein überaus leistungsfähiges Abfuhr-, Zerkleinerungs- und Tilgungsmittel. Errechnet wurde, daß die Drehkraft des Raschwassers bei Tosen mehreren Flugzeugtriebwerken entspricht. Diese Reinigungskraft wird vielfältig genutzt, Seitenbachgeröll und Abfall rasch abgeführt. Bei Überdüngung trinkt die Rasch die trübe Brühe, zerkaut Erreger. Intensiv bewirtschaftende Bauern des unteren Raschtals sind froh, wenn sie ihre Überproduktion an Seich und Gülle billig loswerden können. Tosen besitzt eine Kanalisation mit Sickerbecken, Umwälzpumpen, Rechenanlagen. Es stinkt. Neben der Kläranlage unterhält die Eidgenössische Technische Hochschule ein Institut, das in Flußkunde, Brückenbau und Erdkunde forscht.
Endlich rollte der Zug langsam auf die andere Seite der Brücke, durch die Arkaden, hielt in Tosen nicht. Die neue Hauptstraße, deren Tunnel großangelegt aus dem Hang kam, folgte der alten Bahnlinie, überbrückte ein breites Seitenbachtobel, eine dunkle Schrunse, erhielt bald breitere Schenkel, mächtige Stützfüße, Pfosten und setzte mit den Gleisen über den Fluß.

Landschaftsstolz kennen die Bewohner des unteren Raschtals nicht. Alles ist Nutzzone. Von dichtstehenden Nadelwäldern besetzt, von Felswänden eingefaßt. Die Schattenseite ist böschig, feucht, von vielen Seitenbächen getält. Kleinbauern haben sich in Lichtungen genossenschaftlich auf eigenen Beinen gehalten, züchten ostfriesische Milchschafe. Die Schafalp drüber und Teile der südständigen Kaltbrunneralp mit Blick auf den Zürichsee sind neuerdings im Besitz der Milchschafkooperation.

Sonnenhalb gibt es zwischen Tosen und Brunnadern steile Felsabschitte, militärische Zone. Die Zufahrt führt mitten durch die Kläranlage und ist streng gesichert. Bunker wurden in den Nagelfluh gegraben. Gemunkelt wird, daß sich sogar der Bundesratsbunker über Tosen im Fels befinde, im Ernstfall von Sanktgallischen Unteroffizieren bewacht.

Öfter hört man von orgienähnlichen Gelagen bei militärischen Wiederholungskursen. Die enge, gewundene Militärstraße soll dann voller Liegestühle stehen, die man vom Tal her nicht sehen kann. In den gegrabenen Kehrtunneln gebe es Diskotheken. Wahrscheinlicher ist, daß sich der Bundesratsbunker in den Kalktempeln auf der Südseite der Churfirsten befindet, dort sind – erkundlich erwiesen – repräsentative Kavernen entstanden, auch größere Säle, Kaltwassertümpel und laue Kompromißbäder, schließlich eine Innenhalle mit gewachsenen Treppenläufen und Galerien, in die hinein das Parlament verlegt werden könnte, ohne seinen Betrieb zu unterbrechen.

Die Häuser von Brunnadern waren noch nicht zu sehen, als große monotone Felder auftauchten, die sich im Dunst verloren. Mannshohe Blumen standen Reih in Reih. Weidende Schimmel mit ehrwürdigen Mähnen im Hintergrund. Kohlstöcke, die zu Quadraten gewachsen waren, Würfelzuckerstücke, die an Obstbäumen hingen. Silber erblickte zwischen Niederstämmen seine körpereigene Grille. Dann nickte er ein.

werden Kaspar Marias Lieder von Pilzen und Paradiesen fortgeschrieben. Das Keltenrätsel bleibt ungelöst. Eigenzeit im hintersten Raschtal. Ruscelus gründet das Klosters Ras und wird ein Warmwasserheiliger. Seine Dreisäftelehre. Maximus Salvatore ist der Entdecker der Zugsalbe. Der Geist im Mist.

Der Untersee

Die Raschen Lieder von Kaspar Maria sind meine Quelle: Demnach besiegte Cäsars Heer die Helvetier, trieb sie in die verbrannte Erde zurück und verbot ihnen, südwärts oder westwärts zu wandern. Sie wurden Schutzschild gegen die Germanen. Hier schweift Kaspar Maria bereits ab, verläßt das Gebiet der Populärwissenschaften, wagt sich aus seiner Halbbildung ins Sagenhafte hinaus, schildert barbarische Germanenhorden, denen romanisierte Helvetier wehrhaft entgegenhalten, errichtet römisch-keltische Friedensbäder auf der Asche, die den einst kargen Boden in fruchtbaren Humus verwandelt.

Tatsächlich dauerte es einige Jahre, bis die Römer die geheimgehaltenen Quellen von Baden für sich entdeckten. Dann aber wurden rein römische Tempel und Thermen errichtet, Anlaß für den Hirten (der als erster Quellwirt amtete), seine Helvetia und ihre Kinder, sich in die Höhlen und Hallräume des Muschelkalks zurückzuziehen, deren Zugänge sie hinter sich verschlossen, um nie mehr zurückzukehren.

Wem diese Wendung zu abenteuerlich ist, dem liefere ich gerne eine Variante: Möglich, daß sie auf dem Lägerngrat nach Osten gewandert sind, immer auf den Hügelhöhen, dann über die Molasserücken nach Süden, das heißt durch die Wälder des Zürcheroberlandes, bis sie die wegweisende Pyramide des Speeres erblickten, auf die sie zuhielten. Kaspar Maria läßt die Quellenkelten mit Anhang und Anhängern durch den wasserführenden Muschelkalk waten, bei absoluter Dunkelheit, in größter Hitze und gegen den Strom. Die anfänglich engen Gänge weiten sich in seiner Schilderung, sind bald erhellt von Lichtkörpern, die kalifornischen Lavalampen ähnlich sehen. Flüssige türkisblaue Wachse blubbern hypnotisch in heißen Flüssigkeiten. Kaspar Maria beschreibt Lichtsituationen, wie er sie in einem ausgebauten Stall bei Dietikon selber einrichtete. Er war es, der 1971 die erste illegale Disco der Schweiz aufzog. Denn er hatte einen Vorläufer der ersten analogen Synthesizer gefunden oder irgendwie erworben, mit dem er abendfüllend Geräusche erzeugte, während ein Kumpan, der Primarlehrer werden sollte, mit Hellraumprojektoren fließende Übergänge an die Wände malte. Dazu tanzten Seminaristinnen in Tüll und anderen Vorhangstoffen.

Die Quellenkelten reisen auf einer einfachen Barke, ohne zu schlafen, sehen das Kristallin, auf dem die Unterrasch streckenweise fließt, millionenfach aufglitzern. Unter dem Zürichsee gibt es laut Kaspar Maria einen zweiten, viel größeren See, den Untersee, der die Unterläufe anderer Alpenflüsse aufsammelt. Er ist so groß, daß die Quellenkelten seine Ufer nicht erkennen können. Es folgen zwielichtige Beschreibungen der Landstriche an den Ufern dieses Sees, er nennt sie Untertoggenburg, Zürcherunterland.

Als die Flüchtenden nach Wochen in der Raschhöhle auftauchen, durch die Schlucht im Tierfehd wieder ans Tageslicht kommen, erblicken sie Paradiesisches und stiften im ganzen unteren Tal Brand. Die Rauchfahnen sind auch südlich der Alpen zu sehen. In Baden zeigen sich erstmals schwarze Wasser, auch der Untersee ist fortan schwarz. Römische Legionäre wagen sich nicht mehr durch den

Rauch, hinter dem sie erzürnte Götter wissen. Jahrhunder-
telang wird das Tal darauf nicht mehr betreten, ist ein
einziger Friedhof. Späher sehen überall Aschtürme und
glänzende Kohlefelder. *Schwarzach* ist eine alemannische
Bezeichnung für diesen traurigen Strich Land.

Helvetia bleibt die Königin der Quellenkelten.
Der Heilqualm über der Raschquelle wird dichter, bindet
Wolken ein. Darunter entsteht ein Kleinklima, das mit den
Großwetterlagen nicht mehr in Berührung kommt. Selbst
nußgroße Hagelkörner rutschen am Qualm herunter. Ob-
wohl wolkig in der Gestalt, gleicht er einer Kalkmasse.
Im Tierfehd herrscht fortan Eigenzeit.
Kein Mensch vermutet in diesem Winkel ein eigenes Völk-
chen.

Der heilige Ruscelus gründet tausend Jahre später das
Kloster Ras und frißt den Satansbraten

Der Wandermönch Ruscelus war häßlich, schwindsüchtig,
wollte in die Einsiedelei, um einsam gottgerecht zu sterben.
Er trank zuviel Wein. Das Kloster St. Gallen, wo er im Jahre
1001 bittend vorsprach, verstieß ihn wie viele andere Bettelmönche, da zu unsittlich und nicht gemeinschaftsfähig.
Ruscelus, genannt der Ruscheler – weil er undeutlich redete, obwohl er klar dachte –, war ein unordentlicher Mann,
der einen kräftigen Bartwuchs und wilde Nasen- und Ohr-
behaarung hatte. Er könnte Ire gewesen sein, hergelockt
von der Kunde erfolgreicher Klostergründungen irischer
Vorläufer. Möglich, daß er ein gälisch eingefärbtes Deutsch
sprach, das niemand verstand. Wenigstens war es ihm ge-
lungen, in seiner kurzen St. Galler Zeit einige Schriften zu
kopieren, die er nun weitertrug. Ruscelus durchwanderte
die Einöden der voralpinen Ostschweiz, die Wälder, zog

über Kuppen und Rücken, vorerst gegen den heutigen Säntis, wohl beim heutigen Schwellbrunn vorbei zum heutigen Hemberg, wo es bereits einige Häuser gegeben haben dürfte, via Häusliberg über den wilden Fluß, der keinen Namen hatte, ihn auch nicht sonderlich beeindruckte, obwohl drin eine Wettermacherin lachbadete. Er zog weiter, südwärts durchs heutige Ebnater Steintal direkt zum Speer, der ihm magisch geleuchtet, von weitem den Weg gewiesen hatte. Auf dem Horizont hockend, trank er seinen letzten Wein, lief berauscht weiter, kam auf steilen Abwegen in ein nächstes Tal, das reicher bewaldet war als alles, was er bislang vor Augen gehabt hatte. Er spürte auf der späteren Terrasse das einzige dünne Kalkband auf, dem eine leise Quelle entsprang, die von der Mutterquelle im Tierfehd abgeleitet sein mußte, von immerblühenden Sumpfdotterblumen umtrieben war. Ruscelus legte sich nach langer Wanderschaft ermattet sterben, nicht ohne vorher ein letztes Mal die vielen Wunden und die zerschundenen Füße gewaschen zu haben, um im Jenseits wenigsten an den äußersten Extremitäten gereinigt anzukommen.

Als er aufwachte, sah er, daß junge Vögel und junge Füchse im Quellsilber spielten. Seine Haut war frisch. Der üble Geruch verflogen. Frische Strauchtriebe wuchsen aus dem umliegenden Nagelfluh, trugen Beeren, und im kaum kopfgroßen Becken entdeckte er eine schwarzgelbe Libelle mit grünen Augen, später von ihm als *Quelljungfer* ausführlich beschrieben. Ihre Larven leben drei bis sieben Jahre lang auf dem Grund, bevor sie schlüpfen. Ruscelus fand im Geburtsvorgang der Larve seinen eigenen widergespiegelt.
Er hob zuerst eine körpergroße Sitzwanne aus, indem er einige Steine aus dem locker gefügten Nagelfluh löste, entdeckte darunter das Muschelkalkband, dem das Wasser entsprang, baute daneben eine Hütte, zu der er eine Leitung legte, genas trinkend und wurde seßhaft.

Der Einsiedler wurde selten von Jägern oder Wilderern besucht. Sie waren es, die außerhalb des unbevölkerten Tals vom heiligen Ruscelus berichteten, dem die Tiere zuliefen. Ruscelus achtete darauf, daß die Quelle im Winter für die Tiere und die verbliebenen Singvögel zugänglich blieb. Sie war eine kleine Wärmeinsel, das ganze Jahr über hatte das Wasser dieselbe Temperatur von gut 21 Grad. Die vielen Tierspuren im Schnee blieben seinen Mitbrüdern, die ihn bald umscharten, nicht unbemerkt, bekräftigten seinen Ruf als Wunderheiler.

Man hat sich die spätere Terrasse im elften Jahrhundert als kleines Rodungsgebiet vorzustellen. Kaum zehn Häuser bildeten das Kloster. Die junge Rasch, die noch keinen Namen hatte, einfach Fluvius hieß, entsprang meterbreit der Molasseschlucht, in die hinein sich niemand wagte. Den Mitbrüdern waren die tierischen Laute, die aus der Schlucht kamen, natürlich aufgefallen. Ruscelus ließ sich nicht abschrecken von Berichten jener Wilderer, die sich in mühsamer Kletterei durch die jähe Schlucht und kriechend durch feuchte Höhlen, von deren Decken es Steine regnete, in die hintere Kammer vorgewagt hatten. Sie berichteten von weiblichen Tieren, die schöner seien als die Menschen, zugleich häßlicher, den Fischen verwandt, den Vögeln, aber mit Menschenaugen und langen Wimpern. Die Dämpfe, behaupteten die Jäger, verdrehten ihnen die Sinne, verwandelten Menschen in Tiere und Tiere in Menschen, so daß man vergesse, wer der Jäger und wer der Gejagte sei.

Man war allgemein der Überzeugung, daß diese Wesen Kinder des Gehörnten waren, die Schwefeldämpfe Schwälle seines Bratens. Ein Jäger, der glaubte eines der schönwüsten Tiere erlegt zu haben, erkannte, als er es zum Kloster schulterte, daß er seinen Bruder getötet hatte, der mit ihm auf Jagd gewesen war. Beiden, dem lebendigen und dem toten Jäger ließ Ruscelus den Kopf abschlagen. Das Hei-

matmuseum Ras zeigt zwei menschliche Skelette ohne
Schädel nebst anderen Schrecklichkeiten.

Die Dreisäftelehre

Ruscelus glaubte, an die Pforte des Jenseits gelangt zu sein,
als er den Molassetunnel, der ins spätere Tierfehd führte,
zum ersten Mal selber durchkrochen hatte. Er beschreibt
die seltsamen Tiere als Engel, dann als Sirenen, vogelähn-
lich, menschenfressend, schön singend, nennt sie *Weesen*.
Er erinnert das Tierfehd bald als mächtige römische Therme, größer als die Hadriansthermen, bald als ummauerten
persischen Garten mit buntscheckigem Wild. Wahrscheinlich ist hier einem Kopisten Bildungsschutt zwischenge-
rutscht, denn vieles, was Ruscelus nur fragmentierte, ist
zunächst mündlich weitergetragen, später von den Quell-
wirten zum ausgewachsenen Lügenbart verflochten worden.

Wunderlich genug, daß der vormals wilde Ruscelus immer
öfter im Heidenwetter verschwand, um »auszutreiben«,
wie er seine Glaubensbrüder wissen ließ, die dann für ihn
beteten. Er schreibt, daß die Sprache, die er bei den Weesen
antraf, den alten Sprachen verwandter sei als der Mundart,
die er eine Unart nannte.

Ruscelus schleppte immer öfter gräßliche Funde hervor,
um neugierige Brüder abzuschrecken: Federn mit Schuppen, ausgekratzte Schädel, abgenagte Knochen des Bratens.
Hühnerblut. Geschnitzte Basiliske, wüste Tiere mit
Schweinszähnen, Tannenästen anstelle der Haare.

Zur selben Zeit wurde er mildtätig. Ruscelus war eine kon-
turenlose Erscheinung gewesen, nach allen Seiten aufge-
sprengt. Er begann, sich die Nägel sauber abzufeilen, die
verfilzten Haare zur Frisur zu schneiden und zu kämmen.
Sogar seinen unwirtlichen Bart stutzte er formschön, soviel

ist überliefert, der Rest ist Mutmaßung: der Mönch hatte mit den Quellfrauen das Geschlechtsleben kennengelernt. Er nennt acht Weesen, die Mutter Helvetia mit sieben Töchtern, die – wörtlich – ohne Böcke am Quickborn lebten, Quellehen führten. Die sieben Schwestern waren offenbar entsetzt über die Rauheit seiner Haut, seines Redens und Gebarens. Also rasierte er den Bart ganz. Er verlor seine harte Stimme, die Haare auf der Brust, wurde am Sprudel nicht nur jünger und frischer, sondern auch weiblicher.

Der moderne Quellenkundler versteht sich als letztes Glied in der langen Kette, prüft das angestammte Wissen auf Wurzeln, um es aufzufrischen. Ruscelus' Dreisäftelehre ist im Original in Kirchenlatein geschrieben, von keinem der früheren Quellwirte hinreichend übersetzt worden, obwohl sie oft zitiert wird, oft leider entstellend. Den Quellvätern der letzten Jahrhunderte war der Name Ruscelus geläufig, immerhin dürfte der Name der Rasch davon abgeleitet sein. Ruscelus' Dreisäftelehre unterscheidet in Kopfsaft, Bauchsaft und Geschlechtssaft. Das warme, regelmäßig fließende Blut ist der allen drei Säften zugehörige Hauptsaft, der den Körper betreibt. Sobald laut Ruscelus ein Saft zu stark eindickt, zum Beispiel der Kopfsaft bei entlegenen Gedanken oder unfrommen Wünschen, entsteht das Gift: das kalte Blut respektive das heiße Blut; ich nenne es Kalkül respektive Wallung.
Wenn der Bauchsaft mit dem Kopfsaft in Widerstreit steht, wird der Körper verunstaltet, schlechte Säfte fließen aus, die Gestalt leidet, der Mensch wird zum Tier. Tier und Mensch versöhnen sich im Körper, wenn die Säfte zusammenklingen, hier bringt er die Vorstellung eines Grundpulses zur Sprache, des stimmigen Schlages, der schönen Stimme. Warmes Blut steht bei Ruscelus für die gleichmäßig sich verteilende, in alle Verästelungen hinausfließende Gesundheit. Es folgen Abhandlungen über die schöne Gestalt, die dem warmen Blut entwächst, die temperierte Stimme.

Erst das warmgewordene Blut zieht den Stachel aus der Stimme, dann kann sie tragend werden, bauend, erzählerisch. Der Gesang des erwärmten Herzens schöpft laut Rusculus die Welt, während die krächzende Stimme den Horizont verengt, die Welt redend ergrauen läßt, zerkleinert, zumal über Anweisungen, Befehle, Erwartungen. Er selber hatte offenbar als junger Ruscheler eine belegte Stimme, die lieblicher wurde, aber auch höher; schon wurde unter Brüdern gemunkelt, er habe Kreide gefressen.

Kaltes Blut ist für ihn die schlimmste Krankheit und letztlich unheilbar.

Es entsteht, wenn der Kopfsaft und der Geschlechtssaft keinen Ausstausch haben. Daraus folgt das messende Auge, die scharfe Zunge, die harte Hand, die ruschelige Bewegung, die mehr zerstört als sie schöpft. (Er nennt hier das Beispiel des Klostertöpfers, der ebensoviele Töpfe zerschlug, wie er töpferte, und dazu angehalten wurde, täglich ein heißes Fußbad zu nehmen, sich abendlich in die Nesseln zu setzen, fortan langsamer zu töpfern, bis sich das Gleichgewicht zwischen entglittener Hand und dem zu formenden Ton wieder hergestellt hatte. Der Töpfer war offenbar bissigen Gemüts, hatte eine schneidende, ins Metallische kippende Stimme.)
Es folgen einige Passagen über die Selbstdistanz, die er für notwendig hält, da hierdurch Erleichterung entstehe, Ironie, ich lasse sie unübersetzt.

Den Kopftieren widmet Ruscelus mehrere Kapitel. Er nennt sie auch Befehlstiere, schreibt auch diese dem kalten Blut zu. Sie wohnen zwar im Kopf, besetzen aber das Herz, drücken die Brust flach, beeinträchtigen die Atmung. Ruscelus ist der Überzeugung, daß sich die Befehlstiere vom Bauchsaft ernähren, in dessen Einflußbereich das Herz gehört, das von ihnen ausgepreßt oder ausgeweidet wird. Hat einer Befehlstiere in Stirn und Stimme, muß er Gegenbefehle finden, die die Befehlstiere in den Bauchsaft zurückschlüpfen lassen, woraus sie seiner Ansicht nach entsprungen sind. Gelingt es nicht, sie zurückzubefehlen, wird der Körper ausgezehrt, erhält die bellende Stimme des Hundes, die Scheren des Krebses anstelle seiner Finger, die Hörner des Bocks an den Schläfen und schlechte Zähne. Das Befehlstier nennt er das *wüste Tier*.

Er beschreibt nicht nur die schönen und die wüsten Tiere, sondern ausführlich die schönwüsten Tiere, die, laut Ruscelus, den Menschen am ähnlichsten sind. Wahre Schönheit habe er gesehen, wenn der Krebs im Bauchsaft wie in einem Wasserreich unter Artgenossen lebe, umschleimt von weichen Tieren, namentlich den Aalquappen, also den Treuschen, deren Leber – seine Lieblingsspeise – er bei vollzogener Heilung zur Belohnung verschreibt.

Der Garten

Wie alle Wasserväter ist der heilige Ruscelus von seinem Eigenleiden zur Quelle gelenkt worden. Je öfter er im Tierfehd verschwand, um den Kampf gegen die heidnischen Geräusche und Dämpfe anzutreten, um so länger blieb er fern, und um so gelassener wurde er. Das freie Kloster Ras erlebte unter seiner sanft gewordenen Hand seine erste Blüte. Es war das einzige Kloster auf der Alpennordseite, das Brüder aller Orden aufnahm, ohne selber einen eigenen zu bilden. Sie nannten sich *Ruscheler*, und Vielsprachigkeit war ihre Haupttugend.

Im freien Kloster Ras wurden Schriftkunst und Leinenverarbeitung vorangetrieben, Rodungen vorgenommen, der Klostergarten gegründet, auf dem ganzen Brustband des späteren Ras, das bis weit hinauf gerodet wurde. Das Queckgras und artverwandte Sorten wurden großflächig gezogen. Im Kräutergarten gab es den sagenhaften Rasen, und die ersten Heilpilze wurden hier auf Pferdeäpfeln und Kuhdung gezogen.

Es folgen Geschichten über das Verschwinden und das Wiederauftauchen des Klostergründers, die das Bild eines Heiligen nur vervollständigen. In Rodungsberichten im elften und zwölften Jahrhundert taucht der Name Ruscelus immer wieder auf, *Ruscelus fecit*, liest man wiederholt, dann sonderbarerweise: *Ruscela fecit*.

Ob der Molassebergsturz zu Ras im 13. Jahrhundert, der das Tierfehd endgültig von der Restwelt abriegelte, von Ruscelus selber herbeigeführt wurde, ist in der Quellkunde allgemein umstritten, meine Studien aber haben neue Lesarten zutage gebracht, die dahingehend auszulegen wären – jedenfalls war das Tierfehd danach während mehrerer Jahrhunderte vollständig abgeschlossen, sich selber überlassen, was verschiedenen Eigengesetzlichkeiten Vorschub leistete: Ruscelus brachte nämlich die originalen Handschriften, die er in St. Gallen hatte mitgehen lassen, ins Tierfehd, während goldgezierte Kopien im Kloster Ras für Originale ausgegeben wurden und den Klosterschatz begründeten. Die lateinische Schrift wurde bei den Weesen eingeführt, und eine Sprache von höchstseltenem Eigenwuchs entstand, eine Kultur in Kleidern, Bewegungsweise und Baustil, die einzigartig blieb in der ganzen abendländischen Welt.

Nun sind in verschiedenen alten Kulturen die Quellen als Versammlungsorte bekannt, Wasserscheiden als Orte, an denen Recht gesprochen wurde, von keiner anderen Quelle jedoch könnte behauptet werden, sie sei als höchste Instanz behandelt worden, habe als letzte Autorität gewirkt, wie es im Tierfehd der Fall war. Die Raschquelle war sprachbildend, ihr wurde Laut um Laut abgelauscht, aus dem Fließen des Silberquells eine eigene Sprache geschöpft. Ruscelus hat in seinen Schriften einige Beispiele genannt, die auf lateinischen, keltischen und griechischen Ursprung der Sprache im Tierfehd verweisen.

Einige typische Wörter:

a) Quitte oder Quetsche:
später Zwetschge genannt, war neben der Quecke ein wichtiges Nahrungsmittel. Die Quittenäpfel nannte Ruscelus Paradiesobst.
Ob sie bereits dort wuchsen oder von ihm eigens gepflanzt wurden, um die Bilderwelten des alten Testamentes anschaulich zu machen, ist nicht erwiesen. Für Quittenbäume ist das Klima heute leider zu rauh.

b) Quirl:
lebendiger Mensch von reinem, kindlichem Gemüt. Glücksverbreiter, deshalb zu verehren.

c) Quassel:
redseliger Mensch, der von den Kopf- und Befehlstieren geheilt wird; er redet und redet, bis das ganze Gift ausgeschwemmt ist. Einem Quassel hat man laut Ruscelus zuzuhören, auch wenn er Wahnwelten entwirft, Ängste schürt, sich aufspielt oder wichtig macht.

d) Qualp:
Lurchtier, das sich ins Höhlendunkle zurückgezogen hat, in Quellnähe siedelnd, weißlich durchschimmernd, mit sichtbar pumpenden Herzen, verwandt mit der Quappe. Nicht eßbar.

Woher kam das Saatgut des Klosters Ras?

Massimo Salvatore, ein reicher Mann aus Apulien, der 1490 nordwärts zog, lange in Venedig lebte, dann in Einsiedeln, schließlich im freien Kloster Ras Heimat fand, wurde von deutscher Zunge *Salbador* genannt. Sehr wahrscheinlich hat er aus Venedig neue chinesische Rosenstöcke und Saatgut hergebracht. Er war Zahnheilkundler, Friseur, Geistheiler und überzeugter erster Bergheuer, besorgte dem Kloster Blütenmaterial für die Heublumenextrakte. Wahrscheinlich war er der Entdecker der heilbringenden Zugsalbe, deren Ader in der bunten Molasse unter der Kapelle gefunden oder angelegt wurde. Da er kein Mönch war, konnte er eine Familie gründen. Er heiratete eine Klostergärtnerin. Sie gebar ihm einige Söhne. Auch Massimo Salvatore schnitt sich seine Barthaare und verschwand eines Tages ganz. Er hatte bei seinen Bergwanderungen – er war der erste, der sich in die Nähe der Gipfel wagte – den geheimen Zugang ins Tierfehd gefunden. Eine Öffnung in der Heilhaube. War samt Sense durchgeklettert.

Salbader war früher allen Quellen zufolge ein weitverbreiteter Name, ist heute im Raschtal selten geworden, wenngleich behauptet wird, jeder einheimische Raschtaler habe mindestens einen Salbader in seiner Familie gehabt. Lange Zeit waren die Salbader die einzigen Naturheilkünstler. Die Naturheilschule Ras etwa wurde im achtzehnten Jahrhundert von einem Nachfahren Salvatores gegründet. Die wenigen Salbader, die heute noch in Ras und Neugrund leben, unterhalten ein Coiffeurzentrum mit verschiedenen Filialen im ganzen schweizerischen Mittelland oder haben sich in der Dentalhygiene einen Namen machen können.

Rappold und Lippuner

Die häufigsten Geschlechtsnamen im Raschtal sind heute Rappold und Lippuner. Sie gehören alten Klostergärtner-familen.

Die Rappolden waren Rosen- und Kräutergärtner, die Lippuner Kraut-, Salat- und Heckengärtner. Sie unterhielten klostereigene Miststöcke und gemeinsame Kompostieran-lagen, zusätzlich kunstvolle Bewässerungskanäle. Dung-techniken wurden im Kloster Ras bekanntlich verfeinert, Roßmist und Kuhfladen vermengt, auch organische Abfäl-le, alte Zweige der Laubbäume zerhäckselt, zu Mulch gelagert. Die bunte Molasse der Terrasse wurde sorgsam mit Humus ausgepflastert, dann mit Asche aus den Lehm-öfen bestäubt, mit Mist und Mulch bestrichen. Darauf wuchsen in jahrhundertelanger Pflege, winters überdeckt mit vielen Leintüchern, die kräftigen Räscher Rosenstöcke.

Das bekannte Tierfehder Kraut, die Quecke, ist meiner Überzeugung nach verwandt mit der chinesischen Tee-pflanze.

a) das Zimbal und die Fideln:
Fahrende, die behaupteten, aus Ägypten zu stammen, kaum bewegliche Habe, aber goldenen Schmuck um den Hals und an die Ohren gehängt hatten, brachten 1511 ein ägyp-tisches Zimbal und drei ägyptische Fideln nach Ras. Nebst dem Zimbal, das sie einem Rappold verkauften, und den Fideln, die sie den Lippunern verkauften, hielten sie in Dös-chen echte ägyptische Perlen und Sämchen verschiedener ägyptischer Pflanzen feil, von denen beide Sippen nicht ge-nug haben konnten. Im Klostergarten wurden alle Sämchen gesetzt.

b) Körnchen:
Außer Gerste wollte in Ras trotz der Bemühungen kaum ein

Körnchen wachsen. Wenig Hafer und Weizen. Dazu kam die Abneigung der Ruscheler gegen das Habermus. Von den einheimischen Gespinstpflanzen bauten die Rappolden und die Lippuner Hanf und Flachs in großer Quantität fachkundig an. Sonnenhalb Broccoli. Obstpflanzen kamen kaum bis Ras, außer der Quitte, die aber im abgeschlossenen Quellbiotop des Tiererfehds unter Sonderbedingungen gedeihen konnte, von feinen Fingern zärtlich gehegt.

c) Rosen:

Das Raschtal wurde früh als Blütental besungen. Es blühten weitausgewachsene Stöcke die Promenade entlang, die wild versamten. Das ganze Brustband der Terrasse vom Kloster Ras bis zur Kapelle in Ras-Kappel war spätsommers erfüllt von Rosenblütenduft. Selbstredend hat Kaspar Maria dieses Bild in seinen Raschen Liedern säuberlich ausgestickt. Darin verwandelt er die Rosenstöcke in blühende Hanfhecken und erwähnt weitere klostereigene Züchtungen aus fremden und quellnahen Kräutern.

d) Pilger:

Die bunte Molasse birgt Gneiskiesel. Die Innenschichten sind durchsetzt von glimmerreichen Steinen, die als Seligmacher gehandelt wurden.

Oft streuten die Mönche Glimmer auf die Promenade, um bei ermatteten Pilgerern, die sich mit letzter Kraft zur Kapelle schleppten, dort einen starken Kräutertee bekamen, den Wunderglauben zu wecken. So wurde die Kunde vom sagenhaften Kloster Ras in alle Welt hinausgetragen.

e) der eigene Käse:

Die molassischen Geißen, früher Bärte genannt, wurden im Raschtal in kleinen Herden gehalten, auf den Alpen gesömmert. Ihre Hirten lebten außerhalb der Gemeinschaft und stellten weißen Zigerkäse her. Weißer Ziger und Zigervorprodukte waren ursprünglich ins Glarnerland verkauft worden. Schabziger entstand dort unter Beimengung des geheimen Zigerklees, den die Glarner versteckt pflanzten, trockneten, pulverisierten. Die ersten Raschtaler Sennen kopierten dieses Verfahren nachweislich unter Verwendung der Quecke, die sie im Kloster beziehen konnten, ohne zu wissen, wo sie wuchs. Den weißen Ziger bewahrten sie in Tannenrinden auf, setzten ihn so einer Gärung aus, brachten ihn im Herbst in die Zigermühlen, dort wurde Steinsalz und das gepulverte Kraut beigemischt, der gewonnene Teig in die Formen gestampft und von den Mönchen geheimgetrocknet, in den Kalkhöhlen des Tierfehds nämlich.

f) der Geist im Mist:
Handmäher nannten sich Segesser. Aus ihnen sind Maschinenmonteure und Pistenfahrzeugmechaniker geworden, sogenannte Pistenmenschen, die ihre Skipisten wie Weiden pflegen.
Sie waren Künstler im Misten, verzettelten die Miststöcke der Rappolden und Lippuner höchst regelmäßig. Überdies ist bekannt, daß die Segesser alle Kuhfladen liegen ließen, ja sogar markierten und einzäunten, sogenannte Dungpflege betrieben.
Allmenden und die unteren Alpen rund ums Kloster, so die größte in Ras-Kappel, die *Allgemeinheit* hieß, waren durch Hecken eingegrenzt und der Molassekuh vorbehalten. Wildheu, versetzt mit den Düngerlingen und Kahlköpfen, war das andere Geheimnis der Milchproduktion – so entstand die geistheilende molassische Molke, die bald in der ganzen westlichen Welt begehrt werden sollte.

g) Schwarten:
Bloder- oder Plauderkäse stellten die Ruscheler ohne Lab aus Kälber- oder Gitzimägen her. Sie verwendeten die geronnene, saure Milch. Die Masse wurde im Kamin neben dem Speck geräuchert, so anstelle der Rinde eine fette Schwarte gezüchtet. Molassischer Plauderkäse, ausneh-

mend mager, hielt sich jahrelang, heute noch findet man in Kaminen alten Plauderkäse, der sich bestens hält, als Hundertjähriger Plauderkäse in besseren Häusern aufgetischt wird.

i) Und der Ruccolasalat?

Es ist nach wie vor ein Streitpunkt zwischen alten Rappolden und Lippunern, welche Sippe im Raschtal den beliebten Kräutersalat zur Vollendung gebracht habe. Die Rappolden, die mit sich Salvatore weiblicherseits verwandt glauben, behaupten, der habe diesen Salat als Setzling aus Apulien mitgebracht, seiner Geliebten, einer Rappold also, zum Hochzeitsgeschenk gemacht, während die Lippuner, die ebenfalls behaupten, von Salvatore abzustammen, aber männlicherseits, überzeugt sind, eine Lippunerin habe den Salat unter Salvatores Anleitung aus dem Löwenzahn hervorgebracht und nach dem Klostergründer benannt.

ergründet Wellen der Appenzellerschwärmerei. Ein arabisches Gesöff und ein indisches Gesträuch erobern die Ostschweiz und gestalten die Landschaften um. Die Familie Raschel wird reformiert und treibt es bunt. Schnellbleichen, Schnellstühle halten Einzug. Allgemeine Verschnellerung. Der Moltonkönig regiert im ganzen Molassetrog. Wie wird aus einem Raschle ein Hippie?

Dung

Merkel weiß nur Ungefähres über das Tal der Rasch, mein Großvater selig wird ihm schmuck erzählt haben. In Merkels Erinnerung hat sich manches Ornament festgerankt, hier ein Strauß wilder Bilder, den ich nicht zerpflücken möchte. Er weiß von allem ein bißchen, kennt die Orte – Brunnadern, Neugrund, Bleiken, Ras, Tierwies und Tierfehd –, ohne sie zuordnen zu können, hält die Berge für viel höher, als sie tatsächlich sind. Ich erhöhe seine Berge zusätzlich um einige hundert Meter, um den Bogen seiner Phantasie weiterzuspannen. Der Speer, die höchste Molasseerhebung überhaupt, sei gegen dreitausend Meter hoch, behaupte ich, obwohl Westwinde und Wetter die Molasse nie höher als gegen zweitausend Meter anwachsen lassen würden.
Ich zerstöre sein Bild der heilen Welt nicht.
Zementiere es.

»Ich mache keine Reisen mehr, meine Augen sind zu schwach. Erzählen Sie ausführlich, schmücken Sie ruhig aus, damit ich es mir besser ausmalen kann«.
Man darf seiner Koffeinquelle keine Bitte ausschlagen, muß sie bei Laune halten, zumal, wenn sie tüchtig schüttet

und zur Übertreibung anstiftet. Merkel weiß, wie er mich geschwätzig macht. Er möchte, daß ich schildernd Licht in seine schwimmenden Augen rede, die er dann nach links und rechts bewegt, sobald ich aushole, wobei er tiefer atmet als gewöhnlich.

Es ist unser stillschweigendes Abkommen, daß ich ihm Ergebnisse meiner Quellenstudien bekanntgebe, vor allem möchte er, daß ich ihm alles über meine Familie erzähle, der er sich zugehörig, ja anverwandt fühlt, berechtigterweise.

»Wie war das eigentlich mit den Wassergärten Ihres Großvaters selig hinter dem Quellenhof im Tierfehd, erzählen Sie von seiner Wasserkunst!«

Vor mir liegen sämtliche Abhandlungen über die Pilzwürfel von Baden, Originalausgaben aller Schriften von Zürcher Naturforschern.

Mein Großvater selig hat meines Wissens nie Pilze gesucht, besaß aber viele Pilzbücher, die auf dem Tisch gestapelt sind, da ist sogar ein Standardwerk aus der ehemaligen DDR, in dem alle Pilze, auch der Mutterkornschimmel, allerdings unter den lebensgefährdenden, aufgeführt sind. Soweit ich mich erinnere, aß mein Großvater nur Reizker.

»Gibt es im Raschtal nebst den Würfeltrüffeln und den Düngerlingen viele Pilze?«

Ich verweise zunächst auf die anverwandten Tintlinge, die Häublinge und Schütterlinge auf molassischem Grund. Abgesehen von den verschiedenen Röhrlingen, die in den trockeneren Nadelwäldern des Kalks in Vielzahl heimisch sind.

»Auch Hallimasch und Parasol?«

Vor allem der Safranschirmling.

Und in Röhrlingsnähe, sowohl auf Kalk als auch auf molassischem Grund viele Amaniten: Knollenblätterpilze, Seidenstreiflinge, Perl- und Pantherpilz, Fliegenpilz, und im Tierwieser Kalk vereinzelt sogar der Kaiserling, der sonst auf der Alpennordseite nicht vorkommt. Die Amaniten bilden sowohl den giftigsten als auch den schmackhaftesten

Pilz, sowohl den formschönsten und farbenprächtigsten als auch den häßlichsten. Sie entwachsen einer meist weißen Knolle, heißen in Italien deshalb *Eierlinge*. So waren es vor allem italienische Gastarbeiter, die auf der Alpennordseite junge Knollenblätterpilze für Kaiserlinge hielten, diese verzehrten und starben. Amaniten sind die Pilze der Quellwirte, während die Kahlköpfe und Düngerlinge Salbaderpilze sind, für gewisse Bäder unerläßlich, etwa das erweiternde und öffnende Stirnbad.

»Stimmt es, daß im Klostergarten Ras die ersten Pilze gezüchtet werden konnten?«

Anfänglich auf dem Dung gewachsen, in natürlicher Folge nach Tritt und Verbiß, entdeckte der Klostergründer Ruscelus die blauenden Düngerlinge als Indikatoren für die Magerwiesen, die er Rasen nannte. Auf sein Betreiben hin wurde über Düngung geforscht und geschrieben.

»Und was ist mit der Musik, den Instrumenten aus Ägypten, den Fahrenden, den bekannten Gesängen aus dem Raschtal?«

Da müßte man ausholen –

Der Alpenweihrauch löst die Appenzellerschwärmerei der Stadtzürcher aus

Ras war nach der Reformation bis Ende des achtzehnten Jahrhunderts nebst der Stadt St. Gallen ein verstecktes Zentrum der Hanf- und Flachsverarbeitung in der Ostschweiz und genoß eine Sonderstellung. Gebleicht wurde wochenlang auf den frischgemähten Matten und mit freigesetzten Gasen der Gräser. Die fertigen Tüchel – Weißwebereien – gelangten nach Glarus oder St. Gallen.

Das Kloster hatte seine wichtigste Einnahmequelle jedoch in der Herstellung des Alpenweihrauchs, der billiger war als echter Weihrauch, beim Volk aber dieselbe Frömmigkeit hervorrief. Bauern hatten die Blüten ihrer Gespinstpflanzen der Klosterverwaltung abzuliefern.

Im Spätsommer und Frühherbst, wenn die Einkäufer anderer Klöster und Tuchschauer der St. Gallischen Handelshäuser ins Raschtal zogen, wurde das ganze untere Talbekken weihevoll geräuchert, um Besucher käuflich zu stimmen. Beschrieben sind Duftwolken aus jener Zeit, wenn sogar der Resthäcksel vermottet wurde, wenn die Gespinstpflanzen in letzter Blüte standen, während im untersten Becken, vom heutigen Brunnadern bis an die Raschfälle unterhalb des Klosterfelsens bereits die gebleichten Tücher ausgelegt waren. Ein weißes Meer. Sämtliche Flächen waren damals mit Leinen belegt, andere sind des Platzbedarfes wegen früh entwässert, entmoort oder enttorft worden, wodurch bereits der Boden fürs rasch wachsende spätere Neugrund geebnet wurde.

Aus der Verwertung der Blüten sind im Laufe der Jahrhunderte bedeutende private Heilmittelfabriken entstanden, die heute noch bestehen, etwa *Sanamateria*, die einem Zweig der Familie Lippuner gehört und vor allen Kräutertee, Duftkissen und Gemüsebouillon herstellt, oder Firma *Mentha*, die nach wie vor im Besitz der Familie Rappold ist und mit ätherischen Ölen weltweit handelt.

Nicht der Plauderkäse, nicht der Zigerkäse und auch nicht die geistheilende molassische Molke waren es, die erste Stadtflüchtlinge ins versteckte Raschtal führten, sondern der Alpenweihrauch. In Zürich aber wurde dieser von findigen Straßenhändlern als Appenzellerpaste verkauft und gelangte in die Häuser führender Geistesgrößen. Die Verklärung des ländlichen Lebens, gipfelnd in der Appenzellerschwärmerei der ersten Reiseschriftsteller, ist nachweislich verbunden mit dem Konsum der nebulös stimulierenden Appenzellerpaste, die in reformierten Kreisen eigentlich verpönt war. Man weiß heute, daß viele gebildete Zürcherinnen und Zürcher die Paste in geheimen Sitzungen auf Glut verglimmen ließen, um stundenlang in den Zimmern herumzudämmern und vom wiedergefundenen Heil in den lieblichen voralpinen Landschaften zu schwärmen.

Die schriftlichen Zeugnisse der Werkwirtschaft – klösterliche Listen – sind auf dickfaserigen, handgeschöpften Blättern erhalten.
Neuerdings versuchen verschiedene Interessenvereinigungen das Raschtal für ihre Zwecke zu vereinnahmen:
da wäre die Gesellschaft für Nutz- und Bauernhanf GNBH, die diese erste textile Blüte aufarbeitet, als Kulturereignis feiert, mit eigenem Haustypus, dem Hanfhaus, das sich laut Broschüre vom alpinen Haus absetzt, dem später ausgeformten Raschtaler Haus in Grundzügen aber gleicht. (Das Raschtaler Haus ist zwar in der Hanf- und Flachszeit entstanden, hat seine größte Verbreitung allerdings in der Blütezeit der Baumwollenverarbeitung erlebt).
Die GNBH feiert Kaspar Maria als alpinen Bob Marley, erkennt das Heil und die Errettung des Bauernstandes im Anbau von Bauernhanf, einer Pflanze, die bis in die abgelegensten Täler hinauf selbst schattenhalb gedeihen soll und Fasern, Öle, Bau- und Treibstoffe liefert. Die GNBH möchte an die ältesten Traditionen anknüpfen, die alte Kultur wiederaufleben lassen und hat das Raschtal als Pioniertal dafür auserkoren. Geplant ist der Hanfmotor, der den Ottomotor ersetzen soll, aus Fasern gepreßt wird, mit Ölen betrieben. Aus dem Auspuff kommt Dünger.

Die Neue Alemannisch-Evangelische Großbauernvereinigung NAEG, die ihre Heilsvorstellungen in der Gründung der alemannischen Eidgenossenschaft verwurzelt, hat ihren Sitz im zürcherischen Flaach, viele Ableger im ganzen Flachland und würde im Raschtal gerne Filialen eröffnen. In ihren aufwendig gemachten Hochglanzprospekten *Wir*

Raschtaler, die jeden Haushalt wöchentlich erreichen, wird ums Raschtal gebuhlt. Die textile Blütezeit wird in den Broschüren als reine Flachszeit beschrieben, mit dem typischen flachen alemannischen Flachshaus, dem alemannischen Gewerbeeifer, dem daraus wachsenden evangelischen Fleiß, dem typischen Flachschädel, der seinerzeit den Habsburgern getrotzt habe, schön unter einen Helm passe, die Einheimischen von Nicht-Einheimischen unterscheide, Raschtaler von Nicht-Raschtalern.

Was wäre aus dem Raschtal geworden ohne Ruscelus, der sein Kloster gezielt gesetzt hatte: Sonnenstand und Windrichtungen maß, das mineralreiche Kalkwasser aufspürte, den ersten Garten anlegte?

Ein Wald- und Weidetal, vorne mit beizbraunen Ferienwohnungen nach Bernerart und Tirolerart, viele Häuser im sogenannten Schweizerstil und im internationalen Alpenstil, breit gestemmt, mit betonierten Fundamenten, gemauert, aber mit Holz verkleidet. Viele schiefstehende Räscher Bauernhäuser der Mischart, Glarnerisches, Innerschweizerisches und Toggenburgisches einkreuzend unter flachgezogenem, steinbelegtem Dach. Das Raschtal wäre Revier für frauenlose Stadtjäger. Anstelle des Klosters stünde ein Selbstbedienungsrestaurant. Sonst: Vor allem Drüslinge, Gallertpilze und Zitterzähne.

Wissen in Weiß

Auf dem Kurplatz höre ich Gischt, als würde die Limmat schäumend über die Ufer treten. Radiowellen? Ein neuer Sender?

Ich eile in Pinas Zimmer. Es ist leer. Einen runden Einton höre ich in endloser Wiederholung. Auf acht Takte folgt ein Leerschlag. Dann weitere acht Takte.

Die Töne stauen sich auf dem Kurplatz.

Dort ereignet sich Merkwürdiges:

Heere, Horden und Armeen streifen ihre Kostüme ab, werfen sie vor dem Verenahof auf einen Haufen, schwimmen in Unterwäsche im immerselben runden Ton. Junge Frauen erwarten die entrüsteten Ritter vor der Rose. In Karren werden ältere Herren zum Kurplatz gebracht und in den Einton gebettet. Ein Treiben entfaltet sich rund um den Kreiselbaum. Frauen mit weißen Hauben ziehen Säuglinge aus den Tönen, betten sie weiß. Das Fenster steht offen, der Kreiselbaum in neuer Blüte.

Kleines Gewölk wächst aus den Ästen. Mädchen zupfen Bauscheln daraus, drehen sie mit flinken Fingern. Was für ein Gekreisch! Immer neues Gewölk stößt nach. Jünglinge spannen die Fäden quer über den Platz, schießen hin und her, ziehen die Fäden straff. Weißes Tuch wird ausgelegt und die Fassaden hochgezogen. Aus den Ästen des Kreiselbaums schießt frische, scharf gestrahlte Milch. An den Spitzen der Zweige erkenne ich glitzernde Nadeln. Ich ziehe die Vorhänge zu. Jetzt wird der ganze Kurplatz ausgestickt, auch mein Zimmerinneres. Schon bin ich mit weißem Faden an den Extremitäten befestigt. Reines Ornament. Hänge im Vorhang.

Pina, die eben ins Zimmer tritt, stellt ihren Weltempfänger ab und verlacht mich gründlich.

Ihre gezielten Sticheleien lösen die Fixierung.

Ich habe Quecksilber gespuckt, einen Eßlöffel voll, behalte es in einem Glas. Könnte damit Meßgeräte füllen.

Jetzt ist das Sirren in der Stirn gelöscht.

Als ich wieder aus dem Fenster lehne, atme ich tatsächlich Quittenblust.

Viele Mandarinenenten sind uns zugeflogen, sie brüten auf dem Kreisel.

Also darf ich über Gegenwart frei verfügen.

Was ich Pina erklären möchte: Daß im Raschtal auch Glückspilze wachsen.

Die Lippunersche Handstickerei

Die Umwandlung des Klosters Ras in ein Frauenkloster vollzieht sich schleichend. Erst gibt es keine Zugänge mehr, da das Kloster voll bleibt, die Mönche eher jünger scheinen, ihre Stimmen feiner werden, die Bärte aber länger.

Die Stickerei ist – Quellen zufolge – in Frauenklöstern entwickelt, aber nie weitergezeigt worden. Im Kloster Ras wird die Stickerei ebenfalls geheim betrieben, in fensterarmen Räumen. Eine Lippunerin, die vom Garten aus die schönen Stickereien an den Zimmerfenstern gesehen, folglich entdeckt hat, daß es Frauen im Kloster gibt, verspricht, dieses nicht weiterzusagen, falls sie das Sticken erlernen dürfe. 1743 wird sie nach langen Beratungen und heiligen Stillschwüren zugelassen. Acht geschickte Nonnen, die weder Gartenarbeit noch Rüst- oder Küchenarbeit verrichten dürfen, ausnehmend feine Finger besitzen, sticken späteren Berichten zufolge im geheizten Geviert achtlagig synchron und der späteren Handstickmaschine gemäß in gnadenloser Regelmäßigkeit. Dazu singen sie die heiteren und beschaulichen Sticklieder, die garantieren, daß die Stickerei ebenmäßig ausfällt und die Stickende nicht in Eintönigkeit des Gemüts sinkt.

Es gelingt der Lippunerin aus der Anschauung, den Vorgang des Stickens in einem Winter zu rekonstruieren, an ihre Töchter weiterzugeben. Eine ihrer Töchter heiratet später in die Handelsstadt St. Gallen, wo sie neue Frauen anwerben kann, ein mittleres Stickereifieber auslöst, das hundert Jahre später, als die zugehörigen Stickmaschinen entwickelt sind, zum kolossalen Rausch werden sollte.

Verlorengegangen ist das genaue Rezept für das dünne Stickgarn aus den zartesten Fasern, die nach vielen Kämmvorgängen im richtigen Verhältnis gemischt, dreifach im Heublumensud mit Zusatz gekocht werden müssen. Der feinere Baumwollenfaden ersetzt das alte Stickgarn schnell.

So kann der Baumwollhandel im Raschtal vorerst unterbunden werden.

Mitte des achtzehnten Jahrhunderts überschwemmen Kolonialwaren das Kontinentinnere und gestalten Landschaften grundsätzlich um: Kaffee, Tabak, die Kartoffel. Die größte Veränderungskraft aber hat das indische Gesträuch: die Baumwolle. Über das reformierte Zürich gelangt das einträgliche Baumwollspinnen vorerst nach Glarus – wohin es ein Pfarrer aus Zürich verpflanzt.
Die vollen Garnspulen werden Schneller genannt.
Sie verwandeln die Landschaften der Ostschweiz rasch in eine einzige große Baumwollfabrik, in der jede Hand in jedem Haus Baumwolle verspinnt oder verwebt. Die Fruchtbarkeit steigt. Allgemeine Vermehrung. Die Gespinstpflanzen, zuvor vor jedem Haus angebaut, werden vernachlässigt, da die importierte Baumwolle höheren Gewinn bei geringerem Aufwand verspricht. Kaffee erleichtert die Konzentration bei den eintönigen Arbeiten. Die Viehwirtschaft verliert an Bedeutung. Das Sennische, kaum charakteristisch ausgeformt, verschwindet. Gejodelt wird in der Ostschweiz kaum mehr. Wild drehende Tanzmusik ist angesagt.

Während alle anderen Land- und Talschaften der Ostschweiz vom Baumwollfieber ergriffen werden, bleibt das Raschtal davon ausgenommen. Während überall Kaffee getrunken wird, bleibt man im Raschtal bei Milch und Wasser oder Schotte. Während ringsum eine rege Wanderungs- und Handlungstätigkeit einsetzt, Garnträger Kleinwaren und Informationen weitertragen, bleibt es im Raschtal bei der Werkwirtschaft. Während im Toggenburg auch schattenhalb Weberhäuschen gebaut werden, bleibt das Raschtal vom Rausch ausgespart. Während vor allem Frauen und Mädchen die Bauscheln des indischen Gesträuchs zu Hause verspinnen, sich das neue gesellige Leben in den vollen

Spinnstuben abwickelt, bleibt im Raschtal alles beim Alten. Während in den Stuben emsig gesponnen, geredet und gesungen wird, wird in den Kellern von den Männern stetig gewoben. Während der Alpenweihrauch und der Kaffee zu wildester Appenzellerschwärmerei verleiten, formen neue Vollzugsrhythmen Monotonisten aus der Bevölkerung der voralpinen Ostschweiz.

Wie sah die große Baumwollfabrik aus, zu der die ländliche Ostschweiz geworden war?
Eine Hochburg.
Verankert in Tausenden von Webkellern.
Eine große Rhythmusmaschine.
Zusammengehalten von zahlreichen Strickbauten, von denen immer mehr entstehen wollten.
Eine Burg mit abertausend Spinnstuben.
Überdacht von einem großen, schützenden Schirm aus weißgewobener Baumwolle, die vom Säntis aus in alle Himmelsrichtungen über die Landschaften gezogen wurde.

Erste Baumwollpakete aus Glarus erreichen Ras zwar im Frühling 1759, werden aber im Kloster verbrannt, ihre Händler eingesperrt. Die breite Natursteinbrücke über die Rasch bei Tosen, der einzige Weg in ein Draußen, stürzt 1759 ein. Nach dem Brückensturz ist das Raschtal von der Umwelt abgeschnitten. Wir wissen auch hier nicht abschließend, ob dieser Brückensturz herbeigeführt worden ist.
Der Handel, ganz von Kleinverlegern bestritten, ist unterbunden. Die klostergebundenen, zu Fuß gehenden Kleinverleger erwirken, daß der Brünnenpaß nach Kaltbrunn zügig ausgebaut wird, und finanzieren mit, lassen den Bau aber verzögern, als der Leinwandhandel bedroht ist.

Während sich die Bevölkerung in den umliegenden Landschaften unter der Schirmherrschaft der Baumwolle explosionsartig vermehrt, bleibt das Raschtal dünn besiedelt, braucht Großteile des flachen Landes bei Neugrund und Brunnadern fürs Bleichen, die Sonnenhänge aber für den Anbau der Gespinstpflanzen. Seilereien beliefern Genua, Venedig und Hamburg. Das Kloster Einsiedeln ist eine Großabnehmerin des Alpenweihrauchs, während die Innerrhödler bereits in der Lage sind, ihren eigenen Weihrauch herzustellen und zu vertreiben.

Während Betriebsamkeit rasch von den umliegenden Landschaften Besitz ergreift, die alten Lieder zunächst weitergesungen werden, viele neue Spinnerlieder entstehen, bleibt es im Raschtal ruhig. Schöne Teile der Bevölkerung wandern ab, in die Baumwollandschaften, ins Toggenburg, ins Außerrhodische.
Während dort der Kaffee und die Baumwolle die Aufklärung durchsetzen, fehlen im Raschtal klare Vorsätze.
Die letzten Klosterwirte, die nun für die Bruderschaft das Regieren übernehmen, setzen stur auf einheimische Produkte. Aufs Salpetersieden, zur Herstellung von Schießpulver. Den Käse. Weihrauch. Seile und Leinwand.

Wie wird aus einem waschechten Raschle ein Hippie?

Das Tal wird zum Rückzugsgebiet für Fahrende und Verfolgte, auch für Bettelmönche und Sonderlinge, Glaubensflüchtlinge aller Konfessionen, aller Schattierungen. Möglicherweise nimmt einer dieser Flüchtenden den Namen an, der am besten zum neuen Ort paßt, oder er wird nach dem Ort benannt, an dem er sich niederläßt. Oder leitet, wie Kaspar Maria behauptete, seinen Nachnamen direkt von Ruscelus her. Jedenfalls sind die Raschel nachweislich schon ab 1770 Klosterverwalter, Abwarte und Klosterwirte, somit die letzten Männer in der ganzen Anlage. Denn die Ruscheler haben sich ganz ins Tierfeh zurückgezogen.

Die Franzosen, der Kaffee und die Baumwolle erobern das Raschtal im Herbst 1798. Sie staunen nicht wenig, als sie das Kloster leer, überall aber Frauenröcke und feine Stikkereien vorfinden. In einem Umkleideraum hängen vierzig künstliche Bärte, die aus echten Geißbärten zusammengenäht sind.

Die leeren Klosteranlagen werden umfunktioniert und von den Offizieren bewohnt. Die Stallungen ausgemietet.

Moses Abgottsporn Raschel, der letzte Klosterwirt, der eine Rappold geheiratet hat, steht mit den französischen Offizieren behende auf gutem Fuß, mietet Teile des Klosterkellers und erwirkt über Umwege den Kauf von vorerst acht englischen Baumwollspinnmaschinen, an dem einige französische Offiziere gut verdienen. Handelsbarrieren müssen kostspielig umschifft werden.

Er kanalisiert den Kaffee- und Baumwollhandel.

Moses Abgottsporn, der sich den ausgefallenen Namen zulegt, um bei der Besatzungsmacht Eindruck zu schinden, ist es, der Wasserräder in verschiedenen Kanälen des Klostergartens, später bei den Raschfällen anlegen läßt. Zweiunddreißig Wasserräder betreiben bereits 1803 acht englische Spinnapparate für Baumwolle. Bevor die Baumwollenspinnerei in den Haushaltungen Einzug halten kann, hat Moses Abgottsporn bereits einen neuen, schärferen Rhythmus eingeführt, somit allgemein Atem geraubt.

Billigeres, besseres, feineres englisches Maschinengarn überschwemmt die Ostschweiz.

Bald sind die alten Lieder ausgesungen.

Neue Hörgewohnheiten werden in wenigen Jahren eingefräst.

Alles rennt der dicksten Pauke zu.

Alles tanzt nach der schrillsten Pfeife.

Jetzt entsteht eine neue Form von Nervosität, in der nur Moses Abgottsporn die Ruhe bewahrt.

Als die Fabrik nur mäßig läuft, die Franzosen wieder abgezogen sind, wird Raschel nämlich reformiert, nennt sich Raschle Senior und zieht mit seiner Frau Eva nach Neugrund hinunter, wo auf dem Land des Klosterbauern Bleiker der ganze heruntergeschmissene Abfall aus Ras liegt: das ausgemistete Kloster. Moses Abgottsporn kauft den ganzen Bleiken und eröffnet eine Fabrik mit sieben Handwebstühlen, sogenannten Schnellschiffen. Er gibt die Maschinenspinnerei auf, kauft englisches Maschinengarn und lockt den Geschwindbleicher Knäbisch ins Tal, der sich eigentlich im mittleren Toggenburg niederlassen will.

Der bis hinter die Ohren gut durchblutete Geschwindbleicher Knäbisch ist der erste, der nach englischem Vorbild chemisch geschwindbleicht. Ein Wettlauf zwischen den Engländern und den Raschtalern entsteht. Der Schnellschütze, ein neuartiger Handwebstuhl, und die Geschwindbleiche ermöglichen eine allgemeine Verschnellerung der Produktion. Die Hände vieler Handspinner fliegen nun der Weberei zu. Allgemeine Zuwanderung im Raschtal, das Einwanderungsschübe erlebt, als wäre es ein frisch entdeckter Kontinent. In jedem Haus Geratter.

Gewerbefleiß ist allen Raschles eigen.
Moses Abgottsporn ist der größte Kaffeetrinker im Tal.
Er gründet die Kolonialwarenhandlung Raschle in Neugrund, aus der das Gasthaus *Platz* wird.
Zwei Söhne von Moses Abgottsporn sind hervorzuheben: Emmanuel und Eduardo Raschle.
Ersterer betreibt das Gasthaus Platz in Neugrund, führt den Kaffee- und Baumwollhandel weiter und gründet einen Verlag. Oder er kauft – je nach Marktlage – in St. Gallen bereits fertiges englisches Maschinengarn, mit dem er die Preise unterwandern kann.
Zweiterer, Eduardo, übernimmt 1827 die Weberei seines Vaters und schwingt sich zum König der bunten Handwe-

berei auf, indem er möglichst viele Schnellschiffe ins Raschtal bringen und zu günstigen Konditionen bei den Heim-
webern einbauen läßt. Schnellbleicher Knäbischs Sohn
Othmar ist der Zeit angepaßt Färber geworden und erfindet in der Färberei gültige Mischrezepte für Türkischblau.
Billigere, bessere und ebenmäßigere Buntwebereien hat die
Welt noch nie gesehen. Das weiße Dach der Hochburg wurde durch ein weißblau gestreiftes ersetzt.

Moltonkönig Meng

Maurizius Meng ist Händler im Orient gewesen, weitge-
reist, hat Geschmäcker studiert, bevor er sich 1831 im
Raschtal niederläßt, um eine Handelsfirma zu gründen, die
Raschtaler Buntwebereien in den Orient verkauft, gleich
hinter den Soldaten in die neueroberten Kolonien. Er rät
den Raschtaler Fabrikanten, was herzustellen sei, hat verteilt auf der Welt seine Informanten. So gelangen die Produkte nach Afrika und Asien. Das Raschtal wird im
gleichen Atemzug mit Manchester oder Lyon genannt.
Räsch lautet der Name für Textil in Türkischblau und
Weiß.
Meng ist schlau genug, die Buntweber, die ihm hörig sind,
falsch zu beraten, gründet die Raschtaler Bank und kauft
eine einzige mechanische Webmaschine, die er mit Dampf-
kraft antreiben läßt. Die Handweber verlieren ihre Arbeit.
Meng kauft die Firma Raschle samt Villen und Ländereien
auf. Maurizius Meng wird nun Herrscher über die mechanischen Webereien, gliedert ihr viele mechanische Spinnereien an und ist nun der König der Textilhochburg
Ostschweiz, die er wie ein riesiger Dampfer durch die
wechselnden Märkte steuert. Er läßt die große Moltonmaschine bauen. Als sowohl Spinnereien als auch Webereien
ins Schliddern geraten, werden Webapparate durch Mol-

tonmaschinen ersetzt. Bald arbeiten alle werktätigen Raschtaler in der Moltonfabrik. Meng ist so reich geworden, daß er seine trüben und unausgeschlafenen Ideen weit verbreiten kann. Das Reich der Monotonie, verkündet er, werde hundert Jahre lang währen.

Moltonkönig Meng beherrscht schließlich den ganzen mittelländischen Molassetrog. Die Molton AG unterhält landesweit Politiker, die nur Moltontrachten tragen und eine der Firma günstige Politik betreiben. Gerade in der Verwerfungszone von Stadt und Landschaft findet sie große Anhängerschaft. Denn die Molton AG läßt ganze Nervenkostüme aus tannengrünem Molton herstellen. Moltonteppiche werden an jeden Haushalt verschenkt. Die Moltonpille jedoch, die ein Arbeiten in Eintönigkeit erträglich macht, treibt viele Arbeiter in die Sucht.

Die Moltonpartei wird nach Mengs Ableben aufgelöst. Die Fabriken werden von den St. Galler Stickereien aufgekauft. Sie besticken den Molton kunstvoll, beenden diese trübe Epoche mit Zier.
Alle Moltonmaschinen werden verschrottet, neben der ersten Hardbrücke auf dem Maschinenfriedhof gelagert. Stützen und Träger, aber auch Gleise der Harfe sind daraus gegossen worden. Der Stammsitz der Moltonfabrik wird 1899 von der dritten Generation der Firma Knäbisch aufgekauft. Die drei Söhne des Färbermeisters Knäbisch studieren Chemie und Veredelung an der Eidgenössischen Technischen Hochschule in Zürich. Sie spezialisieren sich auf chemische Veredelung von Baumwolle. Chemische Veredelung von Baumwolle wird Denaturierung genannt.

Keine Landschaft hat raschere Aufstiege, schnellere Niedergänge erlebt, nirgends sind dunklere Gestalten schneller aufgestiegen und wieder zugrunde gegangen als im Tal der Rasch. Auch die Familie Raschle häuft im Verlaufe des neunzehnten Jahrhunderts ein mächtiges Vermögen an, vom dem nichts übriggeblieben ist. Alle Häuser sind abgebrochen, alle Fabriken verkauft oder umfunktioniert worden, nichts ist geblieben als der klingende Name und das Gasthaus Platz.

steht Silber zwischen einundzwanzig Glaspalästen. Bräv-
linge und Brätlinge werden gezüchtet. Die Wasserkordeln
der Raschfälle. Armin Römer geht nach New York. Er hat
eine zündende Idee. Silber hört wieder Ottomotoren und
drückt den Stoppknopf.

Bleiken

Als Silber wieder aufwachte, lag er im weißen Rauschen.
Alle Musik, die er je gehört hatte, flunkerte durch seinen
Kopf. Die Belüftungsanlage spendete Trost aus verschiede-
nen Düsen. Ein zugeigener Organist spielte tiefe Töne.
Dann setzte die Belüftung aus. Die plötzlich eintretende
Stille zupfte ihm Fäden aus den weißen Polsterballen in
beiden Ohren, drehte einen Faden: da war es wieder, dieses
Sirren, das ihn zurückrief.
Silber öffnete die Augen. Er lag auf den kunstledernen roten
Sitzen des Regionalzugs. Die auf Durchnittskörperbau
maßgepaßten Sitze waren ihm über den Kopf gewachsen.
Nur die billigen Turnschuhe griffen auf dem Kunststoff des
gegenüberliegenden Sitzes, gaben dem gekrümmten Körper
Halt. Draußen war ein Bahnhof mit eingeglastem ange-
hängtem Würfel, der wie ein Wintergarten aussah. Drin
Neonbeleuchtung, einige Topfpflanzen. Der Bahnhof war
jedenfalls bedient. *Neugrund-Bleiken* stand auf dem Orts-
schild. *679 m ü. M.* Der Lokomotivführer rauchte unter
dem ausladenden Vordach. Hinter Glas eine Gestalt ge-
bückt vor einem Bildschirm, es war eine Frau.

Dann schlurften Schüler reihenweise aus dem Niesel und
stiegen ein. Das Abteil füllte sich. Silber fragte, wann der
Zug nach Ras weiterführe.

»Er fährt nach Siebenbrücken zurück«, antwortete einer, der sich eine Zigarette ansteckte. Künftige Köche, Schreiner, Gipser, Heizungsmonteure, Sekretärinnen, die Spezialkurse besucht hatten, veranstalteten im Abteil sogleich ein Palaver. Prüfungsfragen wurden ausgetauscht, unverwandt eine Frage an ihn gerichtet, die wie ein Weckmittel wirkte: »Sind Sie der neue Musiklehrer?«

Silber nahm Tasche und Gitarre und stieg aus.

Es war früher Nachmittag und unerwartet düster, auch außerhalb der getönten Scheiben. Zudem blieb ihm schleierhaft, weshalb der Zug nicht bis Ras gefahren war. Man sah kaum zwanzig Meter weit. Die Felswände dunkelten den Kessel aus, der Nebel wattierte grob. Fern das Geräusch der Raschfälle.

Im Bleiken hatte es früher keine Station gegeben, nur einen Verladebahnhof für die Industrien, an dem die Raschtalbahn vorbeigefahren war, hinten im Kessel durch ein Kreistunnel, dann auf den Rand des Weidebandes auf der anderen Seite der Rasch, um sich in weiten Serpentinen und Kehrtunneln die über hundertfünfzig Meter Höhendifferenz hinaufzuschlängeln, nach Ras.

Silber war an der Nebeluntergrenze gelandet.

Es war eine dichte, geschlossene Masse. Seidenfäden von Raupen, die nur im dichtesten Nebel an der schmierigen Luft gezüchtet werden können, hingen am Vordach des Stationsgebäudes herunter. Jetzt erinnerte sich Silber, was er in seiner Wohnung in Zürich vergessen hatte: die Brille. Bei diesem Wetter war das folgenreich – seine Augen erhielten Spielraum, verbündeten sich mit den Flüssigkeiten, formten eigene Gestalten. Eigentlich war er froh, nicht scharf zu sehen. Er spürte, daß sich seine Augen entspannten, da sie nicht gezwungen waren hinzusehen.

Es war eine angenehme Unschärfe, eine wohltuende Verschwommenheit. Die Fuchsaugenkrankheit ist kaum beschrieben, eine seltene Erbkrankheit. Das Auge verbündet sich mit anderen Sinnen, dem Ohr beispielsweise, und produziert Bilder in Eigenregie, die unter Hochdruck dem Auge zugeführt werden.

Thermen

Als der Zug weggefahren war, wurde es geisterhaft still, die Kioskfrau zog den Rolladen ihrer Bude herunter.
Silber schulterte die Tasche, ging an der grell ausgeleuchteten Station vorbei. Dahinter tauchten schon die Glaspaläste auf. Die vordersten sechs eingangs der Straße hatten Licht, die anderen standen erloschen. Auf einem Plakat war eine künftige Geschäftsstraße mit vielen Bäumen und Menschen gezeichnet, *Thermopolis*, die Bäderstätte Neugrund-Bleiken. Das Lyceum Ras hatte offensichtlich zwei der leerstehenden vorderen Glaspaläste gekauft, den Schulbetrieb nach Neugrund verlegt. Zwei Produktionshallen waren zu Turnhallen umgebaut worden, eine andere in eine Aula und einen Speisesaal. Silber beobachtete durchs Glas einen Abwart, der einen hellgrünen Sportbelag mit einer Maschine reinigte.
Der Gewerbeschule gehörte ein Palast, der Werkplätze enthielt. Zwei Hallen wurden für die Gemüseproduktion gebraucht. Diese Betriebe bezogen den Strom für die vielen Lampen vom alten Kraftwerk, das früher die Buntweberei Raschle angetrieben hatte. Die hintersten Glaspaläste standen leer, einige waren zum Verkauf ausgeschrieben. Es roch nach Pferdemist. Silber war neugierig genug, eine der Hallen durch den Hintereingang zu betreten, obwohl der mit *privat* überschrieben war. Es war eine Anlage für die Pilzzucht – riesige, rundbauchige Brätlinge waren in langen Bahnen aus gelbem Nährboden gestoßen, dahinter kleinere Brävlinge, größer als Menschen, blauend an Stielen und Hüten.

Als die Saalbeleuchtung anging, floh Silber durch den Notausgang.

In besser erhaltenen Palästen waren Firmen eingemietet, die elektronische Feinoperationen durchführten, für die sie absolute Sterilität benötigten. Die *Kunststoff Neugrund* hatte vier Paläste behalten, Teile der Fabrikation unter Steuerbegünstigung im Bleiken belassen. Davor standen hellblaue Kunststoffwannen. Geplant war offenbar, aus den verbleibenden Gebäuden im Bleiken einen großartigen Wasserpark zu gestalten, ein zentrales Bädergebiet hinter Glas, mit Bocciaanlage, Minigolf, Fitneß, Fußball- und Tennisplätzen und einem Kino. Das Warmwasser sollte, wie auf Plakaten ersichtlich war, aus dem Tierfehd über die Leitungen der Kraftwerke bezogen werden, das Kaltwasser aus Brunnadern.

»Suchen Sie etwas Bestimmtes« fragte einer, der hinter Silber stand, ihm offenbar nachgestellt hatte. »Ich suche Direktor Lippuner. Habe eine Verabredung«, sagte er in reinem Zürichdeutsch, das den Frager – er trug einen marinblauen Overall und war zweifelsfrei ein rechtschaffener Abwart – glauben ließ, er sei ein Interessent. »Melden Sie sich vorne.«

Am Ende der Industriestraße beim Becken des Bleikenerlochs, in welches das meiste Raschwasser fiel, waren Deponien, dort standen abgewrackte Autos, Metallteile in offenen Containern, die der Feuchtigkeit nicht standgehalten hatten, auch Unrat aus Ras. Im Becken brockenweise bunte Molasse. Plastikflaschen schwaderten am Ufer. Das Wasser traf teils zerstäubt auf, teils in Fäden und Kordeln. Ein in die Wand gehauener Fußweg war bei Lebensgefahr gesperrt, da teilweise abgerutscht. Silber deponierte sein Gepäck, kletterte über die Abschrankung, stieg die Wand hinauf, ging hinters Wasser und setzte sich in einer Höhlung auf einen Stein. Er zog seine Schuhe aus, ließ die Füße überplätschern. Das kühlte seine Augen. Der Nebel war jetzt so dicht, daß man die vorderen Glaspaläste nicht mehr erkennen konnte. Zudem war die graue Luft voller Nieselteile. Flirrend.

Die Raschfälle waren eine begehrte Dusche für die Industriearbeiter gewesen. Mein Großvater mütterlicherseits hatte die zündende Idee zur Falschzwirnung von Kunstgarn eigenen Angaben zufolge unter den Wasserfäden der Raschfälle gehabt.

Die Kunst des Fieberns

Armin Römer war der großartigste Schwindler, den das Raschtal je gesehen hat. Er reiht sich nahtlos ein in die anderen rührigen, zugeheirateten Quell- oder Ahnväter im Tierfehd. Geboren, eigenen Angaben zufolge, im Januar des Jahres neun als zehntes von elf Kindern eines kleinen Stickereiunternehmers im Untertoggenburg und dessen Frau, die eine Wäscherei betrieb, die sie nach dem Tod ihres Mannes alleine weiterführte. Armin Römer war, wie er selber schrieb, verwandt mit dem großen Ballonfahrer Eduard Spelterini, der eigentlich Eduard Schweizer hieß und ebenfalls dem Untertoggenburg entstammte, allerdings italienischer Herkunft war. Römer war, da aufgeweckt, der Lieblingsneffe Spelterinis. Zwischen 1920 und 1924 hatte er Ballonflüge mit ihm unternommen, als photographischer Assistent, in Gesellschaft hochstehender europäischer Persönlichkeiten: Admiralen, Wissenschaftlern, Künstlern, adeligen Damen und Erdkundlern, die Luftdruckmessungen vornahmen, Sphären schätzten. Sogar von einem Absturz berichtet er im Detail und in größtgenauer Pein. Einen Alpenüberflug datiert er in seinen losen Blättern auf 1923, einen anderen auf 1924. Dabei wird die Färbung der Luft bei zunehmender Höhe beschrieben.

Großvater behauptete, viele der Fotos, mit denen Spelterini

Berühmtheit erlangte, eigenhändig verfertigt, überhaupt das Photographieren im Ballon erlernt zu haben.

Er litt seit frühester Kindheit unter seiner Schwindelanfälligkeit, war ein Fieberkind. Seine Lebensleistung war seiner Ansicht nach die Fähigkeit, sein heiß aufwallendes Blut und die sich schnell drehende Phantasie zu kanalisieren und verwertbar zu machen. Dies nannte er die *Kunst des Fieberns*, beschrieben in einem kleinen Text.
Seine Fieberschwäche verunmöglichte es ihm, in den Zwanzigerjahren eine Schulausbildung abzuschließen.

Handwerkliche Grundlagen erwarb er im elterlichen Stickereibetrieb, dem eine Werkstatt angeschlossen war, wo er immer wieder Hilfs- und Aushilfsarbeiten verrichtete. Er begann eine Lehre als Einzelsticker in der Stickereifachschule Kirchberg. Aus gesundheitlichen Gründen mußte er sie nach weniger als einem Jahr wieder abbrechen. Er besuchte Kurse in der Webschule Wattwil, die heute Textilfachschule genannt wird, konnte sich im Musterzeichnen von Phantasiegeweben ausleben. Er begann eigene irrwitzige Stickapparate zu entwerfen.

Armin Römer durfte auf Empfehlung seines Lehrers als Zwanzigjähriger die kunstgewerbliche Abteilung der Gewerbeschule in Zürich besuchen. Nach Abschluß folgten Jahre als Freischaffender, die er sich durch Hilfsarbeit in Veredelungsbetrieben ermöglichte. So arbeitete er in Enneda im Kanton Glarus, im Zürcheroberland und für kurze Zeit in Neugrund bei der Knäbisch, gewann tiefen Einblick in die Prozesse der chemischen Garnveredelung. Denaturierungsverfahren von Baumwollfasern waren damals hochentwickelt.
Die Hitze an den Maschinen, die mit Prozeßdampf Baumwolle verarbeiteten, war ihm aber unerträglich. Er erfand beiläufig ein Leitungssystem, das erlaubte, den Dampf zu

rezyklieren, wodurch an seinem Arbeitsplatz tiefere Temperaturen und menschlichere Bedingungen entstanden. (Der Maschinenmeister, der das Patent der Knäbisch verkaufte, soll damit reich geworden sein.)

Auf Armin Römers Weg bleiben Dutzende von kleinen Erfindungen, Zufügungen, die ihn, hätte er sie systematisch verwertet, bereits in den dreißiger Jahren reich gemacht hätten. Seine Erfindungen waren nie geplant, sondern entstanden aus Launen, zufällig, im Vorbeigehen erkannte er etwas, bog daran, heilte oder ruinierte den Gegenstand ganz.

Im Großvaterzimmer hängen einige perspektivische Übungen aus den späten zwanziger Jahren: Ein Tal, aufgefüllt mit Kristallen ist da zu sehen, drüber schweben Ballone, ein anderes Tal, das nur aus Textilindustrie zu bestehen scheint, mit hoch ins Gewölk stechenden, rauchenden Schloten.

Belegt sind seine Monate im Gasthaus Belvedere in Kaltbrunn. Das Lukarnenzimmer südwärts blieb ihm reserviert. Dort logierte er billig und mit eigener Kochnische in einem Bedienstetenzimmer, wenn er in Glarus oder im Zürcheroberland hilfsarbeiterte. Mit dem Zug fuhr er nach Zürich, belegte Abendkurse. Nicht belegt ist die Liebschaft mit der Serviertochter des Hauses, die in der Dachkammer neben ihm wohnte. Grund für den Aufenthalt in Kaltbrunn war nämlich das Kaltwasser als mögliches Heilmittel für seine Fieberschwäche. Er war kurzzeitig Anhänger der deutschen Kaltwasserlehren, die damals in Mode kamen.

Die Verwertung chemischer Veredelungsverfahren ließ die ehemalige Färberei Knäbisch in den ersten beiden Jahrzehnten dieses Jahrhunderts zur Knäbisch AG auswachsen. Sie beschäftigte Mitte der zwanziger Jahre bereits über tausend Personen aus allen umliegenden Tälern. Während seiner Arbeit als Hilfskraft muß Römer unzweifelhaft auf meinen Großvater väterlicherseits getroffen sein, der Unteroffizier und begeisterter Turner und Sportler war, deshalb bei der Knäbisch Karriere machte. Max Raschle, der sich immerhin Abkömmling der großen Buntweberdynastie Raschle nennen konnte, deshalb bei den Herren Knäbisch in hohem Ansehen stand, war ein militanter Nichtraucher. Armin Römer aber, der Untergebener blieb, rauchte, trotz gesundheitlicher Schwächen, Kette.

Warmwasseranwendungen

Armin Römer war fieberschwach, folglich dienstuntauglich. Wiederholte Fieberzustände, deren niemand Herr zu werden vermochte, brachten ihn erstmals nach Baden, wo er Linderung erfuhr. Er war unter heftigsten Schüttelfrösten angekommen, die ihm den raschen Tod bringen sollten. Seine Krankheit war zu jener Zeit kaum bekannt. Er hatte immer entzündete Augen. In seinen Badener Delirien entwarf er Säle für Lichtspiele und ging zentimetergenau am Tod vorbei.

Von allen Wassern, die er getestet hatte, war ihm das Badener Heilwasser das bekömmlichste, allerdings nur, wenn er seinen Körper darin ganz auskühlte. So wurde ihm das Fieber langsam entzogen.

In Baden fand er Anstellung bei der Turbinenfabrik, die Wasserkraftwerke belieferte, dann bei der Firma Öderlin, die englische Brausen goß und Duschapparaturen im großen Stil schmiedete, weshalb es im Grand-Hotel auf der anderen Seite der Limmat immer nach Eisen roch. Armin Römer sammelte bei den Badener Industriebetrieben bedeutende Erfahrungen, die er später in seine Wasserkunst einfließen lassen konnte. Er lebte in Pension, badete morgens und abends.

Seine Erquickungsreise führte ihn nach London, wo er am 22. April 1930 ankam. Er lebte im Osten der Stadt unter ärmsten Verhältnissen und bedenklichen hygienischen Bedingungen, zwischen exilierten Iren, verarmten Schotten, vertriebenen osteuropäischen Juden von seinem Ersparten. Sein Ziel war es, den Erfinder des unendlichen Fadens – so wurde das eben entdeckte künstliche Garn, das Nylon genannt – aufzuspüren. Es war ein Amerikaner, der aber in Bath sommers zu logieren pflegte.

Armin Römer sehnte sich nach Hygiene, mietete sich, in seiner einzigen Schale, sonntags ins schönste Hotel Ostlondons ein, duschte ausgiebig. Die modernsten sanitären Anlagen beeindruckten ihn, er zeichnete sie ab. Die Skizzen der Luftverwirbelungsdüse für die spätere Falschzwirnmaschine waren eindeutig der englischen Brause abgeschaut. Sonst führte er ein schlichtes, zielorientiertes Leben. Die Ausflüge mit den Booten themseabwärts nach Southend bilden die einzige Abwechslung. Beobachtungen der Flut und der Ebbe. Eine Wolkenkunde und die Windwechselrechnung liegen aus dieser Zeit vor. Viele Skizzen: wirsche Linien, Wolkenformen, perfekt geschwungene walisische Küstenstreifen. Fadenstudien: zerlegte Fasern, vergrößerte einzelne Fibrillen.

Armin Römer reiste nach Bath, spürte den Assistenten des Erfinders der Polymerisation tatsächlich auf. Er legte ihm seine Fadenstudien vor, erhielt eine Einladung nach Amerika, wurde auf dem Dampfer als Gesprächspartner und Lieferant von Ideen geduldet, in New York aber sitzen gelassen und erhielt seine Einreisebewilligung nur dank einem Empfehlungsschreiben und seinem ausgefeilten britischen Englisch. Junge, ausgewiesene Fachkräfte waren in der boomenden Textilindustrie gesucht. Großvater trieb sich in Kleinitalien herum, plante, las, zeichnete, zweifelte und fieberte. Im Januar 1931 sprach er beim frisch eröffneten Büro der *Knäbisch Patent Corporation* im noch nicht ganz fertiggebauten Empire State Building in New York mit einer Idee vor, die er in schlichten Skizzen dem dortigen Geschäftsführer offenlegte, diesen in diffuse Erregung, kaum zehn Jahre später das ganze Raschtal für weitere dreißig Jahre in Vibration versetzte.

Großvater muß beim Betreten des modernsten Gebäudes der Welt plötzlich diese Ahnung gehabt haben, das aufgrund seiner Idee entwickelte Verfahren könnte Produkte hervorbringen, die den Weltmarkt eroberten. Der finstere Prunk der Eingangshalle, die mit europäischem Marmor ausgekleidet ist, erinnert ihn an römische Paläste, und er verspürt leisen Schwindel, als er sich zum Uniformierten vorwagt, der verschwindend klein, aber mit ins Gesicht geschobener wichtiger Mütze an einem Marmortisch sitzt, als wäre er selbst nur Stein. Das Empire State Building, das in einer Intarsie in dunklem Marmor metergroß und kantig über dessen Kopf abgebildet ist, schwebt, befestigt an den Strahlen einer kindlichen Sonne, auf halber Höhe.
Armin Römer fährt mit dem Lift in den dreißigsten Stock.
Seine Idee ist so schlicht wie zündend.
Durch Drall und Gegendrall sollte die Elastizität der Faser erhöht werden. Das Garn wird von der Spule ablaufend auf einer Spinnmaschine stark hochgedreht, der so verdrehte Kunstseidefaden auf den Spulen gedämpft, so die Verformung fixiert. Schließlich wird der Faden wieder zurückgedreht. Die Fibrillen, die Elementarfasern des Fadens, bauschen sich auf. Das synthetische Garn verliert so Härte und den kalten, gläsernen Glanz und nimmt wollähnliche Eigenschaften an.

Der Geschäftsführer leitet die noch nicht ausgereifte Erfindung umgehend nach Neugrund weiter, wo nach chemischen Methoden zur Naturierung von Kunstfasern geforscht wird. Zu jenem Zeitpunkt werden die Fasern – analog zur Denaturierung von Baumwolle – durch Quellung aufgerauht, bevor sie versponnen werden können. Es mangelt ihnen aber an Elastizität.

Die Knäbisch AG erwirbt das Erfindungsrecht. Nach Jahren der Forschung und nachdem es gelingt, den sogenannten Kräuseleffekt durch chemische Behandlung zu stabilisieren, wird die eigene Schutzmarke »Knab« geschaffen. Als während des Zweiten Weltkrieges Wolle Mangelware wird, steigt die Nachfrage nach elastischem Kunstgarn rasch.

Großvaters Irrfahrt

Mein Großvater Armin Römer lebte mit dem Vorschuß der Knäbisch einige Monate im New York der dreißiger Jahre. Er hatte ihn von der Knäbisch bar ausbezahlt bekommen, unter der Bedingung, daß er sich verpflichtete, die Ideen weiterzuentwickeln. Wöchentlich sprach er im Empire State Building beim zuständigen Spezialisten vor, beredete mit ihm seine Entwicklungen, zeigte neue Skizzen. Er ließ sich von den Dämpfen aus den Schächten der Untergrundbahn inspirieren, experimentierte mit Prozeßdampf. Die Knäbisch finanzierte ihm ein kleines Labor und ein Zimmer in einer Pension. Er arbeitete nur vormittags. Sonst strich er um die Piers und Häfen herum, verfolgte den Verlauf aller Entwicklungen: den Bau der Wolkenkratzer, die Einwanderungsströme, landende deutsche Luftschiffe. Sobald die Idee Verfahrensreife erlangt hatte, reiste er mit dem französischen Luxusdampfer *Ile de France* in erster Klasse nach Le Havre zurück, ließ sich fürstlich verköstigen. Verpraßte im Wahn das meiste Geld. Erklärte jedem und jeder seine Erfindung.

Tanzte heftig Charleston mit den paneuropäischen Schiffsdamen. Trank übermäßig französische Weine. Spielte auf dem Deck Tennis und gewann immer.

Als er ab 1932 wieder im Kaltbrunner Belvedere logierte, um der Entwicklung der Maschinen beizuwohnen, hatte er hohes Fieber. Immer wieder konnte beobachtet werden, daß er sich ins Bleikener Becken zurückzog, sich unter die herabfallenden Wasserkordeln stellte, dort lange stehen blieb, stundenlang. Verwirbeltes, frei fallendes Wasser auf seiner Fontanelle. Ohnmächtig geworden wurde er in den Quellenhof im Tierfehd zur Kur gebracht, der damals bereits eine Irrenanstalt für Frauen war und schon länger keinen jüngeren Mann mehr erlebt hatte. In seinen Fieberbildern sah er den weltumspannenden völkerverbindenden Faden, Maschine um Maschine, bevor er von meiner ledigen späteren Großmutter mütterlicherseits, Elma Selb, in einem Wannenbad sorgsam wachgesungen wurde.

Er war nackt und wurde schnell gesund.

Sie pflegte und fütterte ihn, machte Wasserkuren und Massagen, führte ihn aus, auf kürzere, bald längere Spaziergänge. Als er wieder auf den Beinen war und Farbe im Gesicht hatte, heirateten sie in der Klosterkapelle von Ras im kleinsten Kreis. Elma und Armin Selb-Römer konnten den Quellenhof übernehmen. Den Erlös aus seiner Erfindung investierte Armin Römer ins Gebäude und die Badeanlagen.

In den vierziger Jahren wurde ohne Großvaters Beihilfe, aber aufgrund seiner Skizzen, die *Kräuselmaschine* entwickelt, die das aufwendige Verfahren vereinfachte: der laufende Faden wurde zur Höchstdrehung gebracht, mittels eingebauter Heizvorrichtung verformt und in exakt gleicher Drehzahl wieder zurückgedreht. Die ehemals kleine Werkstätte der Firma Knäbisch wuchs zur Maschinenfabrik aus. Unablässig wurde nach Verbesserungen geforscht, die eine Erhöhung der Drehzahl ermöglichten. Ende der vierziger Jahre, als Wolle auf dem Weltmarkt wieder erschien, drehten die Motoren der Kräuselmaschinen mit sechzigtausend Umdrehungen pro Minute. Armin Römer hatte die

Idee geliefert, den Zwirn aus zwei Fäden zu drehen, die man beide im entgegengesetzten Sinne vordrehte, um sie wieder gegeneinander zu drehen, wodurch ein Mehrfachdrall entstand, der zu einem hochelastischen künstlichen Garn führte, das vor allem für Damenstrümpfe und Herrensocken Verwendung fand. Die Falschzwirnmaschine war entstanden, ging in Serienfertigung und wurde in den sechziger Jahren in alle Welt exportiert.

Im Sommer 1967, als Kaspar Maria Raschle und Mega Selb ihr Einzelkind Wendelin zeugten, drehten die Falschzwirnmaschinen 200 000 Mal pro Minute. Die Knäbisch AG beschloß, im Bleiken für die Maschinenfabrik einundzwanzig moderne Produktionsanlagen mit angekoppelten Bürotrakten zu bauen, bei denen Aluminium und Glas zur Anwendung kamen. Zugehörig einundzwanzig Hochhäuser am Westrand des Dorfes, auf der ehemaligen Weide des Bauern Lippuner. Innerhalb von vierundzwanzig Monaten wuchsen die Gebäude aus dem Boden wie Kristalle aus einer gesättigten Lösung. Danach erhielt das Dorf Neugrund das Stadtrecht zugesprochen.

Prozeßdampf

Silber fror, trocknete die Füße, zog die Schuhe an und stieg wieder hinunter. Er beschloss, sich erst tags darauf bei Gabriel Vaser zu melden, in Neugrund zu übernachten und seine Großeltern väterlicherseits zu besuchen, die im Schatten der Hochhäuser in einem der älteren Blöcke wohnten. Er lief die Industriestraße entlang, stahl sich bald hinter die prunkenden Fassaden, in die zweite Reihe, dort standen brachgefallene Glashäuser, die er zuvor gar nicht bemerkt hatte. Einige waren zur Hälfte abgerissen. Andere hatten eingeworfene Scheiben. Alles zerklirrt. Die Aluminiumskelette waren teilweise mit schützendem Stoff überzogen und offenbar bewohnt. An einigen Stellen brannten kleine Feuer, daneben lagen Matratzen. Hängematten waren zwischen Stahlträgern aufgespannt, nackte Glühbirnen hingen von den zernagten Betondecken herunter. Im obersten Stock eines Palastes war eine ganze Fensterreihe mit Plastik ausgeschlagen, dahinter liefen Bildschirme.

»Brauchst Du eine Sonnenbrille, ein Treibhaus, ein Aquarium, ich bau es Dir zusammen«, sagte einer, der hinter einer Reihe großer Sonnenschutzfenster stand, die vormals die Südfront der Paläste geschützt hatten. Er war jünger als Silber, trug eine Schweißerbrille.

»Ich habe Hunger«, entgegnete Silber, während er an ihm vorbeilief, »Kann man Glas essen?« Der Schweißer grinste. Hinter ihm waren Scherbenlager, Flaschenberge, haufenweise alte Neonröhren. Zwischen zwei Hallen erblickte er ein ganzes Dörfchen, gefügt aus Glasresten: kleine Hütten, Pyramiden, Quader.

Drin lebten Großfamilien. Kleinkinder spielten mit Murmeln, auf dem ehemaligen Parkplatz lagen Millionen von Murmeln.

Als sich Silber umdrehte, merkte er, daß die instandgehaltenen, vorderen Glaspaläste gar keine Dächer hatten. Es waren offene Kühltruhen.

»Sollen wir Dir ein Geheimnis zeigen?« Drei Frauen standen vor ihm. Offensichtlich Drillinge. Silber folgte ihnen. Sie führten ihn über die Feuerleiter in ein Großraumbüro. Dort standen hunderte von Bleisoldaten, die größer waren als er. Ein stehendes Heer. An der Decke auf der ganzen Länge Reagenzgläser.

Als Silber nachfragen wollte, welches das Geheimnis sei, waren die Drillinge verschwunden. Da er mit der Nebeluntergrenze in Berührung kam, stieg er schnell hinunter, fand sich aber auf einer Großbaustelle wieder. Zwei Bauführer setzten ihm einen gelben Helm auf: »Wir werden Dir das Bad 2000 erläutern«, sagten sie. Beide sprachen gleichzeitig.

»Fürs Jahr 2000 erwarten wir im Raschtal Heilsuchende aus aller Welt, also muß vorgesorgt werden. Wir bauen Auffangbecken für Ärger, Mißmut und die tiefen Ängste, die geschürt werden.

Wegweiser führen Irregeleitete hierher. Massen werden das Raschtal überfluten.

Wir werden sie in heißes Glas tauchen. Nur unsere Glasstadt kann solches bewältigen. Die besten Glaskünstler arbeiten für uns. Sie blasen große, dicke, runde Glasgötter.«

Silber gab den Bauführern den gelben Helm zurück und verließ die Industriestraße. Es war dunkel geworden. Der Hunger trieb verzweigte Äste in seinem Magen, führte ihn dem erstbesten Gasthaus an der Bleikenerstraße zu. Es war eine Pizzeria. Silber setzte sich an einen Familientisch, bestellte Teigwaren und kam mit einer braven Familie ins Gespräch, ohne zu merken, daß ihm niemand zuhören wollte.

Zuletzt saß er am Stammtisch mit zwei Gleichaltrigen, die er von früher kannte, die ihn aber nicht mehr erkennen konnten, da er offenbar Zürichdeutsch redete.

Silber verließ als letzter die Pizzeria.

Niemand war auf der Straße.

Verschiedene Fernsehapparate liefen hinter verschiedenen Fenstern. Bläuliches Licht. Gespenstische Schauer.

Wie er auf den alten Dorfplatz gefunden hatte, wußte er nicht mehr, jetzt war er verkehrsfrei, die Bahnhofstraße Einkaufpassage, deshalb menschenleer. Gegenüber des Bahnhofs stand das alte Hotel Platz. Obwohl er unerträglichen Durst hatte, konnte er nicht vom Dorfbrunnen trinken. *Kein Trinkwasser* stand auf einem Schild.

Silber nahm ein Zimmer im Hotel Platz, längst war es einer Kette angegliedert.

In der Rezeption erwartete ihn ein anonymes Check-in-Verfahren, d. h. der Gast hatte sich einzuschreiben, bezog den Schlüssel aus einem Automaten. Silber ließ sich müde ins Bett fallen, drückte den blauen Knopf der Fernbedienung, blieb beim türkischen Fernsehen hängen und schlief ein.

Nachts erwachte er. Der Ohrfaden war durchs Zimmer und durch den Kopf gedreht, ein Spin ohne Ende, ohne Anfang. Das Schwungrad war außerhalb seines Kopfes, außerhalb des Hotelzimmers.
Silber kleidete sich an und lief durch den dunklen Hotelgang, die Treppe hinunter in den Keller. Jetzt wollte er die Wiederholungstäter aufspüren. Wurde vom Faden hergezogen.
Stieg treppab. Da war ein unterirdischer Dorfplatz. Die ganze Bevölkerung arbeitete an den Nachtmaschinen. Fliehende Bahnen, wellenförmig wegeilend, schwarzes Nervengewebe. Flußbreit.
Hochdruck, Quallenblumen. Im Nebenraum war eine Versammlung der Baßärzte. Sie saßen auf Ballonen im Kreis. Ein Saal voller Kopisten: Quellenmehrer.

Silber drückte den großen roten Stoppknopf und legte sich wieder schlafen.

worin es schönster Oktober ist. Der Umzug aller Rasch-
taler. Näheres über den Zuchtbullen Terminus und die
Grillen. Silbers Großeltern väterlicherseits sind die Lieb-
lingseinheimischen der Gebrüder Knäbisch. Monteure rei-
sen um die Welt.

Der Maultrommelbaum

Kirchenglocken läuteten festlich und in nächster Nähe.
Sonne fiel durch den Vorhang auf Silbers Gesicht. Das tiefe
Blau des Vormittagshimmels und der zitternde Turm, den er
vom Bett aus sehen konnte, waren hinter kleinen weißen
Vorhängen, die an der Oberseite des Fensters hingen. Als
wäre der ganze Nebel zu Zierat verhäkelt worden. Schöne
Teile davon wurden von den gelben Strahlen zum Glühen
gebracht. Silber streckte den Arm aus und konnte die un-
tersten Spitzen mit den Fingern greifen. Sie waren kalt,
fielen zusammen mit der Vorhangstange auf sein Gesicht.
Es handelte sich um eine industrielle Stickerei nach alten
asiatischen Mustern. Kunstseide. *Made in Neugrund.*
Auch über dem Fenster zur Westseite hing ein solches Stück.
Als das Geläute aussetzte, hörte er geschwollene Stimmen.
Auf dem Platz war ein blühender Sonntagsmarkt, eine Art
Bazar.
Silber wusch sich das Gesicht mit kaltem Wasser, packte die
Tasche, eilte in die Gaststube hinunter. Sie war bereits an-
gefüllt von Rauch und Geschäftigkeit der Schausteller,
Veranstalter, Straßenmusiker, Besucher. Angeregte Gesprä-
che wurden geführt, man trank Kaffee mit Schnaps, ver-
einzelt Biere. Silber erhielt den letzten Platz an einem
runden Tisch zugewiesen. Das Frühstücksbuffet war längst
abgeräumt. Die Serviertochter, die ein wundersam gebro-

chenes Räss redete und bereits die Mittagessen servierte – eine rote Wurst auf verschiedenen Salaten –, brachte ihm Milchkaffee. Silber aß einen Nußgipfel dazu, ohne mit seinen Tischnachbarn Kontakt aufzunehmen. Seine Ohren waren noch einige Minuten lang nachtwund. Alles, was geredet wurde, geriet ungefiltert in seinen Kopf. Es wurde laut und durcheinander geredet. Sätze, wie Jasskarten geworfen. Trumpf auf Trumpf geklopft. In erstaunlicher Weise schienen alle Anwesenden zusammenzuspielen.

Es waren Gespräche zwischen Heimatkundigen und Heimatsuchenden. Die höher im Tal Wohnenden und somit Einheimischeren erklärten den weniger Einheimischen ihre Heimat. Einwohner aus Ras redeten verächtlich über die Neugrunder, die in ihren Augen keine echten Raschtaler mehr waren, ganz zu schweigen von den Brunnadern, Nesenern und so fort. Viele der Erklärenden waren aber gar keine Raschtaler, hatten lediglich ein Ferienhaus hier, sie erklärten anderen Ferienhausbesitzern, was einheimisch und was nichteinheimisch sei, wobei jene, die ihr Ferienhaus in höherer Lage hatten, sich berechtigt fühlten, alle zu belehren, die unter ihnen Ferien machten. Gutgestellt in diesen Gesprächen war, wer wenigstens eine verwandtschaftliche Linie ins Raschtal besaß, einen klingenden Namen etwa, schlechter bestellt war es um jene, die weder familiäre Bande noch nähere Kenntnisse vorweisen konnten, sie fanden sich in der Rolle der zu Belehrenden wieder. Sie hatten zu nicken, beizupflichten, zu staunen, wenn ihnen von Leuten, die wenigstens einen Vetter in der Nähe des Raschtales gehabt hatten, erklärt wurde, welches die einheimischen Spezialitäten, welcherart die spezifischen Eigenheiten der Bewohner seien. Raschtaler waren schnell von Nicht-Raschtalern unterschieden.
An Silbers Tisch saßen zwei Pärchen. Beiden war sein Schweigen unangenehm. Endlich konnte er ins Gespräch einbezogen werden, worauf sich am Tisch Entspannung

breitmachte. Da er die Sprache des hintersten Raschtals kannte, genügte es, überaus freundlich und interessiert nach seiner Herkunft gefragt, einige dem Grunzen verwandte, tief aus dem Bauch geholte, jedenfalls vorsprachliche Laute von sich zu geben. Sie klangen irgendwie einheimisch, so daß ihm schnell höchste Autorität eingeräumt wurde. Gerne hätte er den Nicht-Raschtalern das Raschtal erklärt, wenn er nur etwas wacher gewesen wäre, denn an seinem Tisch saßen offensichtlich nur Nicht-Raschtaler, die sich gegenseitig mit Halbwissen vertrösteten, ohne eine Quelle zu fassen, die sie in Silber nun entdeckten. Als ihnen rote Würste auf verschiedenen Salaten serviert wurden, erhob er sich, grüßte und ließ sich würdig verabschieden.

Draußen war die klarste, blaugewaschene Luft. Endlich über dem Nebel. Er atmete tief durch. Silber stand mit Tasche und Gitarre auf dem Platz, wo ein Umzug erwartet wurde, dessen Anlaß er nicht kannte. Die Straße wurde von der Raser Feuerwehr freigeräumt, die ihre schönsten alten Messinghelme zeigte, Polituren, die in der Sonne gleißten, so daß man daran Zündhölzer hätte entfachen wollen. Die Neugrunder waren seit jeher etwas ungeschickt in der Repräsentation, ganz im Gegensatz zu den Rasern, die die prächtigsten Prozessionen und Umzüge zu gestalten wußten, weshalb die umzugserfahrene Feuerwehr eigens aus Ras angeheuert worden war. Die Raser Feuerwehr wiederum hat ihre Prozessions- und Umzugsdienste bei der Appenzellischen Feuerwehr geschult, die jährlich die verschiedensten Großprozessionen durchführt, die schönsten Helme zeigt, die von den Messingschmieden auf fast irrealen Hochglanz poliert werden. Ziel der weltbekannten Appenzell-Innerrhodischen Helmpolitur bleibt es, in der Spiegelung das Landganze einzufangen, das Dorf, die Kirche, die Berge und den Himmel über Innerrhoden.

Rund um den Dorfplatz waren Stände aufgestellt, kleine Wirtschaften mit Festbänken. Im Mehrzweckgebäude fand der eidgenössische alternative Milchschafmarkt statt, der von der *Pro Spezia rara* unterstützt wurde. Sie setzt sich für die Erhaltung der alten verschwundenen Nutztierrassen ein.

Auf kleinen Bühnen spielten Innerschweizer Handörgeler. Zu seinem Erstaunen erfuhr Silber, daß es junge Raschtaler waren, die in Innerschweizer Sennenhemden innerschweizerische Musik spielten, die im Raschtal fremd klang. Verschiedenene Straßenmusiker spielten im Hintergrund und auf Nebenschauplätzen. Zudem lief elektronische Musik aus den Boxen einiger Schausteller. Silber setzte sich bei der zweiten Bude hin und ließ sich einladen (Kaffee mit Schnaps). Bereits läuteten die Kirchen zum Ende des paritätischen Gottesdienstes – und zum großen Umzug aller Raschtaler.

Voraus liefen Vertreter beider Kirchen im einenden Gleichschritt. Dann einige Hundert Gläubige. Darauf folgend das Gewerbe. Verschiedene Firmen stellten sich auf Wagen vor. Hinter ihnen die Großviehzüchter, die Molkereibesitzer mit ihrem geschmückten Vieh. Der Zuchtstier Terminus, der Stammvater allen Braunviehs der Schweiz, der in Neugrund gehalten wird, fuhr auf einem Spezialgefährt vorüber. Unter einer Glasglocke. Der Hodensack hing weit hinunter und schwang klöppelgleich. Silber hörte dumpfe Gongschläge, drin die Klagen der Nachkommen. Terminus hatte nebst hervorragenden Zuchtmerkmalen einen großen Samenausstoß, vor allem aber eine melkgerechte Rute. Er war äußert sensibel, weshalb nun Stille eingefordert wurde. Nur der Motor des Traktors bretterte. Auf ihn folgten hornlose Mutterkühe, hinter ihnen etwa zwanzig künstliche Besamer, jeder mit seinem Köfferchen. Dann etwa fünfzig Kühe, die erst einmal gekalbt hatten, dann die Rinder, und, der Tradition gemäß, einhundert alpgesömmerte Kälber in gleichem Räscher Viehbraun.

Früher war das Raschtal Zwischenstation für Vieh gewesen, das über Appenzell und das Toggenburg nach Italien verkauft wurde. Geschecktes, geflecktes, bunt gemischtes Jungvieh kauften die Appenzeller in Süddeutschland oder im Vorarlberg herdenweise, zogen es auf ihren Alpen auf, verkauften es den Toggenburgern, diese trieben es nach Neugrund, wo es eine große Viehschau gab, die von den italienischen Viehhändlern besucht wurde. Das Neugrunder Vieh war bekannt für die Vielfalt an Flecken und Farben, war ein Mischvieh.

Darauf verwies der Umzug der Pro Spezia rara. Unmittelbar folgten darauf einige Exemplare der seltenen, vom Aussterben bedrohten Tierarten. So die letzte, hinkende, schwarze Räscher Geiß, die einer Gemse ähnelte. Schließlich der letzte verbliebene ganze Alpabzug mit Lediwagen. Schneegeißen stickelten voraus, neben dem barfuß laufenden Geißenbüblein, das vor Stolz fast geplatzt wäre, hinter ihnen ein übermäßig ernst johlender Konfirmand in Räscher Knabentracht, dann die singenden Älpler mit starken Armen. Im Publikum hörte man Fragen und Erklärungen allerseits, als die Gruppe durch die Einkaufsmeile der Bahnhofstraße lief, dabei spiegelten sich die Kühe in den Schaufenstern, den verspiegelten Bankgebäuden, das Gebimmel wurde repetiert. Das ergriffene Klatschen scheuchte die Tiere dann doch auf und mußte von den Feuerwehrmännern eingedämmt werden.

Silber stand auf der Festbank, als die Musikanten kamen. Allen voran die Dorfmusik Ras, die bekannter war als die Neugrunder oder die Brunnadener Musik, da oft im Fernsehen. Die Neugrunder führten eine neue, cremefarbene Uniform vor, auf die man offenbar besonders stolz war, und spielte den bekannten Landsgemeindemarsch von Ras, der leider nicht mehr gebraucht wurde. Dann folgten die Vereine: der Turnverein, die Landjugend, die Schwinger-, Fußball- und Nationalturnvereine in alten Sportgewändern. Der Judoclub und der Jodelclub hatten einen gemeinsamen Wagen gestaltet. Schließlich örtliche Guggenmusiken. Sie führten auf ihren Wagen Schneekanonen mit, beschneiten das Volk mit Kunstgeld und Konfetti.

Der Lärmpegel war derart gestiegen, daß es Silber wieder auf die Ohren schlug. Alles war plötzlich verschwommen, selig verschwommen. Er brauchte Luft. Denn jetzt kam aus verschiedenen Boxen an den Ständen verschiedene Musik, neuerdings repetitive Baßpauken innerhalb der Volksmusik. Silber deponierte beim Bahnhof Neugrund sein Gepäck in einem großen Schließfach, in dem sogar die Gitarre Platz fand, und suchte das Weite. Er lief dorfauswärts, das heißt, in Richtung Fluß, zum Raschweg, der von Laubbäumen gesäumt war. Sie standen im Herbstkleid.

Sobald er einigen Abstand gewonnen hatte, fand er belebende Stille. Alles war nach Neugrund geeilt. Der Raschweg entvölkert. Sogar der Fluß schien schmaler zu fließen, entzog der Luft die Geräusche. Kein Rinseln war zu hören. Silber spazierte in den kurzen Schatten durch einen zeitlosen Mittag. Erstaunlich große Hummeln flogen brummlos herum. Bald erblickte er die Niederstammfelder. Am Raschweg standen Riesenkerbel, verläßliche Stickstoffzeiger. Sie hatten Baumhöhe erreicht, legten ihre Blattfransen zum Schattendach zusammen. Silber machte vom Angebot Gebrauch, stellte sich unter Schirmherrschaft der großen Pflanzen. Die Sonnenstrahlen wurden vom Blätter- und Blütenwerk fein gesiebt, fielen fädig auf den Boden, aus dem oberschenkeldick die Kerbelstämme stießen. Verholzt und behaart. Einige waren angesägt, Säfte liefen herunter. Tiere, die davon getrunken hatten, lagen tot in der Erde. Etliche Maulwürfe.

Die Riesenkerbel bildeten offenbar nur einen Zaun. Dahinter lagen höchst ebenmäßig gepflügte helle Felder. Eigentlich eine Wüste. Der Humus war abgetragen und durch kleine weiße Würfel ersetzt worden. Sie glitzerten jäh.

Es war ein Geflunker auf diesen tierlosen Feldern, auf denen blaue Maschinen standen. Sie hatten die Rillen gezogen, denen Silber nun entlanglief. Er hob einen der Samen auf. Es war eine Pille. Die Apparate, die alle in dieselbe Richtung gepflügt hatten, waren Pillenmaschinen. In einen Trichter wurden Chemikalien gegossen, die im Inneren zu Pillen gepreßt und in die Rillen gespuckt wurden. Weiterlaufend entdeckte Silber erste Keime, dann eigentliche Setzlinge, schließlich ausgewachsene orange Lilien, deren Kelche schöne Töne seufzten. Er wusch sich damit den Kopf. Darauf folgten Klatschmohnfelder.

Die Blütenblätter warfen rote Schatten und führten ihn ins Herz der Neugrunder Vielfelderwirtschaft: Zu einer Magerwiese, die von den Maschinen umfahren worden war, da von riesigen Grillen und verschiedenen Schrecken bewacht. Halme standen pallisadengleich. Das Gezirpe der Insekten raubte Eindringlingen den Mut und den Atem. Schneidende Scheren flogen durch die Mittagshitze. Einige Grillen zeigten Kauapparate mit geschliffenen Sicheln, die jeden Mißton zerstückelten. Überall blitzten Klingen auf. Es war klar, daß nur reinen Elementen Einlaß gewährt wurde. »Ich bin Silber und singe selber!«, rief er seinen Insekten zu. Da neigten sich die Halme, die Grillen wichen zur Seite und Silber betrat eine Klangoase. In der Mitte stand der Maultrommelbaum. Frische Instrumente hingen an jedem Zweig. Silber bediente sich freimütig und fühlte sich gewappnet.

Aus den Feldern erblickte er den Neubau der Kunststoff Neugrund und anderer Konglomerate.
Hellblau.
In der Nähe die neue Arena.
Von weitem leuchtete das frische Holz.
Längliche Fahnen der Kunststoff Neugrund hingen über allen vier Ausgängen. Wagen verschiedener Fernsehstationen zeigten einen Anlaß von nationaler Ausstrahlung an. Ums Stadion war ebenfalls Jahrmarkt und ein nicht uner-

heblicher Vergnügungspark mit einer Achterbahn. Silber blieb in den Blumen, versuchte aus den Geräuschen herauszuhören, um welche Sportart es sich handeln könnte. Fußball oder Schwingen konnte es nicht sein. Fußballer oder Schwinger, die bei ihren Turnieren oft in Zivilschutzanlagen schlafen, hätten über Mittag nämlich im Blumenfeld genickert.

Unter Bäumen lagen Besoffene in roten Leibchen. Jetzt wurden Höchstleistungen beklatscht. Man hörte Bravorufe.

Ein Firmenanlaß?

Wieder wurde geklatscht, wieder hörte man Stimmen, jetzt Gelächter, dann Gesänge, Musik.

Surrende Hitze.

Silber hätte gerne seine Großeltern väterlicherseits besucht, schaute im nächsten Feld nach, wo sie ihr Gartenhaus unterhielten, fand es im schönsten Zustand vor, Salate und Gemüse abgeerntet.

Der letzte Einzelsticker

Meine Großeltern väterlicherseits, Erika und Max Raschle, sind die letzten mechanischen Handsticker der Ostschweiz. Ihre alte Handstickmaschine haben sie in einem kleinen Sticklokal in ihrem Garten untergebracht. Dort fädelt Erika Raschle-Lippuner abends ein, und Max bedient als Einzelsticker den Stickarm. Sie fertigen Feinstickereien für Trachtenhemden. Achtundachtzig Tiere plazieren sie auf der gestickten Hemdenbrust, das ganze Tierreich. Alle anderen Teile der Räscher Tracht werden längst in Asien billig hergestellt, die Schnallen der Schuhe, die Ketten, die Jacken, nur die Hemdenbrust benötigt die Präzision des Einzelstickers und wichtige Stiche der Handstickerin.

Lange Jahre war meine Großmutter Präsidentin der Trachtengruppe Neugrund gewesen. Sie trug früher das Haar geflochten, hatte selbst im hohen Alter immer rote Backen, ohne sich im Leben je geschminkt zu haben. Blond. Eine typische Lippunerin.

Sie gärtnerte gerne, aber nur mit Bauhandschuhen, um ihre Fingerfertigkeiten nicht zu verlieren, arbeitete zeitweise in Ras auf dem Gemüsemarkt. Salate und Rüben, die sie feilhielt, stammten aus dem Sankt Gallischen Rheintal.

Mein Großvater Max war, als er pensioniert wurde, nebst dem Handsticken vor allem damit beschäftigt, die Sensen zu dengeln. Für alle Segesser dengelte er die Sensen, mit finsterer Entschlossenheit, obwohl das zerklopfte Blatt hell blinkte, die Töne des schlagenden Metalls – ding ding ding – weit ausschweiften, den Raschtaler Himmel bis in die höchsten Sphären rein repetitiv auskleidete. Er vergaß sich dabei ganz, enthob dengelnd die Dinge ihrer Schwerkraft und wurde unbemerkt von den Grillen hofiert. Selber glaubte er, seine Bodenständigkeit zu erhöhen, indem er der Landwirtschaft zudiente.

Wie aber wird aus einem Raschle ein Hippie?

Mein Großvater Max entstammt dem wirtenden Zweig. Er sah in den zwanziger Jahren Schlangen von Arbeitern am Bahnhof Neugrund aus den Zügen steigen, die sich stumm zu den Anlagen der Firma Knäbisch bewegten. Zuvor trank jeder im Gasthof Platz ein paar Schnäpse. Sein Vater Anton stellte die Schnapsgläser auf der Theke in einer Reihe parat, leerte die Flaschen fliegend. Das meiste bar ausbezahlte Lohngeld wurde versoffen und verspielt, bis die Frauen der Arbeiter zusammen mit der Heilsarmee eine Sittenpolizei ins Leben riefen.

Mein Großvater wäre der rechtmäßige Erbe des Landgasthofes Platz gewesen. Er hat es nie ertragen, daß sein Vater Anton 1931 alles den Gebrüdern Knäbisch verkaufen mußte, weil er Ende der zwanziger Jahre zu viele Bürgschaften unterschrieben hatte. Auch die zugehörigen Stallungen wurden verkauft, da der Bahnbetrieb den Saum- und späteren Kutschenverkehr ins Tierfehd überflüssig machte. Max hatte seine Zukunft als Gastwirt, Kutschenführer und Kavalier bereits in die Wege geleitet, war ein stolzer Springreiter und als Unteroffizier der Kavallerie zugehörig, wovon er immer wieder erzählte. Nie hat er die Haltung des Landgasthofbesitzers und Springreiters abgelegt, auch später nicht, als er in der Knäbisch arbeitete. Er war ungelernter Arbeiter mit dem ungebrochenen Stolz des geborenen Wirts. Daher kommt seine Sympathie für Landwirte und alles Landwirtschaftliche.

Er betreute einige Jahre die Pferde für den neuen Besitzer. Nur drei Hektar hatte er geerbt, dort Schrebergärten für die Belegschaft der Knäbisch angelegt, einen Hektar samt Stallung behalten.

Da er sich mit dem ungebrochenen Stolz des geborenen Wirts bewegte, nicht zuletzt, weil er einen klingenden Namen hatte und ein Unteroffizier war, mußte er den Gebrüdern Knäbisch aufgefallen sein. Sie überantworteten ihm die Lehrlingsbetreuung. Max Raschle trug als erster Sportanzüge aus reinem Kräuselgarn. Jeder seiner fünfzig Lehrlinge hatte in einem Kräuselgarnanzug zur Turnstunde zu erscheinen. Sie waren Werbeträger. Da es im Raschtal keine Sportanlage gab, blieb ihm nichts anderes übrig als zu rennen und rennen zu lassen. Die Lehrlinge rannten geschlossen nach Ras. Oder auf den Brünnenpaß. Als persönlichen Erfolg verbuchte er den Bau einer Weitsprunganlage auf dem Areal der Knäbisch.

Erika Lippuner sang als Mädchen mit drei Schwestern, zwei Brüdern in der Heilsarmee bereits 1921 vor dem Gasthof Platz gegen Alkohol und Verluderung. Die Heilsarmee hatte in Ras ihre erste Sektion auf dem Kontinent, sie bestand anfänglich nur aus der achtköpfigen Familie Lippuner. Erika lernte Trachten- und Uniformenschneiderin, arbeitete in Ras, dann in Neugrund bei der Knäbisch, wo sie meinen Großvater Max kennenlernte. Sie wurde Obergärtnerin auf dem Knäbischen Anwesen. Erika und Max heirateten und durften als verheiratetes Paar die Villa Knäbisch hüten, wenn die Familie auf Reisen war (den langen Mercedes und die englischen Wagen fahren, den Jaguar, den Max Raschle sowieso fuhr, wenn er als Privatchauffeur diente). Meine Großeltern wurden die Lieblingseinheimischen der Gebrüder Knäbisch, trugen bei Empfängen die selbstgestickte Räscher Tracht, waren höher gestellt als die anderen Hausangestellten. Während des zweiten Weltkrieges kamen zwei Söhne zur Welt.

Hinter der Villa Knäbisch, auf der Klosterterrasse, wurde der erste Schleppskilift im Raschtal gebaut, der aber nur für privaten Gebrauch war. Mein Großvater war ein leidenschaftlicher Skifahrer, der den Gebrüdern Knäbisch, aber auch ihren ausländischen Gästen das Skifahren beibrachte. Er spielte Tennis auf dem hauseigenen Platz. Nach dem Zweiten Weltkrieg schenkten die Gebrüder Knäbisch der Gemeinde Neugrund einen Fußballplatz und zwei Tennisplätze, die Max Raschle anlegen ließ. Er war Vertreter der Firma im Gemeinderat und in verschiedenen Sportvereinen. Gründungsmitglied des Skiklubs Neugrund-Speer. Nichtraucher und Vater des Bürgerschrecks Kaspar Raschle, der sich die schwarzen, gelockten Raschle-Haare nicht mehr schneiden wollte, so daß sie seine großen Lippunerschen Ohren bald bedeckten. Kaspar Raschle ärgerte sich über die Knäbisch-Hörigkeit seiner Eltern, des Dorfes, des ganzen Tals.

Walter Raschle, der ältere Bruder meines Vaters, war 1965 fünfundzwanzig Jahre alt und ein automatisch überzeugter Unteroffizier. Er studierte Maschineningenieur und textile Chemie, stieg während des Studiums bei der Knäbisch ein, war bald in leitender Position in der Falschzwirnung, zuständig für den Fernhandel der Maschinen. Walter Raschle liebte die amerikanische Minimalmusik, verachtete früh alles Einheimische, wollte bestimmt keine Raschtalerin heiraten, hielt nur nach Frauen anderer Hautfarbe Ausschau. Unteroffizier Walter Raschle veranstaltete 1971 eine Modenschau in Neugrund, in der nur synthetische Stoffe gezeigt wurden. Er moderierte glanzvoll und war schlau genug, sich vor dem Ölschock nach Hongkong abzusetzen. Heute arbeitet er in Taiwan, ist zum dritten Mal kinderlos verheiratet.

Monteure haben sieben Leben

Silber war über ein abgeerntetes Maisfeld zum alten Block gelaufen, in dem seine Großeltern lebten. Drei Mädchen, die auf der Straße mit Kreide zeichneten, empfingen den Fremdling aufgeregt, begleiteten ihn ein Stück weit auf zu großen Fahrrädern, hielten kreisend Abstand, grüßten oder riefen: »Woher – wohin – wieso?«
Auf den meisten Balkonen waren blauweiß gestreifte Sonnendächer heruntergekurbelt. Als er bei seinen Großeltern lange klingelte, meldete sich niemand im Lautsprecher der Gegensprechanlage. Silber las die Namensschilder aller Hausbewohner durch und stellte fest, daß außer den Großeltern niemand mehr im Haus wohnte, der ihm bekannt gewesen wäre. Keine Familie. Keiner der allein lebenden Maschinenmonteure, die das Dorfleben bestimmt hatten.

Die Monteure waren ein eigener Schlag Mensch gewesen, hatten nicht nur Ras und Neugrund, sondern die das Raschtal umgebende restliche Welt bereist, die Falschzwirnmaschinen in Ostanatolien, Persien, Mexico-City und Südafrika eingerichtet, Fabriken in die Wüsten hinausgebaut. Das jährliche Monteursfest der bereits betagten Maschinenmonteure fand noch in den achtziger Jahren im Hochsommer auf dem gut gepflegten englischen Rasen vor unserem Block statt. Alte Tätowierungen wurden an der prallen Sonne gezeigt.

Alle braungebrannten Männer im Freibad Neugrund waren Bademeister oder ehemalige Monteure, die Bademeister geworden waren. Sie tranken schon morgens Bier, spielten Karten ohne Sonnenbrillen, rückten Tische dem Sonnenstand entsprechend nach, um möglichst lederne Bräune zu erhalten. Immer umschart von den Kindern, die ihnen an den Lippen hingen. Aus ihren Mündern floß das heiß gekräuselte, mechanisch versponnene und gegenläufig verzwirnte künstliche Garn: Den Kindern erzählten sie, daß der unendliche Faden aus ihren Maschinen, von einer Strickmaschine zum Socken verstrickt, so groß geworden war, daß er, im Raschtal an allen Horizonten gut befestigt, den Mond in der Ferse eingepackt hätte, wäre da nicht eine einzige kleine Laufmasche gewesen.

Die fliegende Haut warte seither in große Hallen eingelagert auf den Moment, da sie von den Monteuren herausgeholt und im unteren Talbecken ausgelegt werde, an allen Hausdächern festgeklebt. Die große Sense entkellere mit sauberem Schnitt die Häuser. Luftschutzräume und Skikeller ließe man zurück. Die Kunsthaut werde aufgefüllt mit Prozeßdampf und hebe ab, an ihr hingen die Blöcke, die Fabriken, die Schulen. Solches erzählten die Monteure, während Mäuse durch die Arme eilten, die sie ihren tätowierten Schlangen und Drachen verfütterten, während sie die roten Plastikstühle in der Schwimmbadanlage Neugrund dem Sonnenstand gemäß nachrückten, so daß jeder erzählende Monteur die Sonne entweder im Gesicht oder prall auf dem Rücken liegen hatte. Sie gefielen sich darin, diese Geschichte täglich heiß aufzutischen, während sie den Kinder Raketeneis spendierten. Sie schmückten aus, behaupteten, die fliegende Haut müsse zuerst Bundesbern anfliegen, um alle Bären aus dem Bärengraben aufzubinden. Sie schwebten dann durch die Luft wie verletzte Kühe, die per Helikopter aus den Raschtaler Alpen zum Tierarzt oder Notschlachter geflogen werden. Das hatte jedes Kind schon beobachtet. Ziel der Reise sei die Zwirninsel, die traurig im Atlantik schwimme, Fluchtpunkt der Monteure aus aller Welt. Ganze Fischschwärme verfingen sich in den Schlingen aus Kräuselgarn, die tief ins Meerblau hinunterhängen.

Monteure lebten prall und starben einen schnellen Tod: kippten plötzlich um beim Jassen, erlitten Hirnschläge, fielen kopfvoran Treppen hinunter, stürzten gestorben vom Dreimeterbrett. Einzelne waren in hohem Alter noch gefragt, reisten nach Istanbul und Kapstadt, um kleinere Schäden an ihren Maschinen zu beheben, die, einmal angeworfen, immer liefen. Nichts erzählten einander die Monteure ausführlicher, als die Tatsache, daß die von ihnen angeworfenen Maschinen in aller Welt immer noch liefen. Monteure stürzten in fremden Städten über steile Stiegen, die sie selber errichtet hatten, um in den entlegensten Löchern zu installieren. Monteure brachen sich beim Gerangel mit Dunkelmännern Arme und Finger, soffen weiter. Ein echter Monteur arbeitete nur im Akkord und hatte in jeder größeren Hafenstadt im fernen Osten Kinder. Jeder junge Raschtaler wollte Monteur werden. Wenn sie nicht im Schwimmbad jassten, saßen sie im Bahnhofsbuffet Neugrund.

Segesser Sepp

Der wildeste Maschinenmonteur und das Vorbild für Kaspar Raschle war Segesser Sepp, genannt *Sex*, weil er auf einem Oberarm seinen Vornamen, auf dem anderen seine Lieblingsbeschäftigung eintätowiert hatte, damit man weltweit wußte, wer er war und woran.

Sex war auch sein Übername in der Monteursvereinigung, die auch eine Firma war und Büro und Lager schwarz in unserem Block unterhielt. Andere Übernamen lauteten Krass, Hobel, Manila, Rio oder Senf. Segesser, der im Parterre in zwei Einzimmerwohnungen lebte, wo er in jüngeren Jahren wechselnde Gespielinnen einquartiert hatte, oft beide Wohnungen belegend, wie man hörte, war muskulös und trainierte im Keller seinen Bizeps. Dort hatten die Monteure in ihrer Werkstatt die ersten Kraftmaschinen konstruiert. In den Luftschutzräumen waren Restposten aus der ehemaligen Maschinenfabrik Knäbisch eingelagert, Luftverwirbelungsdüsen, Ventile, Spulen und dergleichen. Zusammen versüßten sich die Monteure mit einigen Restlizenzen ihre alten Tage.

Segesser wurde nach dem Verkauf der Knäbisch in der Fachwebschule Neugrund als Lehrkraft gebraucht, obwohl er nicht salonfähig war, gerne fluchte und in jeden Satz Begriffe aus dem Genitalbereich einflocht und alle, auch die Professoren, duzte, selber geduzt werden wollte. Dennoch war er der größte Maschinenkünstler. Er hatte immer schwarze Finger. Die frühen sechziger Jahre hatte er in Hamburg verlebt, dort als Koch auf ostdeutschen und finnischen Schiffen angeheuert. Sex hatte die Beatles in Hamburg etwa vierzig Mal lebendig gesehen, schwang, wenn er davon erzählte, seinen Bauch ergriffen, zeigte Tänze vor, die nur Vibration waren, sang Lieder mit der Stimme des Ergriffenen.

Segesser brachte aus Hong Kong und Taiwan immer die neuesten technischen Errungenschaften in die Knäbisch-Blöcke. Echte Maschinenmonteure blieben ledig, liebten Wurfmesser, große Pistolen, offene Wagen, italienische Motorräder, japanische Schwarzweißfernseher, kleiner als Armbanduhren. Sex hielt grüne Schlangen, die er mir zeigte, als ich, ein Jahr vor seinem plötzlichen Tod, im vierten Stock einzog. Er schenkte mir alte Farbfernsehgeräte und alte Musikkassetten, die schon meinem Vater gefallen hatten.

Die achtziger Jahre waren im Raschtal ein blauer Sommer, auch in den Wintermonaten schien die Sonne unentwegt, und Segesser fühlte sich auf seinen beiden Terrassen spürbar heimisch. Er reiste nicht mehr so oft, hatte als erster Kunstrasen ausgelegt, hielt Palmen und Vogelspinnen, die, ausgebrochen, die Nachbarinnen erschreckten. Sex plauderte gerne von Balkon zu Balkon, und an seine violette Musik aus den frühen siebziger Jahren, die aus immer offenen Türen den immer währenden Sommer färbte, hatten sich alle gewöhnt, sie war Volksmusik geworden, Alltag, Nebengeräusch. Sex war im ganzen Block beliebt, äußerst hilfsbereit, hatte immer Zeit, redete mit allen, unterhielt sich in seinen montagefreien Wochen glänzend mit den Ehefrauen, spielte mit den Kindern. Er war charmant und mit seinen über fünfzig Lenzen gutaussehend verlebt. Segesser war es, der erst meinen Vater Kaspar Maria, zwanzig Jahre später mich viel zu früh und vollständig aufklärte. Er selber erklärte nicht viel, sagte immer nur »Langsam, langsam, alles was du lernen mußt, ist Langsamkeit«, zeigte mir Filme, sagte: »So nicht!«, oder: »So ist gut!«, während ich Lateinwörter lernte.

Segessers Schutzpatroninnen waren die alten Wirtinnen, die auch im Block in Einzimmerwohnungen lebten, ihre rauchenden, trinkenden, stets fett essenden Männer um

Jahrzehnte überlebt hatten. Die blaue Emma, frühere Platz-
wirtin, spätere Buffetwirtin, war Segessers Leihmutter. Sie
kochte ihm jeden Tag ein warmes Mittagessen und wusch
seine weit gereiste Wäsche. Denn Sex hatte nie Eltern gehabt. Eingegangene Gastbetriebe häuften sich in jenen
Sommerjahren kontinuierlich, das Beizensterben war auch
ein Wirtesterben, mit jedem gestorbenen Wirt ging ein Betrieb ein. Die Wirtinnen, die nie ins Alters- oder Pflegheim
gehen wollten, da sie immer in der Öffentlichkeit gestanden
hatten, selbständig gewesen waren, versuchten zeitlebens,
aus dem Block eine Wirtschaft zu machen, waren beim
Monteursfest, das den ganzen Sommer lang dauern konnte,
für die Salate zuständig und ließen es sich nicht nehmen,
hochbetagt zu servieren, in ihren Wirtinnengewändern, die
sie immer noch hinter den Türen an Kleiderbügeln hängen
hatten. Segesser veranlaßte, daß man die Wirtinnen täglich
besuchte, da sie sonst alleine französische Kartenspiele
spielten.

Sex Segesser starb 1984 den plötzlichen Tod. Als seine Wohnungen geräumt wurden, fand man achtzig Kilogramm
weiße Pillen. Es stellte sich heraus, daß es Laktoferment
war, das er wagenweise in die Türkei verkaufte, da viele der
leitenden nordeuropäischen Angestellten einer Fabrik unter Durchfall litten.

DAS DREIZEHNTE KAPITEL

beschreibt eine Postautofahrt nach Ras mit natürlichen Verkehrshindernissen. Abschaffung der Landsgemeinde. Geheimnisse des Klosters. Molkenmeisterinnen und andere starke Frauen in Ras. Die Glückspille erobert Neugrund.

Stau

Silber holte am Bahnhof Neugrund sein Gepäck und telefonierte in einer Kabine. Im Quellenhof meldete sich eine Frau, im Hintergrund war dichtes Gerede, dann kam Gabriel Vaser an den Hörer: »Ich hol dich um zwei Uhr in Ras auf dem Parkplatz beim Aussichtspunkt ab. Wir haben ein kleines Festchen hier. Hast du Hunger?«
Hunger. Silber hatte sich die längste Zeit nur von Teigwaren ernährt, sofortlöslichen Kaffee getrunken. Belegte Brote gegessen.

Die Stände wurden bereits wieder abgebrochen, der Platz war von Lastwagen besetzt, für einen Moment fühlte sich Silber an sein Schlafzimmer an der Gleisharfe erinnert, wo immer Lastwagenmotoren zu hören waren. Das Postauto kam leicht verspätet an. Ein Doppelstöcker. Silber setzte sich im oberen Stock hinter das getönte Glas. An ihm vorbeigehende Fahrgäste verliehen ihren Beobachtungen Ausdruck, sagten: »Blaue Sitze«, oder: »Getönte Scheiben«. Die neue Umfahrungsstraße, die unter dem Dorfkern von Neugrund durchgezogen worden war, lief mit der Bahnhofstraße zusammen und mit einer neuen Brücke vor dem Bleiken über die Rasch, von da auf den Schattenarm und in den ersten Kehrtunnel der Bahn. Das Gleis war entfernt, die Straße aber verbreitert worden.

Silber war dankbar, wieder hinter getönten Scheiben zu sitzen. Nach dem Kehrtunnel schattenhalb fuhr das Postauto erhöht in Richtung Bleiken. Der Chauffeur fühlte sich ermächtigt, übers Mikrophon fremdzuführen. Er sprach grob gedrechseltes Hochdeutsch. »Willkommen im Postauto Neugrund-Ras. Sie sehen links unten die weltbekannten einundzwanzig Glaspaläste«, sagte er etwa.

In der Mittagssonne erhielten einige metallischen Glanz.

»Wir fahren in den zweiten und größten Kehrtunnel. Beachten Sie in den Bögen der Galerie die wilden Raschfälle!« Das steil einfallende Licht schien die Kordeln der Raschfälle zu beschleunigen. Sie jagten wie Lichtpfeile in die Tiefe.

Kuhfladen lagen auf der Straße. Dann Stau. Einige Automobilisten verloren in den engen Kurven die Nerven. Gehupe. Während das Postauto langsam hinter den Tieren herfuhr, konnte Silber auf der rechten Seite ausführlich das untere Raschtal begucken. Zwar fehlte ihm die Brille für viele Details – er sah das Ganze.

Der Chauffeur ließ sich nicht aus seiner Pöstlerruhe bringen: »Wir sehen über uns den letzten erhaltenen Alpwagen mit den geschnitzten Behältern, die früher in den Raschtaler Alpen gebraucht wurden.«

Im Hintergrund kam ein Passagier ins Schwärmen, das Postauto nicht mehr vom Fleck. Silber wurde ein eigenartiges Schau- und Hörspiel geboten. Denn durchs offene Mikrophon hörte man den Chauffeur mit einem Senn reden, der den Verkehr regelte. Der Chauffeur selber war offenbar bäuerischer Herkunft. »Spielst wieder Alpenpolizei«, rief er ihm zu. Durchs Mikrophon verbreitete sich der Teppich der Glocken, das Geläut der reich behängten, trottenden Herde. Es war eindeutig in Moll gestimmt. Der Bus stand nun, Automobilisten vorne hupten, hinter Silber begannen Reisende, die eben noch geschwärmt hatten, über die Subventionsempfänger zu schimpfen, während hier eine Kuh quer stand, da eine Geiß fremd weidete, sich eine lange

Schlange gebildet hatte, die bis Neugrund hinunterreichte. Zwei ältere Leute in gepflegter Wanderausrüstung schimpften über den mechanisierten Bauernstand, die optimierten Milchkühe, die fetten Euter. Als sich jemand lautstark beklagte, daß es im Auto stinke, schloß der Chauffeur das Fenster, ließ die Lüftung und leichte Blasmusik laufen, zu der heitere Schlagertexte im Zürcherdialekt gesungen wurden, worauf schnell Ruhe einkehrte. Jeder Ärger verflog. Einige der älteren Passagiere schliefen ein, als hätten sie Muttermilch getrunken. Die Landschaft wurde entrückt, man war im Irgendwo. Im Land der Lüftungen und der luftigen Reime.

Neugrund erschien Silber völlig unzusammenhängend, nur die vielen Hochhäuser standen in drei Siebenerreihen, somit in klarer Gliederung. Über der neuen Arena davor war eine Wölbung aufgewachsen. Es sah nach einem geblähten riesigen Mastdarm aus, der wurde größer und größer, entpuppte sich als Pilz: Ein Riesenbovist. Er alterte sekundenschnell, platzte, gab einen eigenartigen Dunst frei. Wahrscheinlich tagte in der Arena eine internationale Versammlung von Pilzkundlern. Die erschlaffte Haut sank nieder.
Der Dunst wurde Nebel. Die Bise trieb ihn talaufwärts.
Knödel.
Tastende Fingerglieder.
Gicht.
Späher und Spitzel.
Marschmusik im Postauto.
Die Glaspaläste hatten offene Dächer. Daraus entstieg das Geisterheer, Krieger der Armeen, die nie im Raschtal gewesen waren, in weißen Uniformen, waffenlos. Unaufhaltsam stilles Vorrücken.
Viele leere Bäuche, die sich prallten.
Die oberste Schicht war kraus und voller Frisuren.
Parzen. Purzelnd.
Im Flaum.

Die Abschaffung der Landsgemeinde

Kurz vor der Höhe überholte das Postauto die Herde und hupte zum Gruß. Nach dem letzten Kehrtunnel tauchte oberhalb das Städtchen Ras auf. »Auf der linken Seite sehen Sie Ras, Hauptort im Raschtal.«
Zur Mauer gefügte Häuser.
Die Hauptstraße führt zum Klosterplatz, durch eine Zeile zum alten Bahnhof neben der Post. Ras besteht heute hauptsächlich aus Wirtschaften. In jedem zweiten Haus gibt es eine Metzgerei oder Käsehandlung, eine Bäckerei und Gastwirtschaft, ganz im Gegensatz zu Neugrund, das kaum mehr Gastwirtschaften besitzt. Gemalte Fassaden und funkelnde Schilder vor jedem Wirtshaus in Ras.
Das Zentrum war autofrei geworden, Fußgängerzone. Der nicht mehr gebrauchte Landsgemeindeplatz ein Parkplatz für Busse.

Casios kleinster Bruder Migg hatte als Kindertambour in Räscher Tracht die letzte Landsgemeinde von 1986 angeführt und mit einem Fehltritt deren Abschaffung beschleunigt. Eine Geschichte, die Casio wieder und wieder erzählte: Aus lauter Angst vor der letzten scharfen Kurve vor dem Landsgemeindeplatz schläft Migg die ganze Nacht auf den großen Sonntag dünn, zieht morgens in der Eile aus der langen Reihe der bereitgestellten und von der Mutter geputzten Halbschuhe – denn die ganze Familie Maag spielte in der Musik – die falschen heraus: Jene von Casio. Der trommelt hinter ihm, erwischt als Viertältester die Schuhe des drittältesten Bruders, jener die des zweitältesten und so fort, der Vater die des Großvaters, die ganze Familie, die den Hauptteil der Musik Ras ausmacht, erscheint in falschen, zu großen oder zu kleinen Halbschuhen. Die Instrumente der Blasmusik sind an jenem Morgen so sauber poliert wie schon lange nicht mehr, denn es steht ein wichtiger Entscheid an. Die glänzenden Hörner und Posaunen saugen die Gesichter der Gaffenden auf. Die Bläser treten aufgeregt am Ort. Die Sonne wird vervielfältigt, in den Gassen blinkt und zittert das weitergeleitete Licht. Die Klosterkirche läutet den Ernstfall ein, denn die Landsgemeinde stimmt über ihr weiteres Bestehen ab. Verschiedene Kreise – vor allem Zuzüger – fordern eine Modernisierung der eingefrästen, zu ziselierten Abläufe, eine neue Übersichtlichkeit. Denn Politik wird in Ras von den Gastwirtschaften gemacht, die heimlich Regierenden sind die Wirte, und wer nicht weiß, bei welchem Wirt wann was besprochen wird, eilt an den Abenden vor der Landsgemeinde von Stammtisch zu Stammtisch und sucht unentwegt Anschluß. Ras hatte als erste Landsgemeide auf Drängen der dritten Molkenkurmeisterin Clara Lippuner das Frauenstimmrecht bereits 1901 eingeführt.

Der müde, traumgeschmückte Migg verwechselt rechts und links, stellt sich auf der falschen Seite vor den sich formierenden Umzug, und merkt es erst, als die Kirchglokken verklungen sind und sich die althergebrachte Anordnung auf sein Zeichen in Bewegung setzt. Rufe, Zischer seiner Brüder und Schwestern hört er nicht, trommelt voraus, laut, energisch zwischen den vielen Schaulustigen durch, ältere Männer, ältere Frauen, viele Medienschaffende lichten ihn ab, und der Stolz steift ihm den Rücken. Migg schüttelt Girlanden aus den Alpträumen ab und hört die Schläge seiner Trommel in den Gassen widerhallen, schleift die zu großen Schuhe mit. Nie hat man einen ernsteren Schleppschritt eines Kindertambours in Ras gesehen, seine Ernsthaftigkeit wird gar beklatscht. Erst vor der scharfen Ecke dämmert es ihm, daß genau jener Alptraum eintreffen wird, den er Nacht für Nacht ausgeschwitzt hat: Einbiegend in den Klosterhof steht er am weitziehenden Eck der Formation, hat übermenschlich große Schritte zu machen, fällt aus dem Tritt und auf seine Trommel, der Bruder, von hinten gestoßen, stürzt mit der Brudertrommel über ihn, der Vater mit der Vaterpauke über den Bruder, der Onkel mit der Großvaterpauke über den Vater und so fort. Die ganze Blasmusik stürzt über ihn und gießt die im polierten Blech eingefangene Welt über ihm aus: die Häuser, die Hänge, die Berge, den Himmel.

Der Tumult legte sich nicht mehr, Gegner der Landsgemeinde fahren dieses Mißgeschick in ihren Reden als Lanze auf, beklagen Unübersichtlichkeit der Abläufe einerseits, Starrheiten anderseits und gewinnen die Wahl mit einer Stimme. Casios Vater hat sich den Arm verstaucht und kann ihn nicht hochhalten. Heute wird brieflich abgestimmt. Die umzugserprobte Blasmusik Ras wird seither an verschiedene Gemeinden ausgemietet, die unter allgemeiner Anonymität leiden, wenig Prozessionserfahrungen haben und ihr Dorfleben ritualisieren möchten.

Silber hörte Besteck auf Geschirr klirren. Man hört auf den Gassen mit, das Gerede kam aus offenen Fenstern, wurde von der eben aufkommenden Bise verteilt.
Düfte von gebratenem Fleisch, frischen Frittierölen.
Wild.
Silber war hungrig. Immer, wenn er in Ras ankam, hatte er Gelüste nach Wurst und Bier. Alle, die aus dem Postauto stiegen, bekamen schnell einen Urhunger nach Schwerem, Einfachem, Gutem. Ein tiefsitzendes Grundbedürfnis war durch die vielen Läden, die Bäckereien, Metzgereien schnell geweckt worden. Während man an anderen Orten nach Bauwerken Ausschau hält, strebt man in Ras der nächsten Speisekarte zu. Die Raser Gastwirte richten sich auf diesen Urhunger aus und servieren Extraportionen. Alle Reisenden waren längst in den Gasthäusern verschwunden.
Silber war mit seinem Gepäck blindlings über den ehemaligen Landsgemeindeplatz zum Eingang des Lyzeums gelaufen, durch die Türe eingetreten. In der Besenkammer neben der Toilette gleich dahinter konnte er sein Gepäck deponieren.

Fliegende Teppiche

Ein Sennenhund kam dahergelaufen, hinter ihm hörte man die Glocken rollen. Dann die Geißen mit ihren kleinen Glocken: Eiliges Gebimmel, vom Geißbuben mit einem Stecken eingegrenzt. In seinem Eifer war er vorausgesprungen, hatte die Geißen gehetzt.

Als die Kühe in die Straßen von Ras einliefen, wurden die vielen Glockentöne zu einem Strom kanalisiert, kullerten als Geröll durch die Straßen. Dann wurden orientalische Teppiche ausgerollt. In den Gassen war die bekannte Moll-stärke des Rasener Geläuts am stärksten hörbar, es klang, als sängen sämtliche Kirchenheilige gleichzeitig. Ganze Glockenstühle kamen angefahren. Die Fenster der Gast-wirtschaften wurden geöffnet, kauende Köpfe zeigten sich. Essende traten auf die Gassen, hatten die Servietten in der Hand und winkten ins Leere. Verschiedene Videogeräte standen bereit. Die Schimpfer vom Bus filmten bereits wieder oder schwärmten wieder, obwohl noch keine Kuh zu sehen war. Die Schaulustigen wurden im voraus ergriffen von der Traurigkeit dieser unbegreiflichen Mollklänge. Kinder weinten. Der Schmerz, der sich aus den Gleichklän-gen herausschälte, ging tiefer als erwartet, fuhr Silber in den leeren Magen, wo der Hunger durch eine allgemeine Wehmut verdrängt wurde.

Der Schaualpzug mit den neun Schellenkühen zog mit Ge-töse ein, es steigerte sich zum Scheppern. Die Sennen, die dahinter liefen, sangen dazu nun ihren kräftigsten Gesang, gossen in der Luft Kupfer und Zink zusammen, schmetter-ten Messing an die Wände und trieben die Herde in den Klosterhof. Dort wurden den Tieren die Glocken abgenom-men, denn sie gehören ins Kirchenschiff, sind der Stolz des Klosters Ras und Teil des Klosterschatzes. Kuh um Kuh wurde ihrer Glocke entledigt, wobei das Geschell ohne Un-terbrechung weiterging. Silber ließ es sich nicht nehmen, mitzutun, packte sein bestes Räss aus und half mit, die Glocken zu tragen, denn so erhielt er Zugang ins Heiligtum, durch eine Seitentüre. In wiegendem Gang trug er zwei Schellen ins Schiff. Daraufhin trottete die Herde geräuschlos in Richtung Ras-Kappel ab.

»Macht die Kirche zur Weide«, stand in alter Schrift über den drei Stangen, an denen je drei der Glocken aufgehängt wurden. Die Kirchenhelfer verbrannten üppig Weihrauch, schwangen die Klöppel aller neun Schellen und verließen das Seitenschiff. Nur Silber blieb zurück, denn er war verschmolzen mit den Klängen, aus denen alle erdenklichen Melodien wuchsen. Wechselnde, sich auf- und abbauende Gleichklänge. Das Seitenschiff war von Rauch, Hall und Nachhall erfüllt, zurückgeworfene Töne benetzten die Glocken neu, ein schier endloses Gebimmel blieb. Strahlen der mittäglichen Sonne, die durch die farbigen Glasscheiben steil einfielen, gerannen im Rauch zu Marmorsäulen. Goldene Putten wurden lebendig und flogen zu einem bis an die Decke reichenden Kasten mit entsprechend großen Türen und phantastischen Malereien.
Es war darauf szenisch eingefangen, wie Ruscelus im hintersten Raschtal den Heiden das Christentum beibrachte, indem er einen Baum in der Mitte der Heilhaube einpflanzte, daran kleine Glocken hängte, die er Quitten nannte.
Das Schlüsselloch des Kastens, auf Kopfhöhe, war maultrommelförmig. »Scacciapensieri« stand darüber.
Silber packte seine Maultrommel aus und spielte verbotenerweise, so gelang es ihm, die Klangweiden mit Grillen und einzelnen Zirzen zu bestücken, was den Putten gefiel. Gekicher.
Die große Kastentür ging auf. So eröffnete sich ihm das Feld der Gebets- und Geistheilung. Es war der geheime Eingang ins Tierfehd. Dahinter wartete Anna Lippuner. Sie spielte ebenfalls Maultrommel.
Neben ihr das Streichorchester der sieben Selben Schwe-

stern mit Urgroßmutter Menga-Maria. Sie trugen gestickte Kleider, schönen, filigranen Schmuck. Hatten nur gute Gedanken. Dachten Schönes, Wohltuendes und Erfreuliches. Dahinter die Großmutter mütterlicherseits, Elma Selb: Sie hatte die wärmste Stimme, die man sich vorstellen kann, und erzählte Silber die Geschichte der drei Lippunerinnen.

a) die erste Molkenmeisterin Anna Lippuner:
Sie war eine gemeinnützige Frau.
Bereits 1805 bot sie in Ras geistheilende Molke an. Das Barfußlaufen auf Moorboden in der Ebene hinter Ras wurde durch ihre Bestrebungen bei Männern und Frauen populär. Frauenvereine, Müttergruppen, Stickerinnenverbände wurden im *Frauenzirkel Lippuner* zusammengeschlossen. Entlang der Promenade nach Ras-Kappel entstanden ab 1807 die Molkenhäuser, eines neben dem anderen. Sie wurden alkoholfrei und fleischlos geführt. Die sorgfältig weiter bebauten Klostergärten lieferten Grünzeug. Es wird behauptet, die erste Lippunerin habe die Werkwirtschaft im Klostergarten durch die Baumwollenzeit weitergeführt. Sie pflegte eigenhändig die Rosen der Promenade.
Im Kloster wurden Mädchenschulen eingerichtet, daraus ist das spätere Lyceum entwachsen. Die Handstickerei wurde gefördert, das Liederwesen bewahrt. Die einzigartigen Feinstickereien befreite die Frauen der Lippunerschen Schule von vielen Alltagslasten, da feine Finger vordringlich waren. Bereits die Mädchen erwarben eigenes Einkommen. Die Männer tanzten in Ras bald an den feinen Lippunerschen Fäden, hüteten Kinder und das Vieh.
Kühe wurden heiliggesprochen und durften in Ras auf der Straße herumlaufen. Die Lippunerin hatte das Sagen, so will es ein altes Lied, und ihr Mann danach zu singen. Der Räscher Männerjodel war ein Bittgesang.

Die erste mechanische Spinnerei von Moses Abgottsporn Raschel, der Wasserräder im Klostergarten eingerichtet

hatte, wurde heftig und erfolgreich von Anna Lippuner be-
kämpft und mit einem Gegenzauber ruiniert: Sie ließ zweiunddreißig Lippunerinnen an Handspinnrädern sieben
Tage so lange rückwärts spinnen, bis Raschel Ras verließ.
Ohne das Lippunersche Molkenimperium wäre auch die
Entwicklung in der Tierwies nicht denkbar. Denn vorerst
gab es in der Tierwies keine Schlafgelegenheiten. Die Gäste
unternahmen von Ras aus Tagesausflüge oder lebten einfach in den Moorhütten, von wo aus die Elisalp in gut zwei
Stunden zu erwandern war.

b) die zweite Molkenmeisterin, Berta Lippuner:
Viele Selbe Töchter gingen nach dem Brand von 1808 nach
Ras oder verkrochen sich in die Höhlen im Tierfehd (was
aufs selbe hinauslief). Das Heilbeten hatte Anna Lippuner
folglich von den Selben erlernt. Ihre Nachfolgerin Berta
Lippuner war mit Bestimmtheit eine Selbe, die sich umbe-
nennen ließ. Sie verfaßte bereits 1837 die »Entspannungs-
lehre für den weiblichen Unterleib«, eine Technik, die es
ermöglichte, die sogenannte Hysterie der vernachlässigten
Frauen der mechanischen Spinner abzubauen, Verspannun-
gen, Nervenleiden allgemeinster Art zu kurieren. In den
Molkenhäusern erholten sich anfänglich die Frauen, bald
ließen sie ihre nervenkranken Männer nachreisen. Textiler
aus der ganzen westlichen Welt trafen sich so in Ras.
Berta Lippuner rettete den Erfinder der mechanischen
Stickmaschine, Otto Frick, der unter schwerem Asthma
litt, 1843 vor dem frühen Erstickungstod. Danach erfand er
für sie die Teigwarenmaschine, die den Molkenhäusern Gewinne einspielte und blieb in Ras, wo er sich nur noch mit
Atmung und Ernährung und der Herstellung von eierlosen
Teigwaren beschäftigte. Sehr wahrscheinlich hat Frick die
Molkenmeisterin geschwängert.
Dieser Verbindung entwuchs 1851 Clara Lippuner, die
nicht von der Familie, sondern von der ganzen Gemeinschaft großgezogen wurde.

Sie hatte viele Mütter und konnte von der Terrasse aus beobachten, wie sich in Neugrund die mechanische Buntweberei durchsetzte, den Fabriken Kamine aufgesetzt wurden.

Die Weltmeere erreichten Neugrund.

Auf ihnen trieben die mechanischen Buntwebereien wie große Kähne, bevor sie alle im selben Jahr untergingen.

Nur Ras blieb Stickinsel.

Ufer.

c) die dritte Molkenmeisterin, Clara Lippuner:

Ab 1875 wurden die Molkenhäuser überrannt von geschädigten Arbeitern der Moltonherstellung. Jedes Zimmer war belegt, neue Häuser mußten zugemietet werden. Clara bekämpfte die Abhängigkeit der Männer in Neugrund von den Moltonpillen, die ihnen ein Arbeiten in Monotonie möglich machte. Hierfür ging sie Verbindungen mit der Heilsarmee und beiden Kirchen ein, um ihren Einfluß flächendeckend auszubreiten.

Die Moltonpille, eigentlich erfunden gegen Fettleibigkeit, wurde vom Moltonkönig Maag gratis abgegeben. Er nannte sie Glückspille. »Leistung und gemeinsames Glück« war den Pillen aufgedruckt.

Die Massen waren seinen Maschinen entgegengerannt, hatten nächtelang durchgearbeitet. Nur noch Maschinen hören wollen.

Seine Arbeiter bewegten sich mit großen Pupillen verzückt zu den Maschinenrhythmen, erlitten schwere Hör- und Gemütsschäden, verzuckerten innerlich.

Einige waren verdaut oder verätzt worden, hatten sich im Molton aufgelöst.

Clara Lippuner ließ die Geschädigten erst mal Molke trinken.

Dann mußte in abgedunkelten Zimmern handgestickt werden, und zwar auf Moltonstücken. So konnten die Patienten ihre beschädigten Nervenkostüme selber stopfen.

Das Singen und Erzählen mußte neu erlernt werden.

Das Lachen hatten alle verloren.

Nachdem Clara erkannt hatte, daß das Brummeisen – richtig gespielt – die innerlichen Verätzungen heilte, getrennte Sphären schloß, ließ sie im Kloster Maultrommeln in großer Stückzahl schmieden.

Clara Lippuner, die sich ihr Leben lang mit der Glückspille beschäftigte, hatte endlich die Idee, den Moltonstickboden in Salpetersäure aufzulösen, so daß nur die Stickerei erhalten blieb.

Der Sanktgaller Einzelsticker Reitmeister, der das Ätzverfahren patentieren ließ, zusammen mit Kirchen und Ärzten weit verbreitete und so große Moltonbestände tilgte, machte Clara Lippuner 1889 einen Heiratsantrag, den sie, ganz ihrer Sache verpflichtet, nicht ausschlug. Er baute neben den Molkenhäusern ein eigenes großes Handelshaus, den ersten Palast, davor das erste Teilstück der prunkvollen *Sanktgallerstraße.*

1898 entstand die Schmalspurbahn von Ras-Kappel ins Tierfehd.

Viele Holzhäuser wurden abgerissen und im Jugend- oder Sanktgallerstil wieder aufgebaut. Der Doppelpalast der Gebrüder Knäbisch wurde 1903 aus den vordersten und ältesten Lippunerschen Molkenkuranstalten in fließenden organischen Formen und in Stein zusammengeschmolzen. Ein eigener Schräglift führte von der Fabrik auf den Felsen. Die Gebrüder Knäbisch heirateten je eine Frick-Lippuner Tochter. So kamen Stadtsanktgaller mit den Raschtalern in den höchsten gesellschaftlichen Schichten in Berührung. Viele Sanktgaller lernten das Skifahren auf den Hängen hinter der Knäbisch-Villa.

Das Palasthotel, 1907 neben der Knäbisch-Villa fertiggestellt, wurde von der Stadt St. Gallen geführt und zog vornehme Bürger aus der ganzen Welt an. Alle Fenstervorhänge waren handgestickt. Pariserinnen, die nur Sanktgaller Spitzen trugen, wohnten mit Deutschen und Engländerinnen im Palasthotel, besuchten die Häuser der Handstickerinnen und trieben die Preise in die Höhe. In Ras blieben ratternde Stickmaschinen des Lärms und der unheimlichen Vibrationen wegen verboten.

Jeder Handel in der Textilhochburg Ostschweiz wurde letztlich über die Stadt St. Gallen abgewickelt. Stadtsanktgaller, die die hellste Sprache Europas sprechen, lebten in den verschiedensten Handelstätten der Welt: In London gab es ein St. Gallerhaus; in Hamburg, Genua, Ancona eine Sanktgallerstraße. Stadtsanktgallisch mit seinen spitzen Vokalen war eine gültige und weltweit geachtete Geschäfts- und Handelssprache. Handelshäuser im Sanktgallerstil stehen in Lima, Rio, in Kairo und Hong Kong. In Ras entdeckten Stadtsanktgaller, die unter ihrem nichtsingbaren Sanktgallerdialekt litten, die Salbaderkraft der Maultrommel. Der Mundraum des Stadtsanktgallers eignet sich fürs Maultrommelspiel vorzüglich, da in ihm von Natur aus helle Vokale geformt werden. Seit 1909 wird im Palasthotel das Stadtsanktgallische Maultrommeltreffen abgehalten. Heute noch ist Ras das Mekka der Stadtsanktgallischen Maultrommler. Sie lassen alte Handelsbeziehungen spielen, um die besten Maultrommelschmiede aus Sibirien und Japan nach Ras zu bringen. Nach wie vor bleibt ungeklärt, ob der obertonreiche Dialekt der Stadtsanktgaller übers Maultrommelspiel zugespitzt worden ist, oder umgekehrt die Stadtsanktgallischen Maultrommler mit ihren Dialektlauten das Maultrommelspiel in die bis heute unerreichten Finessen, Feinheiten und Spitzen hinaustrieben.

DAS VIERZEHNTE KAPITEL

*worin Silber mit Gabriel Vaser die Sanktgallerstraße ent-
langfährt, über den Schottenpaß auf die Elisalp, von wo aus
die hellenischen Alpen zu sehen sind. Der Zeppelin landet
in der Tierwies. Das Heilwesen ist eine bläuliche Süßwas-
serqualle. Dunkle Tinten. Ankunft in der Trinkhalle. Mit-
singen und erlöstes Schlafen.*

Die Aussicht

Als Silber aus dem Kloster trat, kaufte er sich an einem
Kiosk eine Sonnenbrille mit grünen Gläsern. Dann lief er
die gut 150 Meter nach vorne zum Aussichtspunkt an der
Terrasse. Neugrund war bereits vom Dunst überzogen.
Gabriel Vaser wartete mit einem neuen grünen Jeep am
Parkplatz. Als er die Tür öffnete, troff Handorgelmusik aus
dem Wageninneren. Sie war von Klarinetten überziert. Bei
der Fahrt redeten beide wenig, Gabriel war leicht angetrunken, im Auto roch es nach Benzin und seinem Rotwein-
atem. Das Radiogerät lief unentwegt, Gabriel erklärte, sein
Vater habe diesen Sender so einstellen lassen, er dürfe nichts
verändern, da der Alte mit solchen Geräten nicht umzuge-
hen wisse. Jetzt kam eine metallische Musik – Blech und
Gesang – aus den fußnahen Boxen. Die Bässe, die neben
dem Luftgebläse eingebaut waren, strickten Silbers Füßen
warme Socken. Mit dem Jeep durfte Gabriel durch die Fußgängerzone fahren. Silber genoß es, von Passanten mißmu-
tig begafft zu werden. Im Lyceum holte er das Gepäck aus
dem Abstellraum.

Die Sanktgallerstraße führt mitten durch Ras, an der Post
vorbei.
Die kleineren Heilbetriebe dahinter haben Produktionsan-

lagen zwar nach Neugrund verlegt, ihre Stammsitze aber in Ras belassen. Ausgangs des Städtchens werden Einkaufs- und Verteilzentren im Heimatstil gebaut, mit heimischem Holz verkleidet.

Giebel ist Pflicht.

Eine Baustelle von Reihenhäusern läßt das Vorgehen erkennen: die Keller sind betoniert, einige Wände gemauert, dann hölzern überzogen worden, so daß man meinen könnte, ein altes Holzhaus vor sich zu haben. Dickflüssige Beize ist aufgetragen worden, um das frische Holz künstlich zu altern. Hohe, breitere Fenster, andere Raumhöhen verweisen auf die Gegenwart. Darunter Garagen mit großen Geländewagen.

Die Sanktgallerstraße endet auf dem Parkplatz der Speerbahn. Die Zahnradbahn, 1913 aufwendig und in Bögen gemauert, führt auf den Speerboden, wo neben der Bergstation die Lungen- und Augenkuranstalt *Molasseparadies* steht. Professor Trepp zu Ehren war in den dreißiger Jahren ein Wanderweg rund um den Speer angelegt worden: Patienten phantasierten frei in den vollen Formen der Molasse. Der Molassetest wurde in der Zwischenkriegszeit von Augenärzten entwickelt, erfreut sich in jüngster Zeit vor allem bei Gestalttherapeuten wachsender Beliebtheit. Die Kunden werden mit verbundenen Augen vor die Wände gestellt, lockern lallend ihre Zungen. Sobald ihnen die Binde abgenommen wird, müssen sie drauflosreden, beschreiben, was sie sehen, dabei ihren Gefühlen freien Lauf lassen, gegebenenfalls schreien, singen, johlen. Die Begleitperson notiert alles. Falls dem Kunden nichts einfällt, stellt sie Fragen: »Sehen Sie Tieraugen? Sehen Sie Wölbungen? Brüstungen? Erkennen Sie ganze Lurche oder nur ihren Laich? Bewegt sich die Wand, kommt sie Ihnen entgegen oder würden Sie sich am liebsten ihr entgegenwerfen? Hören Sie Töne oder tönen Sie selber?« Die Notate werden später ausgewertet.

Die Luftseilbahn auf den Speer, die dem Molasseparadies

die Krone aufsetzte, wurde nach mehreren äußerst schneereichen Wintern 1964 fertiggestellt. Sie ist bereits stillgelegt.

Gabriel fuhr nicht durch den Verbindungstunnel der Schluchtstraße. Er bog südwestlich auf eine schmale, eigentlich gesperrte Schotterstraße ab, fuhr schattenhalb aufwärts, durch den Wald. Es war die alte Saum- und Paßstraße. *Zubringerdienst erlaubt.* Es gefiel ihm, die Kurven eng zu ziehen, ausfahrts zu beschleunigen. Silber lobte seine Fahrkünste, sonst redeten sie nichts. Da und dort ein gegrabener, kurzer Tunnel durch die Nagelfluh, tropfendes Bollengestein, herunterhängende Farne über den Portalen. Steine lagen wiederholt auf der Straße, dadurch entstand Gerumpel. Bald wieder bemooste Klaven, alte Kerbelwälder, schattengenäßt. Haarnadelkurve folgte auf Haarnadelkurve, bis an die Waldgrenze. Ras lag hingestreckt auf der Schuppe darunter, gefügt um die breitarmige Klosteranlage, die ihre beiden wohlproportionierten, schmal gefaßten, kecken Türme gegen Süden aufstreckte. Das steigende, von der feigen Bise heraufgeschobene Mittagsmeer hatte bereits die Terrasse erreicht, überflutete sachlich die ersten Häuser der Sanktgallerstraße, Bauschel um Bauschel, zuletzt ragten gerade noch die beiden Klosterkirchtürme aus der Masse.
Gabriel redete vom Allrad, er sagte: »Allrad braucht man hier«, und: »Ohne Allrad ginge es nicht«. Zuoberst war karges Trockengras bis an den Grat, gelbe und rote Flechten auf der verschliffenen Süßwassermolasse. Dieses Gebiet wird *Schottland* genannt.
Dann öffnete sich ein gerade wagenbreiter, etwa fünf Meter tiefer Einschnitt, in die Nagelfluh gehauen – der Paßübergang.
»Das ist der Schottenpaß, 1811 Meter über dem Meer«, sagte Gabriel Vaser, der abwesend war, fernbeschattet. Welche Helligkeit, als der Geländewagen über die Höhe fuhr, für Momente ganz der Mittagssonne ausgesetzt. Die

fünf Heiligen erschienen am Südosthimmel. Silber hatte sie noch nie derart leuchten gesehen. Der Schnee lag wie Zahnschmelz auf den fünf ebenmäßigen Zacken. Silber wollte den Wagen anhalten, worauf aber Vaser nicht eingehen konnte, da er es eilig hatte oder mürrisch war, jedenfalls entfernt von der Geselligkeit jener Nacht zwei Tage zuvor in den Tanz- und Hallräumen unter der Hardbrücke.

Schlangenkurven, die hinab in die oberste Senke führten – »Elisalp«. Gabriel sprach dieses Wort ernst in die fett treibende Musik hinein, fand sich unfreiwillig in der Rolle des Werbers wieder, der Radioapparat ließ sich nicht leiser stellen. Er setzte sich Vaters Sonnenbrille auf.

Die Elisalp ist ein südständiger Boden mit Alpwirtschaft und einem listigen Bach, der der obersten Meeresmolasse entspringt und sich durchs Flache schlängelt. Schöne Teile der Molke waren früher auf der Elisalp warm geholt, in Ras und in der gegenüberliegenden Tierwies den Gästen serviert worden. Heute ist es eine eigene Gastwirtschaft, in der die wandernden Feriengäste melkwarme Geißenmilch trinken. Die Alp war nicht mehr bestoßen. Gabriel steuerte über die Roste, die kleinen Holzbrücken und den schon breiteren Bach. Das Fenster ließ sich nicht öffnen. Der elektrische Fensterheber war offenbar defekt. Als Silber ausstieg, um einen gespannten Kuhdraht zu lösen, holte er tief Luft. Es roch nach Fichten und Röhrlingen. Gabriel hupte ihm zu.

Unten der Übergang in den hellen Kalk. Da war eine andere Vegetation: kargere Sträucher, kleinere Bäume, die entfernt Agaven glichen, zusehends Lärchen. Auch die Gräser waren magerer. Karstgräte in der Weide neben der Straße. Gabriel fuhr auf die Hauptstraße, die aus dem Schluchttunnel kam.

Das hinterste Raschtal verläuft in west-östlicher Richtung und ist unterteilt in Tierwies und Tierfehd.

Das Ostbecken, also links der Hauptstraße, heißt Tierwies,

das Westbecken Tierfehd. Wo früher der Bahnhof Tierwies gestanden hatte, befand sich ein Parkplatz mit Tankstelle. Die Talstation der Schwebebahn. In der Tierwieser Arena östlich sah Silber beim Vorbeifahren die korpulenten Kalknappen, herabhängende Felsnasen und einsam zeigende Finger. Schotterfelder aus gebrochenen Tafeln, schräg stehende Platten, vom Wasser hieroglyphisch gebahnt.

Der Zeppelin in der Tierwies

Da das Tanzen in Ras immer wieder verboten gewesen war, hatten die großen Tanzanlässe in der Tierwies stattgefunden. Die Quellen überliefern krasse Feste: Es wurde während der Molkenkuren polnisch, deutsch, ungarisch, englisch und französisch getanzt. Wilde Burschen tanzten mit russischen Prinzessinnen den Reigen, höhere Offiziere aus Osteuropa in Ausgehuniformen tanzten mit höheren Töchtern verfeindeter Königreiche, schmächtige Mädchen tanzten mit kräftigen Sennen den Salpetertanz. Älplerinnen küßten anämische Prinzen, führten den begehrten Butterkuß vor.
Das Kurorchester Tierwies, das in aller Welt bekannt war, in vielen deutschen Städten aufspielte, etwa in Königsbaden und Baden-Hof, wurde durch weltbekannte Gastmusiker bereichert, die in der Tierwies länger zur Kur waren. Viele deutsche Komponisten komponierten in der Tierwies fürs Orchester und dirigierten gleich selber.
Bildhauer aus aller Welt vergnügten sich mit ihren Modellen im freien Kalk. Einheimische Mädchen ließen sich gegen Entgeld abzeichnen. Einheimische Naturjodler jodelten für wenige Batzen natur. Tempel wurden am Südhang in der Tierwies in den Fels gehauen, Mahnmale gegen Krieg und Ausbeutung. Windorgeln wurden herausgesägt. Es gab eigene Hörräume in den Höhlen, in denen man

liegend auf dem Öhrlikalk das Quellrauschen und die Wasserorgeln hörte.

Treppengebilde, etwa die Arena zuoberst, waren einem griechischen Theater nachempfunden und hatten eine außerordentliche Akustik. Die Naturjodelschule wurde dort ins Leben gerufen, man hielt Festspiele und Messen ab. Jünglinge tummelten sich nackt zwischen älteren Heimatkundlern. Man trug Räscher Spitzen nach der Pariser Mode jedoch auf der nackten Haut. Dichtende Maler trafen sich zum Gesang mit schreibenden Tänzerinnen. Verfechter der sozialen Hygiene trugen nichts als Felle. Obwohl viele Jugendstilvillen gebaut wurden, waren nur die Fundamente aus Kalk, die Aufbauten jedoch, selbst die großen Säle, kunstvoll gezimmert, mit großartigen Laubsägearbeiten. Kleine private Luftkuranstalten standen verstreut in der Tierwies. Sogar eine eigene Friedensbriefmarke wurden gedruckt, der Freistaat *Tanzboden* wurde 1909 ausgerufen.

Der Zeppelin, der 1911, '12 und '13 je einmal im Seequellsee wasserte, erregte über alle Landesgrenzen hinaus Aufsehen. Es war ein Geschenk des Grafen selber. Er war mütterlicherseits verwandt mit der Familie Knäbisch und ein gerne und oft gesehener Gast im Palasthotel Ras, wo er immer ein Zimmer mit Aussicht auf die Wasserfälle und die darunterliegenden Veredelungsanlagen seiner Verwandten belegte. Die Gebrüder Knäbisch waren große Förderer der Militärwissenschaften und der Luftfahrt. Geplant waren ein Luftschiffhafen in der Tierwies, ein schwimmender Körper aus Holz, in den der Zeppelin eingehallt werden sollte, und eine monatliche Zeppelinverbindung zwischen Friedrichshafen, Ras-Tierwies und Zürich.
Start und Weiterflug wurden 1913 bejubelt von mehreren Tausend Schwärmern, Freigeistern und Nackttänzern, die die weißen Kalkhänge der Schönhalde bis zum Friedens-

denkmal hinauf bevölkerten. Die Weltpresse war versammelt.

Der Ausbruch des Ersten Weltkriegs beschnitt das schöne Leben in der Tierwies. National gesinnte Gäste reisten unter Gezänke in ihre Nationen zurück. Viele Freigeister aber blieben, kurten Jahre weiter. Aus vielen Europäischen Städten reisten Künstler und Friedensapostel an, und die Tierwies blieb ein Hort des Friedens. Einmal flog Graf Zeppelin in Friedensmission über den Bodensee, warf über dem Säntis Flugblätter ab, landete in der Tierwies zwischen. Das Luftschiff trug eine Aufschrift PACE-PEACE-FRIEDEN und entschwebte über Kaltbrunn, Rapperswil nach Zürich.

Die Trinkhalle

Gabriel fuhr auf der Hauptstraße zu schnell. Silber bekam den Seequellsee gar nicht richtig zu sehen. Dunkle Tinten. Er raste auf der langen Geraden, die auf den Quellenhof zulief. Dort bremste er harsch. Silbers Magen zog sich zusammen. Endlich da, leider etwas zerrüttet, etwas lotterig. Ihm fiel die aufwendige neue Beschilderung auf, die vielen neuen Parkplätze. Da standen mehrere Geländewagen aus verschiedenen Kantonen. *Heute geschlossen* stand auf einer Tafel, *Privatanlaß*. Das Portal war offenbar nach alten Plänen wiederaufgebaut worden, die Eingangshalle gerade fertiggestellt.

So geriet Silber mitten in ein Familienfest und hatte nichts als Hunger.

Anlaß war die Einweihung der Eingangshalle, die der alte Vaser mit öffentlichen Geldern hatte wiederherstellen lassen. Er nannte sie »meine Trinkhalle«. Sie sah nicht mehr so aus, wie in Silbers Erinnerung, war um vieles heller, mit neuen Lichtkörpern bestückt. Ein violetter Spannteppich setzte gleich hinter der selbstöffnenden Türe an. Marmorierte Säulen.

Der alte Vaser empfing ihn sitzend: »Do chunnt de jungi Sälb«, und wies ihm einen Platz neben sich zu. Das tönte so, als wär bereits alles über ihn gesagt worden. Es duftete nach warmem Essen. Silber wagte nicht, danach zu fragen. Vaser hatte seinen Knopf bereits gelockert. Die Krawatte hing schlaff über dem Bauch. Sein Gesicht war temperiert, die grauen Augen waren gerötet, hatten aber nichts von der Blickschärfe eingebüßt. Silber wurde, neben ihm sitzend, von Anfang an den Eindruck nicht los, daß er auch sehen konnte, was neben ihm geschah, außerhalb seines Blickfeldes. Vasers Wangen waren mit Äderchen überzogen, seine Haare dunkel geblieben. Er war der erste Quellwirt, der keinen Bart trug, dafür einen sennischen Ohrring: eine kleine goldene Kelle sonntags, eine Kuh werktags.
»Hunger? Durst?«

Acht Tische waren zu einer Tafel gefügt, weiß überdeckt. Neben Vaser saß Mauch, Vasers bester Freund und Geschäftspartner, mit einer wahlblondierten Frau, die nicht seine Ehefrau sein konnte. Dann Verwandtschaft und einige Gemeinderäte aus Ras, die, wie er später erfuhr, Verwaltungsräte der Bädergesellschaft Neugrund-Bleiken waren. Gabriels Verlobte, eine Bergführerin, Hanna Seeger, saß neben zwei Stadtjägern, die der alte Vaser vom Militär her kannte. Ein Bauernehepaar bei den leitenden Angestellten des Kraftwerks und der Schwebebahn Tierwies. Der Mann arbeitete im Winter am Schlepplift, die Frau hinter der Theke des Selbstbedienungsrestaurants. Auch einige Angestellte des Quellenhofes saßen da. Eine Servicetochter mit gehäkeltem weißem Oberteil zeigte Schulter. Auf dem Schulterblatt glaubte Silber den Rand einer verblichenen Tätowierung zu sehen, als sie aufstand, um Teller abzuräumen: die Flügelspitze eines Adlers. Klaue eines Drachens. Oder den Rand eines Muttermals.

Vaser schenkte Wein aus einer Karaffe ein. Blauburgunder. Ein Lüster hing in der Raummitte, das heißt nicht über der Tafel, sondern direkt über Silber, der am Kopfende saß. Vasers Frau, die Wirtin, stand unvermittelt hinter ihm, schloß Silber, der sich erhob um sie zu begrüßen, in ihre weichen Arme beachtlichen Umfangs, herzte ihn. Sie roch nach Bratbutter und Weißwein. Ernsthaft und weich. Die Haut zwischen ihren Brüsten schimmerte rosa, auch im Gesicht war die Wirtin rosarot. Ihre Augen waren trüber, als es ihr Gesichtsausdruck zugeben wollte. Die Wirtin spürte oder fühlte Silbers flirrende Magennerven, seine ungesunde Ernährung der letzten Monate. Ihr Körper war ein großes Geräusch. »Du mußte jetzt etwas essen!« sagte sie, drehte sich um und ging mit einer Angestellten, die ebenfalls am Familientisch saß, in die Hotelküche. Die Wirtin war ruhig bei Tritt, aber schweren Atems. Silber versuchte sich vorzustellen, wie der alte Vaser und die Wirtin Liebe machten. Aber eigentlich paßten sie genau aufeinander.

Mauch erzählte eben, wie er seinem Vater früher Blutegel zu fischen hatte, der sie sich auf die Nase ansetzte, um die Äderchen absaugen zu lassen. Den Apotheken hätte er die restlichen Egel verkauft, zu einem Franken das Stück, was damals viel Geld war. Silber fiel auf, daß Mauch keinen eigentlichen Dialekt hatte, sich aber bemühte, markig zu reden. Da er ein glänzender Unterhalter war, hatte er in einigen Wendungen den Tonfall der Einheimischen angenommen. Der alte Vaser konnte ebenfalls die ganze Runde zum Lachen bringen, Dialekte imitieren, auch den Dialekt des unteren Raschtals oder jenen der Kaltbrunner, während Mauch darum bemüht schien, Räss zu reden. Mauch und Vaser überboten sich mit Witzen, wobei Vaser der bessere und professionellere, Mauch aber der ehrgeizigere Unterhalter war. Mauchs Sprüche trafen oder gingen tüchtig daneben. Vasers Witze saßen.
Halbvolle Gläser standen auf den Tischen, man war bereits

beim Dessert. Kaffee. Süßspeisen wurden halb gegessen abgetragen. Zur Vorspeise erhielt Silber eine kleine Wildblutwurst, die Spezialität des Hauses. »Iiheimisches Alpechalb vom Wolgensinger« rief der alte Vaser, und Wolgensinger, der Stadtjäger, der am anderen Tafelende saß, nickte.

Dann wurde ihm auf großem Teller der restliche Rehrücken an einer Morchelrahmsauce serviert. Silber betäubte sich mit Essen, aß selber gemachtes Rotkraut und Kastanien, durch die Butter gezogene Beilagen. Er aß sich taub und gesund.

Während er kaute, stimmte die heitere Gesellschaft ein Lied auf den Essenden an, dann auf die Kochenden und die Köchin. Einige waren müde oder rauchten schläfrig, während Silber nochmals nachschöpfte. Er getraute sich nicht, nein zu sagen, als man ihm mehr und mehr anbot, ihn bald nötigte, auch noch den Rest zu essen, die restlichen Stücke Fleisch, die letzten Beilagen. Die an der Tafel Verbliebenen, die nach den Süßspeisen in die Schnäpse gegangen waren, begannen vereinzelt zu johlen. Alle wollten irgendwie tönen in der neuen Trinkhalle. Sie weckte, kaum fertiggestellt, bereits Lautstärken.

Später übten sie gemeinsam den Verdauungsjodel, in den Silber miteinstimmen konnte, da satt und selig. Der alte Vaser hielt mit brummendem Baß grad, sein Sohn Gabriel solierte darüber hell und leicht verzwängt, nicht mehr in der Leichtigkeit, in der ihn Silber zwei Tage zuvor das erste Mal singen gehört hatte, alle anderen übertönten ihn sowieso. Als sich die meisten schlafen gelegt oder verabschiedet hatten, saß nur noch der seltsame Hirt da, der den Jägern Fährten legte, aber nicht redete. Er hieß Quinter und war Vegetarier. Neben ihm Gabriel und dessen Freundin Hanna. Silber war satt, genoß es, dabeizusein. Halbleere Gläser standen auf den Tischen.

»Ich zeig dir den Keller und dein Zimmer.« Gabriel führte ihn zum Treppenhaus. An den Wänden hingen Darstellungen von Hirten. Der Keller war eine einzige Baustelle. Im Dunkeln ein leeres Hallenbad, in dem Bauschutt lag. Vier neuere Saunakabinen mit Ruhebereich, daneben ein hellblaues Sprudelbecken. Mit dem Licht ging automatisch der Sprudel an, Bläschen stiegen bei mulmendem Geräusch. Dazu ertönte fern eine Uterusmusik, etwas Ozeanisches, Vorgeburtliches. Es erinnerte Silber an seine selbstgemachte schlechte Musik, die ungeboren machte. Wer sie hörte, wurde zum Fötus.

Gabriel führte durch die Baustelle, zeigte Nebensächlichkeiten, den Sicherungskasten, wo die Pläne für die Verkabelungen lagen. Trat wie der Besitzer auf. Dann wie ein Gast. Redete wie ein kommender Wirt, bald wie ein Patient. Silber fiel auf, daß er Elternkleider trug. Schuhe, die seine Mutter für ihn gekauft haben mußte. Graue Schlüpfer. Hosen mit Bundfalte, die er nicht selber gebügelt haben konnte. In einem Spiegel sah Silber, daß sie beide ausnehmend schlecht gekleidet waren. Sein Hemd war zerkaut, die Hose an den Knien ausgebeult.

Von der ersten Führung durch den neuen Quellenhof konnte er sich nichts merken, nur, daß der violette Spannteppich in alle Zimmer führte. Er war einfach müde, während Gabriel redete und redete. Als sie wieder in die Trinkhalle zurückkehrten, saß niemand mehr da. Gabriel ließ Silber allein zurück. Der las die letzten Morcheln mit den Fingern von der Platte, schleckte die Sauce aus, aß und trank durcheinander, was noch auf dem Tisch war, Fruchtsalat, Rotkohl, Käse.

Auf dem alten Kurklavier in der nun leeren Trinkhalle spielte Silber ein paar Töne, die ihn weit entrückten, die restlichen Gläser zum Singen brachten – im Lüster ein Rieseln –, bevor er sich ins ihm zugewiesene Gästezimmer begab, sich aufs Bett warf und in Kleidern und Schuhen einschlief.

3. TEIL

Im Quellenhof

DAS FÜNFZEHNTE KAPITEL

in dem es nur regnet. Zwischensaison. Der neue Kurator des Bädermuseums. Rauchende Serviertöchter und die nichtrauchende Tochter des Hauses.
Quinter und Bellezza erfüllen das Untergeschoß des Quellenhofes mit Geräuschen.

Das Heizhaus

Ich bezog am folgenden Morgen meine Arbeitsstätte, das Heizhaus, eine zweistöckige Holzbaracke, etwa siebzig Meter westlich des Quellenhofes gelegen. Der alte Vaser führte mich hin. Vor dem Eingang eine volle Mulde mit alten Geräten, daneben ein Schuttberg. Ein Teil des Kellers war ausgehoben, die Wand herausgebrochen worden, um den großen Wasserspeicher einzuziehen. Vaser zeigte mir die Baustelle, ging zum neuen Sicherungskasten und erklärte mir anhand der Pläne die geplante Heizung. Dann stiegen wir in den oberen Stock, wo alte Möbel herumstanden, Holzbänke und Tische mit Plastiktischtüchern. Es war eine ehemalige Kantine. Daneben eine Küche und zwei Schlafzimmer. Die Heizungsarbeiter hatten die Küche offenbar benutzt, die Betten ebenfalls.

»Wenn du was brauchst, hol es drüben, Eßwaren, Bettwäsche, Tücher.«

Vaser setzte Wasser auf und rührte in zwei Tassen sofortlöslichen Kaffee an. Er betonte, daß ich mein eigener Herr sei, Ideen entwickeln müsse, da man noch nicht genau wisse, was mit dem Heizhaus geschehen solle, außer daß die Heizung hier untergebracht werde.

Er überreichte mir einen Bund mit Schlüsseln: »Damit kommst Du überall rein«, zündete sich eine Zigarette an, ging zum Quellenhof zurück.

Regelmäßiges Heilbaden hätte die Liebeskrankheit nur verschlimmert, das Verlangen heraufgespült. Baden löst bekanntlich Krisen aus, führt die Seele an den Tiefpunkt, den Atem auf Grund.

Mein starkes Liebesbedürfnis wurde schnell unter dem Pflichtdruck erstickt. Die Augen erholten sich, erquickten an den Notwendigkeiten und Zwecken, der einfachen Ordnung. Das rote, gezweigte Geäder im Augenweiß verschwand fast ganz. Das geschwollene Gehör beruhigte sich. Nur das linke Ohr blieb innerlich entzündet – dies spürte ich erst, wenn ich im Zimmer in der Stille lag, abends das Fenster geöffnet hatte, das Winseln der flachen Rasch hörte oder fädigen Regen.

Fern, vom Quellenhof herübergeweht der Strahl des Brunnens, ein lauschiges Plätschern. Massiges, niederschwelliges Gebrause aus der Raschschlucht. Die Luft war feucht, selbst wenn es nicht regnete.

Schon bei meinem ersten Rundgang durchs Heizhaus hatte ich im alten Duschraum im Keller Kisten mit Büchern und einige rostige Wasserkunstwerke meines Großvaters Armin Römer entdeckt: verschiedene Brausen- und Düsenkonstruktionen, Wasserräder, kleine Kraftwerke, die er aus Kinderdampfmaschinen gebaut hatte. Kuratoren bedeutender Museen, die im Quellenhof zur Erholung gewesen waren, hatten sich an den Objekten interessiert gezeigt. Diese hatten im kleinen Park hinter dem Quellenhof gestanden, den Brand von 1979 teilweise überstanden, waren, als der Quellenhof verkauft werden mußte, einfach im Duschraum verstaut worden. Viele Bücher über Wasserkraft und Naturheilkunde befanden sich darunter. Ich erzählte dem alten Vaser nichts davon, brachte die Schachteln in mein Schlaf- und Arbeitszimmer, wo ich deren Inhalt ausführlich zerlas. Es waren offensichtlich Teile der alten Kurbibliothek. Von K–L: *Kautherapien, Kernenergie, Kindheitsqualen, Kläranlagen, Körpersolen, Kurkapellen,*

Lachbäder, Leichte Musik, Lichtbäder, London, Lustbä-
der ...

Das Heizhaus war ursprünglich ein Material- und Maschi-
nenlager gewesen, mit Kantine und einigen Zimmern für
die Bahnarbeiter der Schmalspurlinie Ras-Kappel – Tierwies – Quellenhof. Der Koch hatte mit seiner Frau in
meinen zwei Zimmern gewohnt. Die anderen Schlafzimmer wurden nun zu Umkleideräumen für die Höhlenbesucher umgestaltet, eines war Naßzelle mit drei kleinen
Duschkabinen geworden.

Beiläufig erkundigte ich mich, wann die Proben für die Unterhaltungsmusik stattfänden und in welcher Besetzung,
erfuhr, daß die Bratsche erst im Dezember erwartet würde
und daß man »in wechselnder Besetzung« zu spielen geden-
ke. Da Pina nach Noten und nach dem Gehör spielen
konnte, war sie mit der in der Trinkhalle gespielten Musik
streng unterfordert und brauchte nicht von Anfang an dabeizusein. Gabriel tauchte nur an Wochenenden auf. Ich
begleitete am Kurklavier. Wir probierten oberflächlich,
spielten uns warm. Einer wie der alte Vaser braucht Publikum, um in Feuer zu kommen, leeres Üben ist ihm Qual.
Gabriels jüngere Schwester Sereina, die eben das Seminar
in Neugrund abgeschlossen hatte, spielte ein lerneifriges
Cello, das gut mit dem Kurklavier harmonierte. Sie lehrte
mich die gängigen Melodien und die einfachen Begleitun-
gen. Ich kaufte mir in Ras neue Kleider. Brauchte eine neue
Frisur.

Abends jasste ich mit Franz Quinter in der Jägerstube. Sie
war ganz mit Holz ausgestaltet und mit etlichen Trophäen
geschmückt, Geschenke der Stadtjäger. Quinter redete
kaum in ganzen Sätzen, war ein scharfer Jasser. Er hatte ein
aufbrausendes Gemüt, erregte sich, wenn ich nicht leidenschaftlich mitspielte. Der alte Vaser machte den Wirt, stand

hinter der Theke, von wo aus er beiden in die Karten schauen konnte, servierte frei nach Wunsch und schwieg bedeutungsvoll. Abstinenz war nicht gefragt. Der alte Vaser lachte mich aus, als ich seinen Wein zurückweisen wollte. Ich zog es vor, mitzutrinken, da Erklärungen nicht gefruchtet hätten. Vaser hielt mit Quinter mit, der laufend trank, nach jedem Spiel Durst hatte. Ich verließ die Jägerstube stets berauscht. So konnte ich Pinas Abwesenheit vergessen.

Der Zwischengang

Der ganze November war regnerisch. Zwischensaison. Vorbereitungen wurden getroffen. Die Höhlen blieben geschlossen, da der Wasserspiegel schnell ansteigen konnte, solange es regnete. Ich erfuhr, daß Quinter im Heizhaus geschlafen hatte, um im Akkord arbeiten zu können. Sein Geld verdiente er mit Gelegenheitsarbeiten.
Ich wurde oft geweckt vom Lastwagenmotor eines Lieferanten oder von Quinters Kompressor, der um sechs Uhr sein Gerät ansetzte. Er brach den vermauerten alten Gang zwischen Heizhaus und Quellenhof auf. So blieb mir nichts anderes übrig, als aufzustehen, sofortlöslichen Kaffee zu trinken und mitzuarbeiten. Quinters Brüder, die in Ras ein Sanitär-Installationsgeschäft betrieben, bauten die neue Heizung ein. Ein Lastwagen brachte eines Morgens den Wasserspeicher und den neuen Tank mit den Aktiv-Filtern und verschiedene Röhren.
Die Handwerker kehrten bei mir ein, setzten sich in der Kantine an einen Tisch. Ich servierte Kaffee und Reste aus der Hotelküche. Die Wirtin ließ große belegte Brote streichen, die ich Quinters Brüdern anbot. Die redeten ebenfalls wenig. Ich übte mich im Schweigen.

Quinter und ich möbelten die Tische und die Bänke auf, lackierten Stühle, den Boden, ersetzten fehlendes Geschirr. Zusammen füllten wir den Holzspeicher mit großen Weich- und Hartholzscheiten, die der Kraftwerksbauer vor dem Heizhaus hingekippt hatte. Er hieß so, weil er sein Land dem Kraftwerk hatte abtreten müssen. Was nicht im Keller Platz fand, wurde säuberlich zu einer Scheiterbeige hinter dem Haus aufgeschichtet und überdacht. Sie war fast fünfzehn Meter lang.

Scheiterbeigen waren für Vaser Gegenstand der Interpretation. An einer Scheiterbeige las er alles ab. Scheitlänge, Schichtprinzip, Schichtenfolge gaben über den Schichtenden Auskunft. War traditionell geschichtet worden, sorgfältig abgedacht? Mit Wellblech etwa, oder nur mit Plastik? Wurde die Beige richtig angebraucht, lag nasses Holz bei trockenem, war es Hartholz oder weiches? Alle Ordnungsprinzipien bildeten sich laut Vaser in den Scheiterbeigen ab. Überall im Raschtal sah man sie, in Wäldern, an Straßen, unter Brücken. An den öffentlichen Scheiterbeigen läßt sich der Zustand der Ortsseele ablesen.

Unsere Schaubeige vor dem Heizhaus hatte die Gäste davon zu überzeugen, daß der Gedanke der Nachhaltigkeit im hintersten Raschtal Eingang gefunden hatte, im Quellenhof erneuerbare Ressourcen verwendet wurden.

Mittags aßen alle am großen Tisch in der Hotelküche, Arbeiter und Angehörige. Es gab immer Fleisch. Quinter und Vaser tranken Ostschweizer Landweine. Die Wirtin fütterte mich auf, nichts tat sie lieber, als ein mageres Bürschchen mit ihrer weithin bekannten Butterküche aufzufüttern. Einige der Serviertöchter arbeiteten zwischenzeitlich bereits im Haus.

Meret, die Obertochter, war offenbar am längsten dabei, hatte kurze Haare, Augen mit Schatten und breite Oberarme, eine rauhe, männliche Stimme, die tiefer fiel als jeder Baß. Meret hatte viel erlebt. Alles gesehen. Sie war untertonerfahren, geschieden, lebte mit ihrem elfjährigen Sohn alleinerziehend in Ras. Jüngere Serviertöchter oder Aushilfen trugen die Hoftracht – so nannten wir unsere Arbeitskleidung – vorteilhafter als Meret (die mit dem vorne umgeschnallten Portemonnaie einen Sorgenbauch bedeckte), bewegten sich unbeschwerter durch die Gäste. Alle Serviertöchter rauchten, außer Sereina, der Tochter des Hauses, die eben zwanzig geworden war, noch nie länger einen Freund gehabt hatte. Männer, die sie nach Hause zu bringen wagte, mußten vor den Wirtsblicken der Eltern bestehen. Eine Wirtstochter muß den künftigen Wirt anschleppen, einen prallen Gesellen mit mächtiger Stimme, die Paroli bietet, und kein schmales Brüstchen. Die Wirtstochter braucht einen, der allen gefällt, vor allem den Gästen, einen Gesellschafter, einen Repräsentanten, einen Gastfreund.

Vaser und die Wirtin unterschieden mit untrüglichem Blick den Gastfreund vom Parasiten.

Ich gewöhnte mir den Mittagsschlaf an.

Das Kuratorium

Man fand vielseitige Verwendung für mich. So wurde ich Protokollant bei Sitzungen im Quellenhof, von denen die meisten in der Zwischensaison abgehalten werden mußten. Das Bäderkonsortium tagte wöchentlich in der Jägerstube. Immer dabei der alte Vaser, sein Schulfreund, der dicke Mauch, öfter der neue Kurdirektor von Ras, Ramsauer und je nach Sachlage Gemeinderäte und Interessenvertreter. In Planung war das Einweihungsfest des Quellenhofes Anfang Februar des folgenden Jahres. Zu diesem Anlaß sollte die Bäderstadt Neugrund-Bleiken breit beworben werden. Ich wurde schnell in die Entscheidungsfindung miteinbezogen, weil ich ein ordentliches Gedächtnis hatte, die Details erinnerte. Vaser und Ramsauer sahen die Zukunft des Quellenhofes im Wochenendtourismus, in der Gruppenbewirtschaftung. Sehr wichtig war ihnen die gefüllte Trinkhalle.

Ramsauer beschloß, Prospekte herstellen zu lassen, die das Raschtal fürs kommende Jahrtausend zeitgemäß bewerben würden. Es mußten Farbprospekte sein, da alle Raschtaler Prospekte immer schwarzweiß gewesen waren. Da er selber nicht schreiben konnte, wurde ich damit beauftragt, Werbetexte zu verfassen, die ich nachts nach dem Jassen schrieb:

»Inmitten der hellenischen Alpen ein aufreizendes, verborgenes Hinten. Vergangenheit und Gegenwart vermählen sich in der Bäderlandschaft der Zukunft.«

Ramsauer nahm diese Sätze begeistert auf.

Für den Januar und den Februar waren Höhlenführungen vorgesehen. Reisebusse aus den Kantonen St. Gallen und Thurgau beförderten Gesellschaften ins Tierfehd, die im Heizhaus empfangen und verköstigt werden sollten, bevor kundige Führer die Gruppen übernähmen.

Da hatte ich den Einfall, im neuen Zwischengang und in brachliegenden älteren Kellerteilen des Heizhauses ein Bädermuseum einzurichten. Man erteilte mir den Auftrag, zu forschen, zu stöbern, zu entwerfen. Wo nötig, müßte eine künstliche Verbindung zu den Höhlen gegraben werden, damit man die Höhlenführungen mit dem Bädermuseum kombinieren konnte.

Zunächst galt es, historische Bädergegenstände zu sichern. Es wurde beschlossen, nötigenfalls auch anzukaufen. Den Denkern, Dichtern und Musikern, die im Tierfehd oder in der Tierwies große Werke vollbracht hatten, sollten die gebührenden Ehren erwiesen werden, indem man ihre Werke präsent hielt. Die Überbleibsel der Wasserkunst meines Großvaters Armin Römer waren zu restaurieren.

Es war an der Zeit, die Höhlen zu besichtigen. Dafür zuständig war Gabriels Freundin, Hanna Seeger. Sie war Berg- und Höhlenführerin und lebte in Ras. Eigentlich eine Handarbeitslehrerin, organisierte sie im Sommer und Herbst zusammen mit Franz Quinter Maultierwanderungen in die fünf Heiligen. Quinter redete nicht zusammenhängend, kannte aber alle Wege. Hanna besorgte zwanzig Helme mit Karbidlampen und legte im Keller ein Lager an. Sie stattete mich mit Helm und wasserabweisender Kleidung aus und führte mich durch die äußersten Bereiche des Höhlensystems.

Ich hatte Paradiese in Erinnerung, sah jetzt nur schmierige Wände, trübe Tümpel, machte leer schluckend kehrt, als der Strahl von Hannas Taschenlampe durchsichtige Qualpenkrebse mit sichtbar schlagenden Herzen ausleuchtete.

Hanna horchte ich die einheimische Sprache ab. Ich übte mich darin, reines Räss zu sprechen, so erhielt ich natürliche Autorität, gerade an den Sitzungen des Konsortiums, obwohl dieser Dialekt im Tierfehd nie vorherrschend gewesen war, sondern ein wenig erforschter Singdialekt. Er war nie aufgezeichnet oder aufgenommen worden. Mein Gesicht wurde vom alten Vaser übrigens als ein typisches Tierfehder Gesicht bezeichnet, obwohl ich eher meinem Großvater Armin Römer gleiche, dessen Herkunft ungeklärt blieb. Immerhin habe ich Selbsche Ohren und offenbar eine typisch Selbsche Stirn. Die Wirtin schenkte mir goldene Ohrringe in Froschform.

Der Heiltrakt

Quinter wohnte alleine in einem alten Bauernhaus neben dem Kraftwerk und hielt drei Maultiere. Er hatte Forstwirtschaft studiert, dann einige Jahre in Indien gelebt, bevor er

Senn geworden war. Er begab sich frühmorgens stets in die Quellschlucht, wo er rituell sang.

Quinters dicke schwarze Haare fransten über die Stirn und die engstehenden schwarzen Knopfaugen. Er trug eine Nikkelbrille auf der schmalen Nase und glich einem verwahrlosten Primarlehrer. Er war Vegetarier und Jäger in einem, trank das frische Blut erlegten Wilds. Fing frühmorgens in der Raschschlucht von Hand junge Forellen, biß ihnen die Köpfe ab, aß die zappelnden Körper. Er war wild auf Aalquappen, fischte nachts schwarz im Seequellsee. Hatte Klangkörper gebastelt, die nie jemand zu sehen bekam. Quinter trug Kleider aus Gemsenleder und unterhielt – wie ich nach und nach inne wurde – Liebhaberinnen.

Im Heiltrakt, zu dem der von Quinter geschaffene Zwischengang führte, gab es bereits eine eigene kleine Schönheitsabteilung. Tabea Metzger, gelernte Coiffeuse, eine nie verwelkende Dorfschönheit aus der Innerschweiz, richtete dort ihren Laden ein. Er hieß *Salon Bellezza*, weshalb wir Tabea einfach Bellezza nannten. Sie verkaufte Schaumbäder, Seifen und Heilprodukte aus regionaler Herstellung. Männer konnten bei ihr eine spezielle balsamische Rasur mit anschließender Lehmpackung machen lassen, die die männliche Gesichtshaut regenerieren ließ. Zur Bestätigung küßte sie ihre rasierten Kunden nach der Bezahlung aufs frische Samtbäckchen. Bellezza war Mitte dreißig und zeitgemäß zwanzigjährig gepflegt, hielt etwas auf gepflegte Männer.

Als ich mir die Haare schneiden ließ, spürte ich die Präsenz einer körperlich aktiven Frau, ihre Bewegungen waren entspannt, die Berührungen sanft, die Finger träf. Bellezza nahm es nicht so genau mit den Partnerschaften und redete darüber.

Sie verliebte sich in Quinter, der sich in tagelanger Arbeit zu ihr durchgearbeitet hatte, endlich mit dem Kompressor vor ihr stand. Er hatte keine Frisur nötig, schnitt seine Haare scheinbar mit der Gartenschere, verstrahlte nichts als Charakter. Die noch nicht betriebene Saunalandschaft konnte Quinter als geübter Sanitär-Installateur eigenhändig anwerfen. Die beiden liebten sich heimlich laut. Ich hielt es für förderlich zu schweigen, überließ Quinter den Ersatzschlüssel. Die Geräusche ihrer entfesselten Liebeskraft erfüllten das ganze Untergeschoß des Quellenhofes. Wohllaute, wellenweise.

Draußen nichts als Regen.

Als ich den Heiltrakt untersuchte, fand ich im Schutt Erstaunliches: Alte, gerahmte Darstellungen von kopulierenden Tieren.

Die Düsen des Hallenbades waren auf Hüfthöhe.

Ein verstaubter Rekorder enthielt eine Kassette mit dümpelnder Musik.

Die Plüschmöbel nahm ich aufs Zimmer.

Gerüche

Es roch im Heizhaus wechselweise nach Karbid, Gips und Holz. Der neue Speicherofen war frisch eingebaut worden, das zugehörige verknäulte Leitungswerk, über das der Warm-Kaltwasserhaushalt geregelt wurde, besetzte die ganze Decke des Lagerraumes. Quinter arbeitete am liebsten an den Rohren, Gestängen, bastelte an den Naßzellen herum, verlegte Novilon. Um die Liebe wachzuhalten, ordnete ich an, den Zwischengang weiß auszukacheln. Quinter arbeitete sich selig, er zwitscherte während der Arbeit.

Als die Heizungsanlage eingebaut war, wurde auf Holzverbrennung umgeschaltet. Zusammen maßen wir Temperaturen im Quellenhof, außen und innen, eruierten den exakten Heizwert. Der neu entstehende Wellnessbereich wurde mit Holz befeuert, somit eine einheimische Energiequelle berücksichtigt, die es uns ermöglichte, das aufgeheizte Wasser als natürliches Thermalwasser zu verkaufen.

Regen, schräg fallend, unaufhörlich, trotzdem herrschte Wasserknappheit. Der Kalk trank alles. Das Quellwasser, das dürftig floß, war schadlos trinkbar, entsprang den Höhlen, mundete jedoch nicht allen Gästen, da es leicht schwefelig schmeckte. Die Mehrheit des Trink- und Gebrauchswassers entsprang dem Nagelfluhband westlich der Elisalp. Es war getrübt, mußte gefiltert werden.
Die Molasse war kalkgebunden, das Wasser wusch das ganze Bindemittel aus. Man durfte nicht zu lange damit duschen, weil es die Haut rissig machte. So stellte die Wirtin neben jeden Wasserhahn und jede Brause ein Töpfchen mit einheimischer Adersalbe.

DAS SECHZEHNTE KAPITEL

Führung durch das Bädermuseum. Die hellenischen Alpen werden entdeckt. Engländer und Franzosen versuchen, das Heilei zu öffnen. Das Heizhaus verwandelt sich in einen Verdauungstrakt. Casio kommt auf Besuch und stellt die Baßfallen.

Die Fremdenführungen

Mitglieder des Konsortiums wollten über den Stand der Museumsarbeiten informiert werden. Immer wieder ging ich die Führung im Kopf durch:
Die Gäste werden in der Kantine des Heizhauses bewirtet. Sie trinken Kaffee, die Kinder Ovomaltine, erfahren Allgemeines über Höhlen und Quellen. Die Führung beginnt im Keller des Heizhauses und bei den Kelten, die sich zurückzogen, bedeutende Anlagen im Fels hinterließen, hält sich lange bei Ruscelus auf, der sich in die Quelle zurückzog, zeigt einige Gegenstände aus früherem Klosterbesitz, die ihm zugeschrieben werden, seine Kutte, den Geißbart, den er sich umhängte, als er weiblich und weiblicher wurde. Nur der vorderste Raum der Höhlen ist fürs Bäderpublikum geöffnet, eine beleuchtete Treppe mit anschließender Kaverne, in der einige Gegenstände ausgestellt sind.
Museal gibt sie wenig her, die Besucher laufen auf Brettern, es tropft. Die Höhle muß mit Geschichte gefüllt werden, hier verwende ich viele Zahlen und Fakten, da der Hall die meisten Informationen schluckt. Das Höhlenbraun, die schmierigen Wände, der lehmfeuchte Boden eignen sich höchstens dafür, den Gästen eine Vorstellung der schützenden Heilhaube zu vermitteln, die einst über dem Tierfehd stand.

Quinters Gesänge im Zwischengang brachten mich auf die Idee, nebst dem Räss eine andere, noch einheimischere Sprache zu beschreiben, die nur im Tierfehd gesprochen wurde: *Quelsch*, ein Gemisch aus Rätisch, Keltisch und Romanisch.

Quinter verkörperte den Quellenknecht. Er sang, während das Konsortium den Zwischengang betrat, in einer Nische seine rituellen Gesänge, die ich für Quellenlieder ausgab, aus denen das Quelsch gezogen worden war, Urlaute, einfache Herztöne, rein körpersprachlich. Die Ehefrauen wurden dazu aufgefordert, zusammen mit Quinter Vokale zu singen, die starke Eigenresonanz erhielten. Danach konnten sie sich vom singenden Quinter massieren lassen. Er trug nur ein Tuch über den Lenden, zeigte seinen sehnigen, weitgereisten und an allen Stränden Indiens gebräunten Musterkörper, den er mit Moschussalbe eingerieben hatte. Ich ließ Umgebungsmusik laufen, flausche Streicherklänge, sie ersetzten die fehlenden Bäder. Quinter bot Schröpfungen und Aderlässe an. Die Frauen forderten ihre Männer auf: »Komm, laß dich doch schröpfen.«

Die Idee, Blutegel anzusetzen, kam von Quinter selber, der sie auf Anfrage in den Tümpeln hinter dem Heizhaus holte, wo auch Molche und verschiedene Kröten siedelten. Blutegel ließen sich nur ältere Semester ansetzen, die solche Behandlungen von früher her kannten. Quinter setzte Egel auf Krampfadern. Bei Bluthochdruck den Rotkopfigen hinter die Nasenflügel.

Eine Frage tauchte wiederholt auf:
Wie wurde die Heilhaube geknackt?
Hier kenne ich verschiedene Varianten.

a) Die Franzosen:
Soldaten der französischen Armee, die das Raschtal 1798 erobert hatten, ließen sich vom schroff steigenden Kalk, aus dem winters Dämpfe rollten, nicht beeindrucken, durch-

querten die Raschschlucht hinter Ras, begannen mit Pickeln daran zu kratzen. Da sich der Kalk als schädelhart erwies, versuchten sie es mit kleineren Sprengungen. Schließlich schleppten sie in tagelanger Anstrengung eine Kanone durch die Schlucht. Der Schuß ging hinten raus, die aus der Schlucht fahrende Rauchwolke hielt weitere Soldaten davon ab, das Rätsel um das Ei mit militärischen Mitteln zu lösen (ich zeige das Bild einer zerfetzten Kanone).

b) Die Engländer

Unter den Engländern, die hinter den englischen Spinnapparaten her reisten und den Kontinent erforschten, war der Aquarellist und Pflanzenkundler George Pitt, ein reicher Exzentriker aus Südengland. Mit Meerwasserfarben hatte er bereits sämtliche Wolkenformationen über Land und Wasser gemalt. Nun wollte er mit Heilwasserfarben die perfekte Landschaft aquarellieren. Den Eingang ins Paradies. Von ihm stammten – nebenbei – umfassende Abhandlungen über stimulierende Pflanzen, Kaffee und Kakao, und eine große Studie über das Teekraut mit dem Titel »Tee und Idee«.

Pitt war ein sittenstrenger Mann, der seinen Lebtag niemals geschlechtlich verkehrt hatte. Er brauchte nur drei Stunden Schlaf, arbeitete vor allem nachts, malte in der Morgendämmerung.

1803 begab er sich auf eine Sommerreise nach Ras und nahm sich vor, den Speer zu malen und die sagenhaften Moore zu untersuchen. Nämlich war er, ganz der Pflanzenkunde verpflichtet, der Überzeugung, daß die heilbringenden Wasser ihre Kraft aus den Wurzeln gewisser Gewächse bezögen, an denen sie vorbeiflössen.

Pitt wurde begleitet von seinem Assistenten, John McManaman einem jungen Schotten, der ihm aufgefallen war seiner tadellosen Kleidung, seines vorzüglichen Benehmens und hervorragender Sprachkenntnisse wegen. Die beiden wohnten freiwillig am Rande des Moores in einer Hütte, die zum Molkenhaus Lippuner gehörte, und unternahmen von da aus unter kundiger Führung einheimischer Säumer Expeditionen in die möglichen Quellgebiete der Rasch. Den ganzen Sommer über waren sie mit Malereien, Zeichnungen und Exemplifizierungen beschäftigt. Immer wieder standen die beiden an der harschen Wand der Heilhaube, unternahmen sogar Kletterversuche.

Pitts Aquarelle, heute fast verblichen, geben Beispiel von der Projektionslust der nordeuropäischen Bildungselite. Das weiße Gebilde hinter der Schlucht von Ras – eindeutig die Heilhaube – erscheint einmal als englisches Sonnensegel, dann als französische Montgolfiere, schließlich als Kuppel eines italienischen Doms.

Pitt war der erste Fremde, der sich von der Molkenmeisterin Lippuner überreden ließ, auch im Winter in Ras zu bleiben, den sie ihm in den höchsten Tönen schilderte – nicht unwirtlich und grausam, wie ihn sich die Sommergäste vorstellten, sondern freundlich, heiter, licht. Wenn es ihm gefalle, müsse er wenig bezahlen, falls es ihm nicht gefalle, übernähme sie die ganzen Kosten für die Rückreise. Den feuchten November überbrückten sie kurend und zeichnend. Pitt ließ über seine Gastgeberin die Einwohner aus Ras und Umgebung in die Molkenkuranstalt bitten, wo er sie abmalte, um seine Hintergrundlandschaften zu füllen. Er malte Herbstlandschaften auswendig, in eigenwilliger Überhöhung, setzte auch mal drei Speere nebeneinander, darüber irrwitzige Quellwolken. Oder bauchige Hügel, beströmt von einem wolkenreichen Himmel, der eher über die Küstenstriche Südenglands gehörte. Die Menschen auf seinen Abbildungen trugen keine Tracht, sondern einfache Beinkleider, die von Hosenträgern gehalten wurden, zudem allerlei alte städtische Mode, was auch Pitt auffiel, der den Einheimischen riet, sich schöner zu kleiden, Einheitlichkeit und Eigensinn zu entwickeln.

Als es Mitte Dezember 1803 schneite, danach sonnig wurde, wollten Pitt und McManaman Expeditionen in den Schnee unternehmen, ließen sich nicht davon abhalten. Die beiden verliefen sich im Flirrlicht, konnten sich nicht glücklich trinken am Gleiß der beschneiten Sonnenhänge, begannen Schnee zu essen, verloren ihr Bewußtsein. Sie wurden von den Quellenmenschen geborgen und erwachten in einer immergrünen Welt. Mutter Helvetia war offenbar die Königin dieses Reichs, umgeben von den Ruschlern und den Selben Schwestern. Helvetia war in den vielen Jahrhunderten unter der Heilhaube nicht älter, aber unheimlich dick und butterweich geworden. Sie litt unter Langeweile. Die anderen Quellenmenschen glaubten übrigens, eben angekommen zu sein, noch nicht lange da zu sein. In ihrer Sprache gab es nur eine Zeitform: das Präsens.

Spätestens nach dieser Schilderung sind wir im Zwischengang angelangt, wo Franz Quinter auf seiner Maultrommel zu spielen beginnt (deren Wellen die zur Hälfte ausgekachelten Wände ornamentieren). Ich lasse die Quellen sprechen, indem ich Pitts Aufzeichnungen in einer Übersetzung vorlese:

»Diese Gesellschaft ist von den Frauen bestimmt. Bislang habe ich nur Frauen gesehen. Sie haben eigenwillige Physiognomien, breite männliche Kiefer, Sprechweisen, die in die verschiedensten älteren Kulturen verweisen, ich höre Altgriechisch und Fetzen von Latein. Diese Menschen singen gerne, ihr Verständigungsmittel ist der Gesang. Sonderbar und eigensinnig die Körperbewegungen. Meine Stimme scheint ihnen nicht sonderlich zu gefallen, obwohl ich mich klar und deutlich ausdrücke, während McManaman sich in singender Weise anzunähern versucht.
Die Welt, in der wir uns befinden, ist ganz organisch gewachsen. Es ist eine einzige Pflanze, ähnlich dem chinesi-

schen Teekraut, aber kräftiger im Wuchs, die das Leben dieser Eingeborenen zu bestimmen scheint.

Sie sind nackt oder tragen weiße Gewänder, bewegen sich anmutig. Es gibt, soweit wir sehen, keine Hierarchien, selbst in der Bauweise: Alles ist angelegt auf das Verschwinden. Nur die Fundamente einiger zentraler Bauten sind steinern. Holz wird nur spärlich verwendet. Eisen gar nicht. McManaman wird Verehrung zuteil, und zwar scheint es seine Stimme zu sein, die die Welt dieser Wesen verändert. Er wird auf einer Sänfte durch das Tal getragen und berichtet von Terrassen, glitzernden Wassern, zeitlosen Gärten.«

Pitt schrieb Tagebücher und illustrierte üppig. Sein Werk ist die Grundlage allen Schrifttums über eingeborene Alpenvölker und wird in der Klosterbibliothek Ras in einem Tresor aufbewahrt.

Immer wieder träumt er seine Inselträume. Bilder mit gelben Himmeln, grünen Häusern, jungen friedlichen Menschen waren meinem Vater Kaspar Maria Inspiration. Mal ist eine große gemeinsame Küche zu sehen. Dann wieder gewachsene Schlösser, die mit fließendem Formenspiel viele Jugendstilmerkmale vorwegnehmen. Singende, Reigen tanzende Mädchen in weißen Hosen. Der Himmel ist türkisblau, überhaupt ist die vorherrschende Farbe in seinen Illustrationen Türkis. Man ist versucht zu glauben, Pitts Traum von den Heilwasserfarben sei in Erfüllung gegangen. Dann wieder römisch anmutende Tempelanlagen, herumliegende Säulen. Idealisierte Menschen mit perfekten Proportionen.

Pitt malt die Quellenmenschen in bunten Phantasiekleidungen, die den späteren Trachten verblüffend ähnlich sehen.

Nur eine einzige Räscher Frauentracht hatte Eingang ins zwanzigste Jahrhundert gefunden. Sie wurde vervielfältigt. Gemeinnützige Frauenvereine aller Raschtaler Gemeinden führten sie in einer großen Aktion gemeinsam wieder ein.

Diese eine, vollständig erhaltene Tracht war kopiert und zum Maßstab gemacht worden, obwohl ursprünglich die Trachten sehr verschieden waren, individuell und lediglich in der äußersten Schicht genormt. Die schmucklosere Männertracht hatte die Moltonzeit überdauert, lag etwa zweihundertfach vor.

Die Farbenschwäche der erhaltenen und multiplizierten Tracht hat der Herstellung von Phantasietrachten Vorschub geleistet: Aus allen anderen Gebieten wurde herbeizitiert, wobei sich das Innerschweizerische und das Bajuwarische als stärkste gestaltende Kräfte erwiesen, sowohl in der Kleidung, als auch in der Musik.

Der alte Vaser zeigte sich zufrieden mit meinen ersten Führungen.

Ich erhielt meinen ersten Monatslohn im voraus.

»Damit du auch bleibst«, sagte er.

»Wir haben dich ins kalte Wasser geschmissen, so lernt man am schnellsten.«

Der Verdauungstrakt

Am folgenden Freitag wurde im ehemaligen Warenlager im Parterre, zu dem ich keinen Schlüssel hatte, die wöchentliche Freitagsbar eröffnet. Geräusche aufgemotzter Wagen, die vor dem Heizhaus parkierten, durchbrachen die seufzende, arbeitsame Stille. Bald drangen Hammerpauken von unten durch den Holzboden, die ihn aufwarfen, während die energisch treibenden Höhen geschliffene Sensen warfen, die meinen verdienten Schlaf einfach abmähten. Es blieb mir nichts anderes übrig, als mich wieder anzukleiden und teilzunehmen. Setzte mich an die Bar, wo auch Quinter und Bellezza waren. Sie versteckten ihre Blicke. Die *Palme* hatte Zulauf von weit her, wie ich aus den vielen außerkantonalen Nummernschildern ersehen konnte. Drei Monitoren lieferten Bilder von Ski- oder Autorennen. Ich trank Bier, ohne mit jemandem zu reden, und stellte fest, daß im hintersten Tierfehd dieselbe Musik lief wie in der Stadt, nur viel lauter und ausführlicher.

Balz Reichle, einst Busenfreund von Casio, war der erste Wirt in der Palme gewesen, zunehmend aber zum Abwart geworden. Seine Augenringe sprachen Bände. Reichle, selber ein Schlagzeuger, mußte mitansehen, wie sein Konzertlokal zum Tanzraum umfunktioniert und sein einstmals sensibles Gehör in der zunehmenden Lautstärke unterging. Reichle war bleich, von Sachzwängen zermürbt. Seine Freundin hatte ihn verlassen. Sie wollte keinen Schatten küssen. Ich rief tags darauf Casio an, der in Zürich über den Gleisen in seiner Musik hing. Gleichen Abends stand er da. Casio konnte schlecht drehende Bässe hören, richtete die Boxen neu aus, trennte die Verstärkeranlage von der Lichtanlage, entfernte die säuselnden Dimmer.

An den Wochenenden war ich immer in der Palme. Das Haus vibrierte samstagnachts und sonntagnachmittags, während kaum Lärm nach außen drang. Der ganze Druck entlud sich in die Wohnung darüber.
Quinter schien es zu gefallen, er spielte im größten Lärm Maultrommel. Als ich einmal nahe bei ihm stand, hörte ich das exakte Silbern seines Instrumentes. Er spielte Verdauungsmusik.
Da fiel mir auf, daß mein Magen – ich hatte nach den schweren Mittagessen viel zu verdauen – Geräusche von sich gab, die zur Musik paßten.
Was da in endlosen Wiederholungen rechnerisch zersetzt wurde, blieb offen.

Wie war die Palme in mein Bädermuseum einzubinden? Es war abzusehen, daß sich an den Wochenenden die Führungen mit den Tanzanlässen überkreuzten. Der alte Vaser hätte die Bar am liebsten geschlossen. Also bot ich meine Mithilfe an, erhielt so Zugriff zu den Reglern und den Hebeln, konnte die Musik leiser stellen, wenn Gäste ankamen.

Solange Casio bei mir war, krempelten wir den Laden um, Quinter und Reichle halfen gerne. Casio schlug vor, Baßfallen einzuzimmern, körperhohe Resonanzkästen, die alle Schmerztöne auffingen. Wir leiteten sie in den Kalk, der unmittelbar darunter klaffte. Dies wühlte die Quellentiere auf. In Quarten und Sekunden tönte es aus dem Fels. Aalquappen erhielten Futter und konnten sich weiter vermehren.

Quinter handlangerte, half uns beim Sägen der Latten. Auf beiden Seiten des Raumes wurden die Körper angelegt. Gitter darübergespannt, Schaumstoff und andere untertontilgende Materialien wie Bücher, Zeitungen, hineingelegt, dann mit schwarzem Stoff verkleidet. Zuletzt waren es eher die hohen Lagen, die durch den Holzboden drangen, Stirnhöhlenfüller. Daran gewöhnte ich mich, konnte wieder schlafen, wurde angeregt, Maultrommel zu spielen.

Unter der Woche war nur die Heizung zu hören, das Geläuf in den Röhren, stetige Fließgeräusche. Bald schickte ich Balz Reichle mit Casio nach Zürich zur Kur. Sein Gehör erholte sich im Klangfächer der Gleisharfe.

DAS SIEBZEHNTE KAPITEL

berichtet von Liederlichen und Sehnsüchtigen, Ururgroßvätern und Ururgroßmüttern, den sieben Selben Schwestern. Etappenbau des Quellenhofes. Zwei traurige Brände. Rückzug der geliebten Großmutter.

Helena Selb

Wie hat man sich das Tierfehd um 1805 vorzustellen? Viehtreiber entdeckten die Elisalp als Weideplatz für ihre Tiere. Das Quellwunder sprach sich, entgeistert von alten Sagen, schnell herum. Vor allem die gelangweilten Gäste der Molkenkuranstalten drängten darauf, das Urvolk zu sehen, wollten Quelsch lernen. Wackere, rotbackige Burschen trugen die Damen und Töchter aus besseren Häusern über den Paß in die Elisalp, wo sie eifrig Kräuter sammelten. Das Partizip Präsens kam in Mode.

Neu einfallendes Licht zerstörte die alte Welt im Tierfehd. Das schlimme Feuer von 1808, das alle gewachsenen, rein organischen Bauten zerstörte, wurde von der aufbrausenden Quelle zwar gelöscht, hinterließ aber tiefe Brandmale. Die Zwischenzeit bleibt ganz im dunkeln.
Das Tierfehd wurde Weide, ein verlassenes Loch.
Die Kalkwände des Heileis waren zertrümmert, Reste lagen in der Tierwies, einige Stücke zeige ich im Museum: weiß geäderte Kalke. Einheimische in Ras glauben heute noch, *sie* seien das Gelbe vom Ei. Volkslieder bezeugen diese Vorstellungen.

Die Selben waren schnell gealtert. Niemand wollte eine Selbe heiraten, sie galten als ungeheuerlich, hatten keine Habe und keine Mitgift und durften nicht reisen. Nachdem sie entdeckt und beschrieben waren, ließ das Interesse an den »schattenhalb tierisch Hockenden« nach. Es gab im ganzen Raschtal ein Heiratsverbot für Liederliche. Mein Ururgroßvater Adalbert Menzi, Sohn eines Teufener Arztes, kam 1813 fünfundzwanzigjährig nach Ras. Die Molkenmeisterin hatte ihn gerufen.

Er baute in der Tierwies sonnenhalb ein Tanzhaus, eine Dependance der Lippunerschen Häuser, schattenhalb ein Kurhaus, wo er Molke servierte, die noch warm aus der Elisalp hergeschafft wurde.

Anfänglich bot er Zimmer mit Naturduschen an, je nach Windrichtung mit schrägem und geradem Regen. Später, als seine ersten Schriften in Umlauf kamen, baute er ein eigenes Gebäude mit Zimmern über dem Kuhstall, seine *Kuhstallzimmer*. Das Einatmen der Mistdämpfe befreite seiner Überzeugung nach verengte Atemwege.

Von ihm stammen Schriften zur Appenzeller Heilkunde, speziell die Unterscheidungen der evangelischen Außerrhödler Naturheilkunde und der katholischen Innerrhödler Geistheilung. Waschungen mit selbstgemachter Seife, Geschlechtswickel mit Quarken und der eigenartigen, scharfen Quacke konnten sich jedoch nicht durchsetzen.

Bei geschwächten, fahl gewordenen Nerven empfahl Menzi, den Beckenboden zu lockern, die Heilsuchenden umfassend zu stimulieren: man redet über alles, spricht das Unausgesprochene aus, erkundet geheime Wünsche, weckt das tiefste Verlangen. Verboten ist es, Hand an sich selber legen.

Menzi hatte schlau den Kalk von Metzen behauen lassen, nach klassischen Gesetzen, um dem nordstämmigen Auge die ersehnte Verschmelzung des Alpinen mit dem Mediterranen zu ermöglichen. Es wurden säulenähnliche Gebilde aus dem Öhrlikalk geschlagen. Tempeldächer aufgesetzt. Als Menzis Beispiel Schule machte und viele Stadtzürcher und Stadtsanktgaller sonnenhalb weitere Tanzhäuser in der Tierwies eröffneten, wurde ihm des Trubels zuviel.

Er besuchte das Tierfehd, das ganz verkommen war.

Reste organischen Bauens lagen herum, Fasern und Matten, viele der Hütten oder Häuser, die in der Eigenzeit unendlich lange bestanden hatten, waren bereits verfallen. Es stank nach Schwefel und Kompost. Menzi traf eine einzige Person an, meine Ururrurgroßmutter Helena, die einsam in dürftigen Bauten wohnte. Sie war der Quelle treu geblieben, hütete verschiedene Tiere, glich mit ihren schwarzen, zum Pferdeschwanz gebundenen Haaren selber einem Quellentier. Menzi verliebte sich in »dieses ursprüngliche Wesen, von höchst seltener, zarter Eigenart«, das eine Sprache redete, die er kaum verstand, die er für Welsch hielt, denn der Walliser Dialekt ließ sich seiner Ansicht nach am ehesten mit ihrer Sprache vergleichen. Er bürgte für sie mit seinem kleinen Vermögen, verkaufte sein Tanzhaus an einen Stadtzürcher Arzt, heiratete sie 1828 und ließ im Tierfehd auf den Trümmern den ersten Quellenhof bauen: Die Fundamente und die darin eingelassenen Wannenbäder waren aus Stein, Reste alter Kultstätten aus früherer Zeit wurden miteingefaßt. Der Aufbau war hölzern. Menzi wurde selber Viehhändler und trug bald einen Schmuckbart, der ihn seiner Ansicht nach adelte. Er unterschrieb mit *Adelbart*.

Romana Selb, Ururgroßmutter mütterlicherseits

Menzi war unmusikalisch, überhörte den Ton der Quelle, die Töne der Windharfen und Kalkorgeln. Unterdessen zogen sich Fahrende ins Raschtal zurück. Sie gingen in der allgemeinen Betriebsamkeit der aufkommenden Neugrunder Buntwebereien unter. In der Tierwies waren sie beliebt, da man alles Urtümliche liebte, und würzige Musik dazu.

Es war der herkunftslose Stehgeiger Manser, der in der Tierwies zum Tanz aufspielte. Er ehelichte 1859 die älteste Menzi-Tochter Romana.

Romana gebar tatsächlich sieben Töchter, die muttertreu Selb hießen, einen Sohn, der Hackbrett lernte. Die sieben Selben Töchter wuchsen ganz in der Musik auf. Erste freie Tänze wurden in den Kalktempeln geübt. Die Stadtbevölkerung führte die eigenen Trachten ein, da es ihr beliebte, sich ländlich-fürnehm zu kleiden.

Die sieben Selben Schwestern, die mit der Musik verheiratet waren, spielten 1889 einmal im Badener Kursaal und anfolgend elfmal im Lichthof der Rose auf. Das Bäderblatt kündigte sie als Alpenwunder an. Es war eine große Streichmusik mit fünf Geigen, zwei Celli und einem Brummbaß, der frei gewechselt wurde. Die unerhörten Schönheiten, die von dieser Streichmusik ausgingen, waren geknüpft an die tiefe Tragik in den Lebensläufen der Quellschwestern, die sich nicht mit Männern einlassen durften. Als Zugabe spielten sie kaltgeschmiedete Maultrommeln, die die Männer rasend machten, heilten oder ganz in den Wahnsinn trieben. Nach dem Konzert gab es verzückten Applaus, aber auch krawallähnliche Szenen auf dem Kurplatz. Stühle flogen, Fenster wurden eingeworfen. Die jüngste der sieben Selben Schwestern war meine Urgroßmutter Menga Maria Selb. Sie wurde zehn Tage lang von einem Edelmann auf Knien hofiert, so daß sie ihm jedes Versprechen abringen konnte. Der elsässische Bahnpionier de Vin kurierte im Badener Grand Hotel ein grobes Nervenleiden aus, das ihm angeworfen worden war, während sich seine Gleise durch den europäischen Kontinent fraßen. Die Streichmusik hatte seine rauhen Nerven geglättet. De Vin versprach meiner Urgroßmutter, die Siebenbrücken-Raschtal-Bahn ins Tierfehd zu verlängern, den Stich durch die Molasseschlucht zu riskieren.

Menga Maria Selb

De Vin ließ einen ersten Westflügel im Sanktgallerstil mauern. Als die Königin von Belgien 1901 mit Schwestern und Cousinen und Zofen den Quellenhof besuchte, konnte sie mit der neuen Bahn bis vor die Trinkhalle befördert werden. Sie fühlte sich geschützt im Tierfehd, pflegte vier Frühlingswochen dort zu verbringen. Urgroßvater de Vin war schlau genug, die Molassebahn auch in den Kalk hineinzuziehen. Obwohl nie mehr als hundert Meter ausgegraben worden waren, behauptete de Vin, mit Schlaufenkurven und anderen modernen Techniken den Anschluß durchs Heiligenmassiv nach Sekunden, Terzen, Quarten und so weiter sicherzustellen, erweckte den Eindruck fortlaufender Arbeiten im Inneren. De Vin beschäftigte arbeitslose Tuffsteinsäger, so entstanden verschiedene Wannen in der Höhle, aber auch das abgetreppte Wellenbad in der Rasch, das die belgische Königin sehr liebte.

Es ist nicht abschließend geklärt, woher die vielen Frauen stammten, die Menga Maria fern des Kurbetriebs im älteren Ostflügel des Quellenhofes einquartiert hatte. Sie verließen das Haus nie im Dunkeln, trugen Weiß. Man nannte sie *Schwestern*. Teils halfen sie im Heilbetrieb aus, teils waren sie Insassinnen. Oft hörte man angeblich sphärische Klänge aus jenem Teil, und mancher männliche Gast verließ den Quellenhof verliebt, verliebte sich in die erstbeste Frau, die er danach antraf. Bestimmt waren ledige Schwestern meiner Urgroßmutter darunter. Womöglich mehrere Generationen. Der Zugang in den Osttrakt war meinem Urgroßvater jedenfalls verwehrt.

Elma Selb

Meine Großmutter Elma Selb übernahm den Quellenhof
1926 von ihrer Mutter Menga Maria. Mangels solventer
Kurgäste während der Weltwirtschaftskrise Ende der
zwanziger Jahre gestalteten sie daraus eine Heilanstalt für
geisteskranke Frauen, das Weiberhaus. Neuankommende
belegten den Westtrakt. So kochte meine Großmutter jung-
ledig für sechzig Personen Eintopfgerichte in Eisenpfannen.
Sie hatte ihre Mutter zu pflegen, erhielt mächtige Pflichten
auferlegt, denen sie sich beugte. Kein Raschtaler wollte ins
Weiberhaus heiraten, wissend, daß seine Frau nie wegkom-
men würde, nicht einmal in die Ferien. Fremde Männer
kamen keine mehr ins Tierfehd. In der Zwischenkriegszeit
entvölkerte sich auch die Tierwies. Viele Holzhäuser standen leer und zum Verkauf oder waren nur sommers bewohnbar. Einige verfielen oder wurden Opfer kleinerer
Brände. Andere wurden an verschiedene Güterhändler aus
Ras verkauft.

Elma Selb war die letzte Quellmutter im Tierfehd, Allein-
erbin des Quellhofes. Ihr Schicksal ist ganz mit dem Heilbetrieb verwoben. Sie war eine sittentreue, arbeitsame Frau
mit schöner Stimme. Elma schonte sich nicht.
Großvater Armin Römer wurde 1932 vom Eigenleiden zur
Quelle geführt. Er war zehn Jahre jünger als Elma und blieb
lebenslänglich kindisch und verspielt. Sie wusch ihm die
Wäsche, kochte für ihn, er war ohne sie nicht lebenstaug-
lich.

Großvater legte den Grundstein fürs Museum, stellte die
Stahltiere aus, alte Lokomotiven der Schmalspurbahn vor
dem Höhleneingang, und strich sie schwarz. Die ersten Be-
leuchtungen in der Höhle stammen aus jener Zeit. Es waren
Straßenlaternen der Sanktgallerstraße. Großvater reparierte sie. So waren die beleuchteten Sägearbeiten der Tuff-

steinsäger bald die Hauptattraktion im Tierfehd: Allerhand Becken, Brunnen, Einlassungen und Aussparungen.

Während des Zweiten Weltkrieges kamen die Offiziere ins Haus. Der ganze Westflügel wurde eine Kaserne, die Trinkhalle Offiziersmesse, während die Frauen im älteren Ostflügel für die Soldaten zu kochen hatten. Obwohl der Krieg nie ins hinterste Raschtal gekommen war, verwandelten die Befestigungsarbeiten das Tierfehd in ein Schlachtfeld. Große Heilsysteme lagen in der Luft, die jeden Landwirt zum Heiland verklärten. Die Bauernhöfe eingangs der Tierwies waren getarnte Bunker. Elma weigerte sich, vor dem Quellenhof Kartoffeln anzubauen. Zug für Zug mit Munition wurde in die Höhle gefahren, das ganze Heiligenmassiv zerlöchert. Allgemein wurden Kaltwasserlehren vorherrschend, die in der Heilkunst großen Schaden anrichteten. Kaltes Blut regierte auf dem ganzen Kontinent. Thermalbäder wurden wegen drohender Verweichlichung geschlossen.
Da entstanden Kalkbunker in den Heiligen und an langen Abenden die Pläne fürs künftige Wasserkraftwerk. Armin Römer war ein geselliger Mensch, dienstuntauglich, deshalb um so eifriger bei der Betreuung. Er baute gleichzeitig prächtige Wasserkunstwerke vor und hinter dem Quellhof, im Park und bis an die Felsen heran. Er beteiligte sich gedanklich am Bau des großen Kraftwerkes, das für den Rückgang der Wassermenge verantwortlich war.

Gäste kamen keine mehr. Der Westflügel war nach dem Krieg bewohnt von jungen Ingenieuren. Die Trinkhalle wurde Ingenieurskantine, der Kraftwerksbau in Angriff genommen. Dazu entstanden weitere Befestigungen, große geheime Kühlanlagen in den hellenischen Alpen. Eisvorräte wurden angelegt, die man in den Walensee gekippt hätte, um ihn gefrieren zu lassen, falls rote Armeen angerückt wären. Stählerne Vorhänge wurden geschmiedet, die man bei Siebenbrücken herunterlassen wollte. Panzersperren gegen Osten. Alle Straßen und Bahnlinien am Walensee wären gesprengt worden. Die Orgelpfeifen waren mit Sprengstoff gefüllt. Die fünf Heiligen sollten an den Schäften gesprengt und kantvoran hinuntergekippt werden, damit kein Gefährt aus dem Osten je durchkommen könnte. Die Ortschaften Sekunden, Terzen, Quarten und Quinten waren befestigt. Die Armee hätte im Kalk Jahrzehnte überleben können. Seit die Bestände geräumt, die Lager ausgehoben, das Büchsenfleisch billig versetzt oder in Mastbetrieben verfüttert wurde, sind neue Hohlräume entstanden, in denen der Wind besonders schrill orgelt.

Befehlswelten wurden zementiert, Quader gebildet, wo früher die Heilhaube gewesen war.

Der Himmel war mit Befehlen vernagelt.

Osteuropa wurde wirtschaftlich bekriegt.

Die Glaspaläste waren Teil des Bunkers.

Oberst Knäbisch führte Fernkrieg mit seinen Falschzwirnmaschinen.

Als der Ölschock die künstlichen Garne kraß verteuerte, mußte er mitansehen, wie sein Imperium einging. Der nächstgrößere Konzern schluckte es in Etappen. Palast um Palast wurde verkauft.

Meine Mutter Menga

Meine Mutter Menga, während des Zweiten Weltkriegs geboren, war geprägt von den jungen Offizieren, auf deren Schößen sie gesessen hatte. Der Stoff von Uniformen war ihr Tummelfeld. Sie wuchs in den Quadern auf. Als in den sechziger Jahren gut ausgebildete Kraftwerksarbeiter um ihre Hand und folglich um das Erbe des Quellenhofes anhielten (den diese in eine Kantine verwandeln wollten, mit Mutter Menga als Servierdüse), traf sie sich mit dem Hippie

Raschle, der ein Unteroffizierssohn und Dienstverweigerer war und aus Quadern Kreise machte, Befehle in Fragen verwandelte. Mein Vater Kaspar Maria, ausgebrochen aus der Pflichthörigkeit seines Elternhauses, war nicht quellentauglich und kein Wirt.

Als 1972 die Arbeiten abgeschlossen waren, die Baustelle geräumt wurde, war der Westflügel ganz versachlicht. Die kunstvollen Sägearbeiten in den Höhlen verschwunden. Alle Ornamente verlorengegangen. Gipsstukkaturen weggebrochen. Niemand wollte da in den Quellenhof.

Kindheitsbilder vom Quellenhof: Eines hinters andere gestellt, jeder Tag verlief in selber Weise, alles war geregelt und trotzdem schön ausgefüllt. Als ich schulpflichtig war, verbrachte ich alle Ferien und jedes Wochenende im Quellenhof. Ich saß in der Küche bei der Großmutter. Großmutter Elma hatte die wärmste Stimme, die man sich vorstellen kann. Sie sang, wenn sie das Frühstück herrichtete. Je näher man ihr stand, um so wärmer empfand man ihre Stimme. Innerlich tief, reichhaltig, von samtenem Glanz, weich fließend erzählte sie, ernst strömend, wenn sie ihre Großmütter und Urgroßmütter aufzählte, die Quellfrauen gewesen waren wie sie. Die Küche war nahe an den Muschelkalk herangebaut, eigentlich aus dem Muschelkalk herausgehauen. Sie lag im Schatten, ihr haftete etwas Schummriges an, das meine Großmutter aufzuhellen vermochte, wenn sie redete oder sang. Sie ahmte das Gurren der Wildtauben nach, fütterte die Mauersegler. Wir streuten Brotkrumen aufs Dach, Essenreste aus der Pensionsküche. Der Hinterhof unserer Küche empfing nie Sonne, der Kalk aber leuchtete mittags, dann glänzten die Wasseradern, das feuchte Moos, Farne und Brennesseln schienen zu glimmen. Dort waren Flechten und andere Pionierpflanzen im überrinnselten Fels, Doppelwesen aus Pilz und Alge. Eine Kinderstube für Gräser und Farne.

Der gepflegte Bart meines Großvaters war präzise gestutzt. Ein echter Quellbart. Er trank Kaffee aus einem Becken, in das hinein er altes Brot bröckelte. Er schlürfte, damit der Bart trocken blieb. Ich war morgens müde, weshalb mir die Großmutter einen hellen Milchkaffee einschenkte, den ich ebenfalls schlürfte. Großvater und ich machten Einkäufe oder Umgebungsarbeiten, kleideten uns ordentlich. Er zündete sich vormittags den ersten Stumpen an, nahm Stock und Hut. Mit dem Lieferungswagen fuhren wir nach Ras, kauften dort Brot und eine Zeitung, spazierten die Rasch entlang, schauten über die Fälle und fuhren zurück.

Hitze der Konjunktur

Obwohl sich abzeichnete, daß meine Mutter Menga ein Leben in der Agglomeration von Zürich jenem der Quellwärtin in Tierfehd vorzog, lebten meine Großeltern in immerselber Weise weiter.
Schuldenberge rund um den Quellenhof.
Erhitzte Konjunktur, die bereits heiße Köpfe bereitete. Die Gäste wollten ans Meer. Unter Palmen. In die neueröffneten hellblauen Becken der Freibäder. Erhielten zu Hause eigene Wannen. Farbfernseher lieferten Bilder von Hallenbädern. Die meisten Menschen lebten in ovalen Häusern. In orangen Dottern. Badeten im Erdöl.

Elma blieb stur, hatte ein Leben lang nur gearbeitet, keine Ferien gemacht, das Raschtal nie verlassen. Meine Mutter Menga hielt sie dazu an, den Quellenhof zu verkaufen, in Kaltbrunn das Belvedere zu übernehmen und sich einen schönen Lebensabend an der Sonne zu machen. Mit TV. Das konnten sich meine Großeltern nicht vorstellen. Es mußte so weitergehen, wie es war. Gestanzt. Gestickt.

Trotz veränderter Wassermengen nach dem Kraftwerksbau.

Nötige Renovierungsarbeiten wollten sie nicht zulassen. Eine neue Heizung wäre vonnöten gewesen, Toiletten auf den Zimmern.

Die Straße wurde zwar ausgebaut, die Bahn zum Quellenhof dafür eingestellt, da zu teuer.

Große Essen wollten sie nicht, sondern, daß alles beim Alten blieb.

Die Tierwies war bereits von einem Investor aufgekauft worden.

Ein zusammenhängender Nutzungsplan lag in der Luft.

Am Morgen des 2. Juni 1979 waren keine Gäste im Haus. Der Parkplatz stand leer, die Fassaden waren abgeblättert. Für den bezahlten Brandstifter muß der Quellenhof verlassen ausgesehen haben. Er war nicht ortskundig, hatte im Auftrag verschiedene Bäderhotels in ganz Europa abgefackelt.

Die Holzstadt in der Tierwies, sein gesuchtes Objekt, hatte er verpaßt, nur immer »hinten« und »Holz« und »leer« im Kopf behalten. Dann wahrscheinlich rechts und links verwechselt. Er hatte wie abgemacht den Alpaufzug in die Elisalp abgewartet, ein Motorrad benutzt, damit die Fahrt durch den gesperrten Tunnel gewagt. Durch eine Baustelle.

Armin Römer reparierte hinter der Küche gerade ein kleines Wasserrad, als er Benzin oder Benzol roch. Elma Selb war im Haus bei den Frauen. Dann hörte man einen Motor aufheulen. Plötzlich brannte der Quellenhof an verschiedenen Ecken gleichzeitig. Der Großvater rannte ins Haus und wollte die Feuerwehr rufen. Das Telefon funktionierte aber nicht. Kraftwerksarbeiter sahen die Rauchfahne. Der Alpabzug verhinderte ein zeitiges Anrücken der Feuerwehren von Ras, Neugrund und Brunnadern.

Im Quellenhof war übrigens kein Schlauch.

Großvaters Wasserkunst, die vielen Patienten das Feuer in den entzündeten Augen gelöscht hatte, half nicht. Keine

Düse löschte, keine Brause kühlte. Er suchte nach Elma und den Frauen, fand nur Rauch und Flammen vor. Der Osttrakt brannte lichterloh, die Trinkhalle ebenfalls. Großvater verbrannte sich seinen schönen Bart. Die zwölf Frauen verbrannten oder waren mit in die Höhlen gegangen.

Als die Feuerwehren endlich ankamen, fanden sie Großvater ohnmächtig und trugen ihn ins Freie. Sie ließen abbrennen, sicherten lediglich den steinernen Westflügel und die Barakke. Das Löschwasser floß in die Rasch. Die war sieben Tage lang schwarz. Danach war der Seequellsee eine Brühe. Die Heilwesen tot obenauf schwimmend. Schaum. Funken heulten durch die Gänge des Systems, einige Munitionsdepots tief im Fels explodierten. Beben bis nach Wien.

Als man Großvater fragte, ob er wisse, wer es getan habe, sagte er: »Ja!« Als man fragte, ob er es gewesen sei, sagte er: »Ja!« Als man ihn fragte, ob Menschen im Haus gewesen waren, sagte er: »Ja!« Als man ihn fragte, ob er nur noch ja sage, sagte er: »Ja!«

Sieben Tage später, bei guten Winden, brannten die leerstehenden Holzhäuser in der Tierwies. Obwohl die Tunnelarbeiten abgeschlossen waren, die Feuerwehr gut zufahren konnte, half alles Löschen nichts, denn in der Tierwies waren nie Straßen gebaut worden, alles war für die Barfußgänger angelegt. Die Glut wurde in der ganzen Arena verstreut, löste Föhrenbrände aus, schließlich brannten alle Häuser, Rosengärten und Sibirische Birkenwäldchen verkohlten. Friedensdenkmale platzten. Der schwarze, seifige Seequellsee lieferte das Löschwasser und wurde zur Hälfte geleert. Das tote Heilwesen düngte die Weiden. Danach wuchsen Seifenblumen zwischen den Ruinen. Schräger Regen überzog das Tierfehd.

Die Quelle schluckte sämtliche Klänge und Geräusche, aber auch alle Erinnerungen, die in den Gesängen verpackt, wie ein zweiter Himmel durch die Luft gespannt waren und jedem, der im Fehd wohnte und atmete, in den Sinn gekommen waren.

Zurück blieb vergatterte Luft.

Der Dunstschleier, der daraufhin dem Muschelkalk entwich, legte das Tierfehd in greise Tünche.

Mit der verkauften Ruine finanzierte Mutter Menga die Rose in Baden, damit der traurige Großvater in ihrer Nähe bliebe und nicht ins Altersheim müsse. Sein Bart verwilderte. Er hat ihn nie mehr gestutzt. In seinem Besitz blieb lediglich die kleine Friedhofswiese beim Höhleneingang, auf dem die Grabsteine der Verstorbenen stehen. Armin Römer wurde ein anderer. Alles, was er tat, alles Sägen und Feilen im Innenhof der Rose war Erinnerungsarbeit.

Ein Investor namens Amberg, der auf Brandruinen spezialisiert war, kaufte 1981 auch die Ruinen des Quellenhofes und plante sein Vergnügungsviertel. Die Tierwies schattenhalb wurde ein Skigebiet mit einem Sessel- und einem Schlepplift. Das größte zusammenhängende Nachtskifahrgebiet Europas. Die letzten Holzhäuser fielen den Pisten oder den Selbstbedienungshäusern zum Opfer.

Nur der steinerne Westflügel des Quellenhofes war erhalten geblieben. Amberg ließ das Dach ausbessern und errichtete anstelle der Trinkhalle eine Baubaracke. Darunter, in den alten Gängen, entstand seine Saunalandschaft. Den zugehörigen Nachtclub eröffnete er im heutigen Heizhaus. 1987 ging Amberg Konkurs.

Dann lag das Tierfehd brach, halb Baustelle, Trümmerlager, dominiert vom Kraftwerk. Eine Einöde. Als in den achtziger Jahren schnelle Wagen allgemein erschwinglich wurden, änderten sich die Vergnügungsgewohnheiten der jungen Raschtaler grundlegend. Sie rasten in die Städte, nachts berauscht zurück und stellten ein erhebliches Verkehrsrisiko dar. Deshalb wurde möglichst abgelegen ein Kulturzentrum gegründet, die Palme mit viel Elan und öffentlichen Geldern eröffnet, das Rotlicht durch Ultraviolettlampen ersetzt.

Das Konsortium kaufte die Konkursmasse und ließ nach alten Plänen wiederaufbauen, da so mit öffentlichen Beiträgen gerechnet werden konnte. Der Westflügel wurde restauriert, die Trinkhalle und der Ostflügel neu gemauert.

DAS ACHTZEHNTE KAPITEL

Wintereinbruch. Führungen ins Unvorhergesehene. Die Hoftracht. Salbader- und Salpetertänze mit Sereina Vaser. Strömungen und Unterströmungen in der Trinkhalle. Das Sammelbecken und das Entwicklungsbad. Pinas Gegenwart versetzt Silber in helle Aufregung.

Die Mundhöhle

Am 2. Dezember 1995 kam der große Schnee.
Eine Nordwestströmung verfrachtete Teile des englischen Meeres in tief ziehenden Wolken über den Kontinent. Sie stauten sich am Alpenkamm. Die Feuchtigkeit wurde über der Ostschweiz abgeladen. Vor dem Quellenhof fiel in wenigen Tagen ein Meter Pulver.
Danach wurde es kalt.
Die letzten Strahlen der flachen Dezembersonne brachten den Schnee zum Klirren. In der Tierwies konnten die ersten Lifte laufengelassen werden. Das Museum mußte in Betrieb genommen werden, da im Haus von allen anderen Attraktionen keine instandgesetzt war. Hanna und ihre Höhlenkundler waren von der Kurkommission erst auf Januar zugelassen. Das Bädermuseum war die einzige Erwerbsquelle.

Der alte Vaser hatte mit dem Lyceum Verträge abgeschlossen. Die Gruppen kamen morgens in Schulbussen. Quinter bereitete in der Küche vor – Ovomaltine, Kaffee, Brot, Butter, Konfitüre –, reichte durch, und ich servierte und sagte mit Bedeutungsdonner: »Fürchtet sich jemand vor der Dunkelheit, dann muß er sich jetzt melden.«
Die Schüler waren in der Regel desinteressiert. Einige Lichtbilder bei Kaffee weckten die Aufgeweckten, schläferten die Schläfrigen ein.

Das spärliche Material hatte ich ausschweifend zu interpretieren, um die vorgesehenen einenhalb Stunden auszufüllen. Quinters Idee, Stellwände zwischenzuziehen, die den Gang in Hin- und Rückweg unterteilen, verdoppelte die Strecke.

Meine Stimme hatte sich verändert, der Hals schien geheilt, seit ich Räss sprach, fast eine Quinte tiefer fiel sie nun, verlief in anderem Grundton, denn das Sprechen dieser Sprache war für mich wie Singen. So gebrauchte ich gewisse Laute an bestimmten Stellen, in den Gewölben seltene Wörter, die, vorgetragen mit tragendem Baß, selten Fragen aufwarfen.

Die letzte Kaverne nannte ich *Mundhöhle*. Die Schulklassen standen am Ende der beleuchteten Passagen und starrten lange ins tiefere Dunkel hinaus. »Nur ausgebildete Kräfte kommen hier weiter, es geht durch enge Schlitze, kilometerlang, man kriecht, schwimmt, braucht bereitgestellte Boote. Die wahren Höhlenwunder erreicht man nach einem Tag, die Pfeifen der Orgel, endlose Kamine, die weit unter die Seespiegelhöhe des Walensees reichen. Wer dorthin möchte, muß in der Höhle übernachten. Er wird kein Auge zutun, da ihn die Töne belagern.« Dann schaltete Quinter die Beleuchtung aus. Ich ließ horchen. Die Stille wirkte Wunder, lockte die Körpergeräusche aus den Schülern heraus. Sie wurden unruhig, keiften, zwickten, stritten sich, bis Ruhe einkehrte, die Schauer erzeugte. Fern hörte man meistens die Geräusche der Handwerker, Fräsen und Bohrer, sie wurden im System verzerrt und in alle Winkel verschleift.

Es folgten Geschichten über die Quellenkelten, die gewissermaßen Organisten sind. Einiges über Quellfassungen: Zur Fassung gehört die Umgebungsarbeit, vor allem die Auffrischung der Quellsage, die ergänzt und weitergestaltet werden sollte.

Ein Sänger, der die Quelle von allem suchte, dabei fast verdurstet wäre, seine Stimme verlor, trank von der jungen

Rasch. Nachdem seine Stimme geheilt war, verkroch er sich aus Dankbarkeit in den Höhlen. So ist der Quelle ein Sänger eingeboren worden. Die Quellwärtin nährte und hätschelte ihn. Die Quelle konnte nicht genug davon bekommen und sandte Qualm aus, der weitere Sänger anlockte. Ich variierte, ließ diese Sage immer auf den Satz enden: »Das Ende der Lieder bedeutet das Ende der Welt.«
Darauf folgte buntes Licht.
Quinter sang und trommelte im Gewölbe verläßlich Maul. Sein scharfzüngiges Spiel erweckte viel Interesse, da viele der Schüler repetitive elektronische Musik gewohnt waren, aber noch nie einen lebendigen Klangkörper, eine originale Klangquelle gesehen hatten. Sie waren allgemein der Überzeugung, daß Obertöne nur von elektronischen Geräten herstammen konnten. Quinter wollte selbstredend keine Fragen beantworten. Meistens schloß ich meine Ausführung mit allgemeinen Betrachtungen über Musik ab oder zeigte weitere Lichtbilder mit Darstellungen verschiedener Tempel aus aller Welt.
Das Hallenbad und die Wannenbäder waren zur Enttäuschung jener, die nach der Führung gerne warm gebadet hätten, noch nicht offen.
Ich ließ im Heiltrakt elektronische Musik laufen, die allgemein einlullte, begann über Verdauung zu sinnieren, redete von Moorbädern, Seelenmassagen, nötigenfalls stellte ich die Bässe laut, damit wenigstens ein Lärmbad in Erinnerung blieb.

Nachmittags hatte ich Zeit, Verbesserungen anzubringen. Ich war immer in Verzug mit meinen Installationen, nie auf dem aktuellen Stand. Nach vier Uhr kamen bereits die Firmen in ihren Firmenbussen. Der alte Vaser pflegte Beziehungen, verschenkte Führungen. Sie begannen mit einem Apéro in der Kantine und mündeten sanft in ein Abendessen in der Trinkhalle.
Quinter stellte Salziges bereit. Wir offerierten Weißweine

und Kaffee, denn die meisten Angestellten waren schlafkrank, gähnten nur. Sobald sie Wein oder Kaffee getrunken hatten, kamen Gespräche auf, die wir nicht unterbrechen wollten. Wir waren Gastgeber, füllten die Gläser nach. Die Führungen machte ich möglichst kurz. Länger als eine Stunde durfte man die Angeheiterten nicht beanspruchen. Sie ließen es über sich ergehen, ohne sich für Einzelheiten zu erwärmen. Fragen, »Wie teuer, wie tief, wie groß«, beantwortete ich höflich, übertrieb ein bißchen, um vorne Staunlaute hervorzulocken, die das Gekicher und Geflüster der Hintenstehenden eindämmten.

Quinters schwierige Gesänge ließen wir weg. Anstelle dessen ließ ich laue Musik laufen, wie man sie in Fitneßzentren hört. Quinter massierte einen Angestellten, den die anderen auswählen durften. Da in der Geschäftswelt die natürliche Auslese spielte, fiel die Wahl immer auf den Unscheinbarsten, den sozial Schwächsten der Runde, den bleichen Kümmerling, den der braunhäutige Quinter nun vor den Augen aller bearbeitete. Das Hohngelächter der Robusteren und Lohnstärkeren verstummte, wenn der massierte Bleichling an verschiedenen Stellen gerötet nun die ganze Aufmerksamkeit der Frauen auf sich zog. Sereina Vaser, die bei der Treppe wartete, tanzte mit ihm einen einfachen Patiententanz und entführte ihn in die Trinkhalle, wo bereits Vaser mit vollen Gläsern wartete und gerne etwas über die Umbauarbeiten sagte.

An Sereinas Präsenz im Heiltrakt hatte ich mich gewöhnt. Wir kamen uns sachlich näher.

Sachdienlich.

Die Hoftracht

Ich erhielt meine maßgeschneiderte Hoftracht, eine braune Wollhose mit freien Waden, einen schwarzen Gurt mit verschiedenen ziselierten Messingtieren – Kühe, Kröten, dicke

Quappen –, ein türkisblaues Hemd mit aufgestickten kleinen Quellenhöfen, ein rotes Glarnertüchlein mit indischen Mustern, dazu ein schwarzes Ledergillet.

Die Serviertöchter trugen dirndlähnliche türkisblaue Rökke, die die herausquellende Brust betonten, was nicht allen Angestellten gleich gut stand, aber verlangt wurde. »Es braucht ein bißchen Natürlichkeit im Service«, pflegte die Wirtin zu sagen, »ein bißchen offen, ein bißchen herzlich, das ist normal.«

Die Wirtin hatte zwei Stimmen, eine helle, quicke und eine dunkle, versteckte. Die helle Stimme bejahte immerfort, war grundsätzlich gleicher Meinung. Was immer man sagte, die Wirtin fand den bejahenden Ton, bei Fragen die schnelle, stützende Antwort, bei Zweifeln den sichernden Grund. Sie wiederholte, was man gesagt hatte, bestätigte es, indem sie es aufgehellt zurückstrahlen ließ. Der helle Ton unterstützte jede Äußerung eines Gegenübers, war doppeltes Echo. So wußte sie genau, wer vor ihr stand, mit wem sie es zu tun hatte. Der helle Ton war ihr Tastinstrument. Sie konnte damit die Leute auf Distanz halten. Denn ihre Nase roch alles: Herkunft, Lebensform des Gegenübers. Roch, was man gegessen hatte, ob die Verdauung funktionierte. Die Wirtin war über alles im Bilde, wußte genau, wie es zu sein hatte: das Essen, die Frisuren, die Kleider.

Sie kleidete die ganze Belegschaft nach ihren Vorstellungen ein.

Die dunkle Stimme hörte man hinter den Kulissen, in der Küche, vor der Familie, war aufgekratzt und forsch, verwurzelt im Gebiet der letzten Erfahrungen, der bitteren Wahrheiten. Die Wirtin hatte viele Kröten geschluckt. Da sie darum bemüht war, vor den Gästen nur Gold zu reden, Zucker aufzutischen, den dunklen Ton zu übertünchen, wurde sie allgemein unterschätzt. Man hielt sie für leichtgläubig und allzu redselig.

Gabriel Vaser war zu groß und zu mager für die Hoftracht.

Man sah es ihm an, daß er kein Wirt war. Die Wirtin fand, daß mir die Hoftracht am besten stünde. »Jetzt mußt Du nur noch ein bißchen zunehmen, dann stimmt alles!«

Abends war Unterhaltungsmusik angesagt, wir spielten zum Buffet in der Trinkhalle, obwohl unsere Formation noch sehr wacklig stand. Vaser war darum bemüht, das Gerede wachzuhalten. Wir spielten außen herum. Es war unmöglich, auf dem alten Bentley Unterhaltungsmusik zu begleiten, da er Säle oder Hallen verlangte, das anschaulich Nahe ins Konzertante entrückte, Distanzen erzeugte, die große Geste einforderte. Er war ein Unterhaltungsmusikfresser. Auf ihm waren Konzerte gespielt worden. Komponierende Gäste hatten ihn wochenweise im Musikzimmer reservieren können, um den Quintenzirkel zu erschließen. Er war das Geschenk eines geheilten Gastes, hatte als einziges Instrument aus der alten Zeit den Brand überstanden.

Ich mietete mir in Ras ein elektronisches Klavier aus dem asiatischen Raum, das einige der bedeutendsten deutschen Barockorgeln, Cembali und österreichische Streicher gespeichert hatte, spielte über den Verstärker und kleine, in Wände und Holzdecken eingelassene Boxen. Mit dem elektronischen Piano ließ sich mein Spiel angenehm klein halten. Ich ersetzte auch Streichinstrumente, solange die zweite Stimme fehlte, und programmierte Baß und Schlagzeug.

Gabriel spielte an den Wochenenden den Brummbaß launisch, das Hackbrett aber meisterlich und ergreifend, da von Grund auf gelernt.

Der alte Vaser arbeitete vermehrt mit den Händen, um breite Fingerbeeren und vorne Hornhaut für das typische Vibrato zu erhalten – schmelzende, unreine Töne, die er im Verlaufe des Winters greifend und ergreifender spielte.

Die Tänze

Der Salbadertanz ist Pantomime, dargeboten vom Wirtspaar und einem Gast. Ich war der prächtige Wirt, Sereina die prächtige Wirtin.
Die Musik spielt einen Walzer. Dem Gast – wieder wird der nun am ganzen Körper gerötete und parfümierte Bleichling von der Wirtin ausgewählt, auf die Tanzfläche geführt – werden die Haare zerzaust. Er muß Schmerzen zeigen an allen Gliedern, im Kopf und an den Zähnen, der Salbaderei aber mißtrauisch gegenüber stehen. Der Salbader nimmt sich seiner an, hält ihm ein großes Tuch vor, heißt ihn, sich auszuziehen. Die Wirtin ist es, die den Gast gründlich einseift, ihm den Rücken mit Drehbewegungen reibt, wobei sie dem Publikum mit aufgeschlagenen Augen bedeutet, daß der nackte Gast ein prächtiger Gast sei, was allgemein Gelächter hervorruft, gerade bei gemischtem Publikum, das erst geeint werden muß. Dann wird der Gast vom Salbader gestenreich eingeschäumt, rasiert und gekämmt und darf geheilt und unter Applaus ins Publikum zurück.

Der wildere Salpetertanz folgte meistens zur späten Stunde. Vasers Ziel war es, jede Gesellschaft zum Tanzen zu bringen, und wenn ausnahmsweise keine Damen dabei waren, mußten die Serviertöchter, die Wirtin und sogar die Tochter des Hauses mittanzen. Vaser spielte auf der Handorgel einen Schottisch solo.
Es ist ein anrüchiger Heiltanz: Der Sieder zeigt seiner Angebeteten seinen Siedeherd. Die Tanzenden müssen sich wechselseitig zum Sieden bringen, dabei steht jedem Paar frei, wie es den Ablauf gestaltet. Der alte Vaser dirigiert die Paare von der Bühne aus, ruft: »Gemeinsam heiß!« Angetrunken läßt er sich nicht selten dazu verleiten, Sprengsätze fallenzulassen, etwa: »Der Gast ist die Quelle«, worauf einer den Sprudel zu tanzen versuchte, oder »Der Gast die Gans«, und so fort.

Der alte Vaser konnte jeden Dialekt nachahmen, jede Stimme im charakteristischen Tonfall und beliebig reproduzieren, obwohl er ein sogenannt schlechtes Gehör hatte. Nicht nur waren hohe Töne für ihn unhörbar, auch Feinheiten der Anspielung, Andeutungen schien er nicht zu hören oder nicht hören zu wollen, außer sie kamen aus seinem Mund. Vasers schlechtes Gehör war teils gestellt, teils Gewohnheit. Ein guter Wirt ist geschult im Überhören. Eigentlich litt er unter seinem Gehör, konnte er die Stimmen nicht vergessen, sie waren gespeichert in seinem Gedächtnis. Er wußte genau, wie die Musik zu tönen hatte, sang selber am vollsten. Die Obertöne, die sich in seinem Gesang aufnäselten, waren für ihn unhörbar. Dafür hatte er das absolute Witzgehör. Er war lustig aus Gewohnheit und immer durstig.

Strömungen und Unterströmungen

Am Sonntag, dem 13. Dezember, dem Tag, an dem die Sonne hinter den Heiligen verschwand und blaue Kristalle zurückließ, fand die erste Versammlung einer Interessenvereinigung für das Raschtal statt, einberufen von den Gebrüdern Mauch. Ein Mischanlaß. Das alte Klosterbräu, das der lange Mauch gekauft hatte, war in *Quellbräu* umbenannt worden und wurde mit neuem Etikett vorgestellt und gratis ausgeschenkt. Auf der Rückseite entdeckte man die Werbung für die neue Bäderstadt Neugrund-Bleiken. Der lange Mauch strebte längerfristig ein politisches Amt an. Da alles gratis war, auch das große Buffet, füllte sich die Trinkhalle schon vormittags. Es saßen Langhaarige neben Kurzhaarigen. Einig war man sich darüber, daß der Quellenhof der gemeinsame neue Ort sei, daß man gemeinsame vage Interessen habe. Ich machte vorab für alle Interessierten eine Führung.

Endlich hatte ich eine interessierte Klientel. Gemeinsam war der gemischten Gruppe die ungebrochene Bereitschaft, etwas Unversehrtes zu erblicken. Die Leute wollten gar keine Dissonanzen hören, sondern nur Schönes, Stimmiges, Angenehmes. Die Fragen der Führungskräfte waren kurzgebunden, zielten auf Quantitäten.

In der Trinkhalle aufgeräumte Stimmung. Erst hielt der lange Mauch seine Einführungsrede, danach sollte das Podium offen sein für alle, im Sinne einer Landsgemeinde, und jeder konnte seinen Ängsten oder Überzeugungen Ausdruck verleihen. Der alte Vaser nannte diese Gesellschaft *Mauchs Gärbecken* und *Mauchs Entwicklungsbad*.

Der lange Mauch war ausgebildeter Chemiker. Er hatte das Kunststoffgeld erfunden, damit ein Vermögen gemacht, war neuerdings mit seinem jüngeren Bruder an der Kunststoff Neugrund beteiligt. Er hatte einst einen militärischen Wiederholungskurs im Raschtal geleitet, eben die Hälfte der ehemaligen Knäbisch-Villa erworben.
Mauch war ein schlechter Redner, aber zäh. Er bemühte sich nicht, seine Herkunft zu verleugnen, sprach seinen Mischdialekt, der wenig Resonanz fand, aber Gift hatte. Da er zahlte, wurde applaudiert. Es wurden Anteilscheine für die Bäderstadt Neugrund-Bleiken verschenkt. Seine Parolen waren:
Für den starken Wirt!
Gegen Parasiten!

Im Raschtal entfällt das Wirtepatent, jeder kann Wirt werden und eine Gastwirtschaft eröffnen. Der lange Mauch plädierte für eine strenge Regelung, wollte eine private Wirteschule eröffnen, die starke, Mitesser tilgende Wirte ausbildet. Er hatte vor, ein Netz von Wirtschaften über den Molassetrog zu ziehen, Wirte einzusetzen, die nur sein Quellbräu ausschenkten. Im Publikum saßen viele Brauer und werdende Wirte. Ich war beeindruckt von der Stimmenimitationskraft der Jungbrauer. Sie redeten alt und altklug, herrengefällig. Ihnen wurde nur zugehört, wenn sie mit einheimischen Sprachblüten begannen.

Eigentlich waren nur wenige Bauern im Publikum, eher waren es Garagisten, mittlere Gewerbetreibende, die sich nach der Scholle zurücksehnten. Allgemein nette Menschen, die sich an unserer Musik und den Arbeitstrachten rege erfreuten. Viele von ihnen schienen ursprünglich bäuerischer Herkunft zu sein, worauf sich in den voralpinen Landschaften allerdings jede Familie berufen könnte. Auffallend war, daß Großgaragisten wie kleine Landwirte zu reden versuchten, die wenigen Großbauern aber wie Garagisten tönten.
Frauen, die sich ans Rednerpult getrauten, redeten schmal und baßtreu, lockten grummelndes Lachen unter den Männern.

Der alte Vaser bewies sich als glänzender Unterhalter. Es fiel ihm leicht, eine Gesellschaft mit Sprüchen und Witzen zu sortieren, Strömungsverläufe zu orten, Grundströmungen zu betonen, Pointen bei Stromschnellen einzusenken. So wurden sie rasch in der ganzen Trinkhalle verteilt.
»Ich erinnere daran, daß wir uns in einer Trinkhalle befinden!« Zustimmung war genauso vorgepflügt wie das gemeinsame rachennahe Lachen der Potentaten, die an den vordersten Tischen saßen und Freunde des langen Mauch waren. Der dicke Mauch, so schien es mir, stritt sich mit dem alten Vaser um die Saalherrschaft, nach jedem gelungenen Spruch Vasers erhob er sich, um einen draufzugeben. Ohne Witze des dicken Mauch hätten sich die Arbeitgeber und die Arbeitnehmer nämlich nicht verstanden.
Hier half unsere Musik.
Sie füllte Lücken.
Baute Brücken.
Setzte zwischen.

Der dicke oder schlaue Mauch, wie sein älterer Bruder genau auf der Fallinie zwischen dem Sanktgaller- und dem Zürcherdialekt aufgewachsen, litt offenkundig unter sogenanntem Alpdruck, einem Leiden, das seit gut zweihundert Jahren beschrieben wird: Er war zwangseinheimisch.

Mauch war mir freundlich gesinnt, lauschte mir Wendungen ab, die er für urtümlich und angeboren hielt, bemühte sich, markig zu reden, hatte aber eine unheilbare Halskrankheit: seine Gurgel pendelte zwischen den Dialekten, sprach einige Fetzen im Sanktgallerdialekt, einige im Zürcherdialekt, was für einheimische Ohren abstoßend wirkt. Das Urchige hatte in seinen Augen Überlebensrecht, weshalb er sein rechthaberisches, aber überzeugendes Reden nur unterbrechen ließ, wenn man urchige Ausdrücke zwischenschob. Mauch sprach zum Beispiel die Zahlen wechselweise Sanktgallisch gefärbt, also hell und spitz, dann wieder Zürcherisch, also breit und weicher, aber lauter, sprengselte Wendungen ein, die reines Räss waren. So ergab sich ein heilloses Durcheinander. Die Krankheit treibt die Leute in Wahnbilder.

Preßwehen

Man wollte später die Handorgel hören. Natürlich spielte sie Vaser so, wie es sein mußte, eine Erwartungsmusik. Er übertrug den Erwartungsdruck auf die Handorgel. Sobald sie so gespielt war, wie es zu sein hatte, begannen die Leute zu reden. Wenn er aber abschweifte oder allzu schmerzlich preßte, wurde es still.

Die Trinkhalle leerte sich allmählich, die Gebrüder Mauch zogen sich zurück. Später die unvermeidlichen Zwangsheiterkeiten einiger übriggebliebener Geschäftsmänner, die sich der Handorgel bemächtigten, läppische Gesänge anstimmten. Betrunkene blieben sitzen, wollten heimisch werden, sich einpflanzen, sobald ein bißchen Klima, Wärme, Milieu entstanden war.

Das elektronische Kurklavier hatte über hundert Stücke gespeichert. Meine Unsicherheiten im Spiel mit der Gruppe überspielte ich, indem ich möglichst lange spielte, zuletzt allein unterhielt. Zu später Stunde störte sich niemand mehr daran, wenn mein elektronisches Piano sogar ohne mich weiterspielte.

Ich hatte mich an die fließenden Übergänge bereits gewöhnt, gelernt, zu schlechten Witzen zu lachen.

Nur lauter.

Zirren

Eines Morgens hörte ich im Keller schöne Klänge.

Klare Farben.

Sie gelangten durch die offene Türe vom Gang in den Heizraum, wo ich sirrende Apparaturen im Auge hielt, die den täglichen Heildruck erzeugten. Bevor ich mich fassen oder besinnen konnte, waren meine Ohren ausgeschwärmt. Als ich hinterher eilte, entlief ich zum ersten Mal seit langem den Geräuschen. Sie blieben im Heizraum zurück. Durch den Gang war ein silberner Faden gezogen, der sich wieder auflöste.

Schwebungen.

Unsere Ohren hatten sich unabsichtlich vorvermählt.

Als ich auf der Schwelle zum Ruheraum stand, war mir klar, daß dort eine andere Sphäre begann. Es roch nach Rosmarin.

Ich blieb hinter der offenen Türe versteckt, guckte nur durch den Spalt.

Die Beleuchtung war umgestaltet worden.

Das Licht kam nicht mehr aus den alten Neonröhren. Verschiedene Lichtkörper formten Fächer, die das Raumgefüge in jeder Hinsicht erweiterten. Zuvor war mir der Heiltrakt viel niedriger vorgekommen.

Ich habe Pinas Gesicht aus dieser Zeit nicht in Erinnerung, nur das schwarze Haar.

Pina spielte Bratsche im leeren Ruheraum.

Sie suchte an verschiedenen Stellen eines Gewölbes nach dem singenden Ton im Resonanzkörper ihres Instrumentes, dazu sang sie selber. Sie spielte Töne oder Tonleitern, dann wieder Naturtöne, die die Kammern und Gewölbe ausbauchten.

Glitterbäuche.

Glockenbäuche.

Da ich die Luft anhalten mußte, pochte mir der Puls im Schädel. Das tönte, wie wenn ich in einem Tanzhaus neben einer Box gestanden hätte. Da ich nicht schreien durfte, hörte ich Geschrei. Lautes Gerede, obwohl ich nicht unter Gästen war.

Pina versetzte mich mit ihren Geräuschen in bleibende Aufregung.

Seit ich mir vorstellte, daß sie meine Geräusche ebenfalls hören konnte, selbst mein schwächliches Gitarrenspiel, versuchte ich Zeichen zu senden, Klopfgeräusche, sprechende Rhythmen. Begann werberisch Maultrommel zu spielen, um Neugierde zu erwecken. Schickte Perlenketten durch den Gang, reine Naturtöne, säuberlich aufgereiht.

Ich aß nicht mehr. Oder viel zu schnell. Hörte Pina immer. Hörte sie arbeiten. Üben. Hörte sie nicht arbeiten. Nicht üben. Die Geräusche ihrer Verrichtungen strichen die weißen Kacheln entlang. Oft schlich ich mich in ihre Nähe, suchte Gründe, etwas zu erfragen, erstarrte aber. Oder wurde aufgeregt, wenn ich nur das leiseste Geräusch hörte. Meistens war es fließendes Wasser. Mein Bäderparcours endete im Heilbereich, also in ihrem Betätigungsfeld. Somit überschnitten sich unsere Wirkungskreise beruflich. Bei den Führungen war ich derart außer mir, daß ich Gäste mit

Daten, Jahreszahlen und allerhand Beiläufigem überfrachtete. Geriet in Formulierungsnöte, wenn ich in Pinas Nähe kam. Verlor die wohlgenährte Sprache. Einmal führte ich eine Gruppe junger Thurgauer Lehrerinnen an, denen ich die historischen Zusammenhänge von den Kelten bis zu den Franzosen ausführlich dargelegt, jede Nische mit Information gewürzt hatte, als ich in Pinas Abteilung übertrat und sogleich verstummte. Erst die Fragen der Lehrer weckten mich auf. Sie übernahm für mich beiläufig und erteilte Auskunft. Wieder hörte ich den schönen Ton in ihrer Stimme, wohlklingende Betonung auf allen Silben. Ihre Stimme, frei von Befehlsgiften, wurde nicht werberisch, wie es etwa Gabriel Vaser und seinem Vater oft passierte, wenn sie bei laufender Musik etwas erklärten. Pinas Stimme war in die Musik eingefügt, unangestrengt, im Brustton ausgewogen, klar im Verhältnis von Ober- und Untertönen. Sie sagte nur etwas, wenn es ihr danach war, während ich stimmlichen Überschuß produzierte, da ich keinen konsequenten Grundtonhaushalt führte.

»Was suchst Du?« fragte sie, als ich endlich vor ihr stand, und ich wußte nicht, was sagen.

wird der französische Atlantik über dem Quellenhof ausge-
schüttet, der Heiltrakt erweitert. Die Schneekanonen erzeu-
gen Kristallzucker. Angewandtes Brauchtum. Leise, laute
und leiselaute Tiere. Mauchs Geistheilung in der Palme.

Geblubber

Quinter und ich befeuerten den großen Speicherofen nun
zweimal täglich, das erste Mal morgens um sechs. Er hielt
seinen rituellen Gesang in der Mundhöhle ab und weckte
mich danach, indem er das Radio in der Kantine laut laufen
ließ. Der Wettersender verbreitete morgens nur aufbauende
Meldungen, dazu lief erfreuliche Musik aus aller Welt, die
sogenannte *Melkmusik*, die in jedem Stall laufengelassen
wird, während die Melkmaschinen arbeiten. Sogar wenn
schlechtes Wetter angesagt war, hörte man auf diesem Ka-
nal bis morgens um sechs Uhr nichts davon. Baßstarke
Stimmen summten nur Motivierendes, schöne, ausgeschla-
fene Frauenstimmen empfingen die Frühaufsteher und alle
Bettflüchter warm. Quinter hatte sich in seiner Zeit als
Senn daran gewöhnt, früh aufzustehen, Sinn zu stiften.
Wenn ich verschlafen in die Kantine kam, war Quinter bereits höchst motiviert. Solange die wundersame Melkmusik
lief – die immer selbe delirisch drehende Handorgelmelo-
die –, saßen wir einfach am Tisch, hörten zu und tranken
sofortlöslichen Kaffee. Quinter fühlte sich so im weitesten
Sinne den Werktätigen verbunden. Um sechs, wenn Nach-
richten kamen, stellte er das Gerät wieder ab, und wir
begannen mit dem Heizen.

Westwinde brachten eine schummrige Wärme. Eine Nacht
lang heulten sie eilig über den Kalk. Am Morgen des

16. Dezember begann es unmäßig zu regnen. Teile des französischen Atlantik wurden über dem Tierfehd ausgegossen. Anfänglich trank sich der Pulverschnee satt, denn die Kälte zuvor hatte ihn ganz ausgetrocknet. Dann sank er um die Hälfte zusammen und wurde von der Nässe gebahnt. Auf dem Schnee entstanden Bäche, das Wasser wurde oberflächlich abgeführt und gelangte in den Keller. Die Mundhöhle stand bald unter Wasser. Wir mußten verschiedene Abflußlöcher in den Kalk treiben, um das Wasser wegzuleiten, es versank in den Schratten. Im Boden weitläufiges Geschluchze. In Quinten, Quarten und Terzen waren die Bäche mundvoll. Überall Fließgeräusche. Blubbern und Seufzen.

Quinter war ein begnadeter Quellenschmecker.
Er suchte einen neuen Ort für seine Gesänge und entdeckte im Heiltrakt hinter alten Mauern, die er aufschlug, bereits gefüllte Wannen und weitere ornamentierte Gänge, die in verschiedene Höhlen ausmündeten. Er ließ sich nicht davon abbringen, auch die vier älteren Wannen neu zu plätteln, die Gänge abzudichten, Licht einzuziehen. Je weiter Quinter vordrang, desto absonderlicher wurden seine Entdeckungen. Er blieb verschwiegen.
Pina und Quinter verstanden sich blind. Er war es, der das Hallenbad endlich einlaufen ließ. Im Stauraum neben Bellezzas Salon richtete er einen kleinen Kraftraum ein, den Bellezza betrieb. Quinter war reger Benutzer.

Mein Bädermuseum blieb eine Baustelle.
Die Führungen mußten verkürzt werden. Ich zeigte in der Kantine mehr Lichtbilder, vernachlässigte viele Einzelheiten, die ich auswendig hergesagt hatte, um ältere, befehlsgewohnte oder skeptisch gebliebene Ohren zu erobern, was der alte Vaser nun bemängelnd feststellte. Als meine Gruppen in den schön gestalteten Heiltrakt kamen, atmeten sie spürbar auf.

Endlich konnten wir Bäder anbieten, Sauna, Dampfbad und Sprudelbad waren ebenfalls in Betrieb.

Die Gäste erhielten weiße Leinengewänder und konnten sich im Heiltrakt frei bewegen. Die Plätze an den Kraftmaschinen waren begehrt. Bellezza animierte oder leistete Gesellschaft. Pina verrichtete ihre Arbeit mit Pflichtbewußtsein, ohne zu verwachsen, versuchte, ihre Umgebung so angenehm wie möglich zu gestalten, nicht nur für die Gäste, sondern in ihrem eigenen Interesse, da sie vorhatte, mehrere Wochen unter der Oberfläche zu verbringen. Wannenbäder ließ sie gerne auf Vorbestellung einlaufen, diese mußten aber fast eine Stunde lang unberührt voll stehen, damit die Temperatur sich senkte.

Bellezza hatte mein Fieber erkannt und half, die selbstheilenden Kräfte zu wecken. Sie schnitt mir eine neue Frisur.

Die Butterküche

In der Vorweihnachtszeit half die Musik geschlossen in der Küche aus. Der alte Vaser war der Überzeugung, daß Musikmachen mit Kochen verwandt sei. »Kochen ist besser als üben!« war seine Adventsbotschaft. Da ich vom Kochen wenig verstand, durfte ich am Rand mitarbeiten, schnetzeln und zuhören. Ich zerlegte Kopfsalate, wusch die Einzelblätter, schälte Kartoffeln. Gabriel saß neben mir und stellte Schlagrahm her. Das war seine Kunst, er ließ den Schwingbesen in den Becken vibrieren und übertraf an Geschwindigkeit jedes Gerät. Pina und Sereina standen tiefer im Geschehen, bereiteten die Beilagen. Die Wirtin kümmerte sich ums Fleisch, buk in zwei großen Öfen gleichzeitig und trank Weißwein. Es roch in der Küche immer nach Butter und Weißwein, also nach Wirtin. Große, goldene Zöpfe, Brote, Kuchen, Gratins und ganze Keulen zog sie aus ihren Öfen.

Die Küche war eine Heiterkeitszelle. Hier gab es anhaltendes Gelächter. Dazu das Geräusch des tanzenden Schwingbesens. Immer liefen Kassetten mit beschwingter Musik. Serviertöchter hatten sich unter der Haube der alten Ventilation eine Raucherecke eingerichtet und benützten sie rege. Die ineinandergreifenden Verrichtungen erzeugten den stetig treibenden Grundrhythmus im Haus. Munterkeiten, die wir vor Gästen auf der Bühne verstrahlten, waren ganz in der Küchenarbeit begründet. Unsere Musik war der Klang zu den Düften und rechnete mit gefüllten Bäuchen. Wir spielten appetitfördernd. Oder verdauungsanregend.

Die Wirtin beschäftigte nur Serviertöchter aus Ras, da dort eine hohe Kunst des Wirtens beherrscht wird. Raser Serviertöchter sind ausnehmend freundlich. Keine Anstrengung ist ihnen zuviel. Das kommt daher, da sich ganz Ras darauf eingestellt hat, von den Gästen zu leben. Die meisten Serviertöchter sind Wirtstöchter, werden später selber ein Gasthaus führen.

Zwei ältere Köchinnen aus Ras arbeiteten zeitweise mit. Sie beherrschten die alte Raschtaler Butterküche. Säuerliche Restbutter sotten sie in einer alten Pfanne pfundweise zu Bratbutter ein und füllten sie in Tontöpfe ab. In Butter brieten sie die Lebern der Aalquappen aus dem Walensee, die sie nur für erlesene Gäste zubereiteten. Das Rezept hätten sie um keinen Preis weitergezeigt, auch nicht unserer Wirtin.

Wenn Vaser in die Küche schaute, fragte er: »Wie kocht denn die Musik?« oder rief: »Butter unterziehen, immer schön unterziehen!« Sein Beitrag zur Nahrungskette war der hauseigene Essig, seine schwammgroße Essigmutter im Keller, die er mit Blauburgunder fütterte.

Jedes Essen verkaufte Vaser in der Trinkhalle als Räscher Spezialität. Es gab nichts Schöneres für Führende und

Fremdgeführte, als nach dem Besuch von Museum und Bädern einen Spezialitätenteller zu bestellen. Die Gäste verschlangen den Käse gierig, als fräßen sie reines Heil. Auch ich fand bei Urhunger den einheimischen Käse besonders schmackhaft.

Der schwere Bauch danach erzeugte das *Mittegefühl*, auf dem das Heilwesen aufbaut.

Terzen

Seit Pina mitmachte, klang alles nach Musik. Sie spielte mit der Bratsche zweite Geige in Terzen und Sexten, auch in freier Melodienwahl. Pina trug keine Hoftracht, sondern schlichtes akademisches Schwarz. Auf der Bühne kamen wir uns nahe. Die Abläufe in der Musik verlangten eine natürliche Nähe, zudem hielt ich mit dem Kurklavier ganz auf die Bratsche zu. Wir waren uns längst einig geworden, ohne daß es jemand bemerkt hätte. In den vorgezeichneten Abläufen fühlte ich mich sicher. Selbst wenn man sich vergriff, konnte man das Gesicht wahren (indem man so tat, als wäre nichts geschehen).

Unterirdisch, wo wir einander ungeschützt ausgesetzt waren, entstand Spannung und eine künstliche Distanz.

Die Musik trat nun selbstbewußter auf, nicht mehr verwackelt wie in den ersten Tagen. Gerede unterband Vaser mit ernsten Blicken. Unsere Auftritte erhielten Schliff, wir übten nur noch die Abläufe, das Einlaufen, die Haltungen, die Pausen. Bei Hochzeiten spielten wir den Bedürfnissen entsprechend zum Apero, dann Tafelmusik, schließlich zum Tanz. Für die Carbesucher konzertant. Der alte Vaser überließ dann nichts mehr dem Zufall. Nach dem Abendessen setzte er sich an einen der Tische, lenkte das Gespräch allgemein auf die Musik. Quinter, der bereits in der Nähe des neu eingerichteten Mischpults saß, begann in hoher Lage zu singen, Vaser war der erste, der mittrug, den Grundton legte. Ich tastete mich heran, zum Piano gesellte sich das Cello, wir blieben flächig, bis die Bratsche einsetzte und die Streicherstimmen verschweißte. Gabriels Baß brachte das Gefährt gemach ins Rollen, so daß der alte Vaser auf einen fahrenden Wagen aufspringen konnte. Er packte seine Geige und zog teuflisch drüber. Quinter dimmte die Saalbeleuchtung herunter und richtete einen Suchscheinwerfer auf Vasers Instrument. Die Saiten fieberten. Vaser phantasierte. Sein Bogen troff teilnehmend. Vasers erste Geige war zwar vibratostark und innig, mußte aber von Pinas Bratsche immer wieder unterfangen werden, damit er nicht vom Weg abkam. Ich verließ mich bei der Streichmusik ganz auf die Frauen, die fehlerfrei blieben, zierte klein und beiläufig.

Das edle Metall der Streichmusik war nicht Vasers eigentliches Element. Gerne griff er zur Handorgel, die nicht in eine Streichmusik gehörte, aber die meist volle Trinkhalle bis in die hintersten Reihen durchdrang. Der alte Vaser spielte mit saalganzer Resonanz. Wir arbeiteten auf sein Solo hin, modellierten einen Thron, den Hochsitz fürs Wirtepaar und traten ab. Derweil schob die Wirtin das Buffet mit den Nachspeisen aus der Küche in die Halle – Kuchenhäuser, Berge aus Karamel und Schlagrahm, die von Düften umbauscht waren und großes Staunen hervorriefen. Die Wirtin gab sich errötet und stieg zu Vaser auf die Bühne. Der dirigierte von der Bühne aus die Tischreihen ans Buffet. Während Schlangen entstanden, gaben die beiden drei Stücke aus ihrem früheren Unterhaltungsprogramm zum besten, deutsche und französische Lieder. Die Serviertöchter reichten Quittenschnäpse und Kaffee.

Wir spielten zuletzt in Vollbesetzung, so lange, bis die Gäste wieder in ihre Cars gerufen wurden, trieben das Schlußstück zu voller Glut, während sie die Trinkhalle applaudierend verließen, entfachten Feuer, als man draußen laufende Motoren hörte, spielten, bis von den Autobussen nur noch die Hinterlichter zu sehen waren. Im Wageninneren übernahmen die Chauffeure das Programm, ließen vergnügliche Musik oder kleine Filme laufen, zu denen ich Texte verfaßt hatte: »Die Musikalität der Menschen im Tierfehd ist einzigartig, immer verspüren sie Lust zu singen, zu musizieren, aus heiterem Himmel fangen sie an, und die schönsten, wunderlichsten und geheimnisvollsten Melodien quellen hervor. Wahre Quellen sind die Stimmen der Singenden.«

Die Musik half geschlossen beim Abräumen.
Gabriel und ich bildeten in der Küche eine kleine Abwaschstraße.
Vaser und die Wirtin gönnten sich eine Pause und taten sich am Nachtisch gütlich.

Die Kanonen

Vaser hatte allen Gästen weiße Weihnachten garantiert, deshalb ließ er, sobald Trockenheit und kältere Temperaturen angesagt waren, nachts die Hänge beschneien. Die ganze Umgebung des Quellenhofes war mit Kanonen bestückt, die verblüffende Flocken produzierten: perfekten, gut haltbaren Feinkristallzucker. Fast zwanzig Zentimeter Schnee lagen nach zwei Nächten gleichmäßig verteilt. Meine Einwände, daß dies unlautere Methoden seien, zerstreute er unangestrengt. Das ganze Heilwesen war, wie sich nun herausstellte, bewußt auf Zucker aufgebaut – und nicht etwa auf Salz, Sulfur und Alaun wie in Baden. Das Scheinheimische fand der alte Vaser sowieso lebenswerter als das verbockte rein Einheimische, fand auch, daß ich die mir zugewiesene Rolle etwas ernsthaft angegangen sei, oft verkrampft oder allzu beladen wirke. »Man darf das nicht so eng sehen, Selb«, sagte er, »man muß auch drin leben, in der Haut.«

Das Scheinheil, in dem er sich bewege, sei ein schützendes Fluidum, ein Polster, eine schlüpfrige zweite Haut, die ihm Bewegungsfreiheit gebe, Spielraum. »Ein bißchen Lockerheit wäre auch gemütlich.«

Am 23. Dezember füllte sich das Haus.

Mitglieder des Konsortiums mit Ehefrauen und Kindern, Verwandte und viele Heimweh-Raschtaler belegten alle Zimmer.

An Weihnachten pflegen die Raschtaler nach Hause zurückzukehren. Aus aller Welt strömen sie heim. Am 23. Dezember ist in allen Gasthäusern in Ras Beizenweihnacht. Man trifft sich in Klassen, in Vereinen, in Verbänden, formiert sich zu Chören. Wer einmal nicht heimkehrt, verliert den Anschluß. Drei Gottesdienste müssen angesetzt werden, sogar den Evangelischen wird abends in der Klosterkirche ein Gottesdienst eingeräumt. Kirchenhelfer stellen halbe Wälder ins Hauptschiff. Das größte Fest ist der Mitternachtsgottesdienst am 24. Dezember, bei dem kiloweise Weihrauch verbrannt wird.

Tieren

Da Weihnachten im Tierfehd keine übergeordnete Rolle spielt, konnten wir die Trinkhalle schon am Heiligabend in eine Werkstätte umbauen. Auf den Tischen lagen Kaninchenfelle, Tieraugen, Hörner, Geweihe etc. Unter Sereinas und Hannas Aufsicht nähten in den folgenden Tagen die Gäste Tierhäute. Der Phantasie waren keine Grenzen gesetzt. Manche hängten sich Gabeln und geschliffene Messer ans Gewand. Hauptsache, die Haut erzeugte Geräusche.

Vor dem Quellenhof baute ich derweil mit den Kindern Schneeskulpturen, die ebenfalls mit diesem Brauch verbunden waren. »Formt Tiere oder Eure Gefühle!«, gab ich vor.

Der Brauch des *Tierens* wird am 30. Dezember gepflegt und hat ganz eigenen Ursprung. Ruscelus, so die Legende, gelang es, mit Fratzen abzuschrecken, zu verhindern, daß Fremde sich ins Tierfeh vorwagten. Er zog Blutspuren, legte tote Sauen vor den Eingang der Rasener Schlucht. Bald führte er dort Weesen vor, die Tierschädel auf den Hälsen trugen, anstelle der Haare Felle verschwundener Hunde. Bis ins 15. Jahrhundert wurde in Ras vor dem Eingang der Schlucht nachweislich getiert. Aus jener Zeit stammen Zeichnungen und Beschreibungen, die in der Klosterbibliothek unter Glas liegen. Abgebildet sind große Blasinstrumente, Hörner, mit denen furchterregende Töne erzeugt werden können. Schöne, helle Tiere entschlüpfen ebenfalls den Öffnungen der baumlangen Instrumente. Sie bilden eine Leiter, die zum Himmel führt. Gegengleich sind die dicken Untiere zu sehen, die diesen Hörnern entwachsen. Der Weg in die Unterwelt ist steil abgetreppt. Größer, dunkler und unheimlicher werden die Tiere, je tiefer sie liegen.
Auf einigen Abbildungen sieht man zwischen den leisen und den lauten Tieren sogenannte Zwitterlinge, die leiselauten, sie haben menschliches Antlitz. *Persona* steht darunter.

Wiederbelebt wurde das Tieren in den zwanziger Jahren dieses Jahrhunderts von Stadtzürchern, Stadtbaslern, Stadtsanktgallern. Verfechter der sozialen Hygiene waren die ersten, die nur befellt in der Tierwies herumlungerten. Freigeister und Vegetarier trugen Kostüme aus Naturfasern oder schmückten sich einfach mit Heu oder Ästen.

Gabriels Verlobung mit Hanna Seeger wurde am Abend des 30. Dezember beim Festessen in der Trinkhalle verkündet.

Die Wirtin wollte Großmutter werden. Der alte Vaser erhob allgemeine Sprungsprüche für die kommende Nacht, auf die Gabriel gereizt reagierte, während alle anderen lachten. Vor Mitternacht stieg man gesättigt in die Kostüme. Es mußten alle mitmachen, da im Lärm niemand schlafen konnte.

In die Tierhäute kann man sich nur über Beziehungen einmieten. Der magere Mauch hatte verschiedene Geschäftsfreunde aus anderen Kantonen, teils aus anderen Ländern mitgebracht, denen er einheimisches Brauchtum vorführen wollte: Sich selber zeigend in der Tierhaut. Seine Gäste belegten den ganzen Westflügel des Quellenhofes, vorne beim Parkplatz, wo die Siebentiere aus der Schlucht auftauchten, hatte er die besten Tribünenplätze weit im voraus reservieren lassen.

Alle Raschtaler, die in fernen Ländern und Städten des Mittellandes zu Geld gekommen sind, bestellen zu diesem Anlaß ihre Kunden nach Ras. Viele reich gewordene, in der Fremde wohnende Einheimische schämen sich, mit ihren großen Wagen vorzufahren, mieten sich Kleinwagen mit einheimischen Kennzeichen, in denen sie selber fahren, während sie ihre Gäste groß kutschieren lassen. Im Land der Wirte gilt jener viel, der fette Gäste bringt.

Man gibt sich weltgewandt, jedoch gleichgeblieben. Nie hört man klarer gesprochenes Räss als beim Tieren. Sprachkundler benutzen diese Zeit auf den Tribünen und in den Wirtschaften, um mit Aufnahmegeräten herumzustöbern.

Ich lief in einer Mischgruppe mit Männchen und Weibchen. Wir erzeugten anfänglich kolossalen Lärm. Mit Hupen. Fräsen. Möglichst laut. Man versuchte, sich gegenseitig tönend aufzuwühlen. Dann wieder phantastische Stille, in der man jedes Wässerchen plätschern, alle Schritte knirschen hörte. Durch Lärm, so die Legende, werden die echten Tiere angelockt, in der Stille gesellig gemacht.

Morgens um vier liefen wir durch den Molassetunnel, zeigten uns wild lebend auf dem Parkplatz in Ras. Dort gab es ein Pauken, Rasseln, Scheppern und Schreien, möglichst ungestalt. Ganz Ras wurde auf Trab gebracht.

Einheimische, die Geld verdienen wollten, boten Späherdienste an. Ihnen folgten Kameraleute. Die machten dann Jagd auf Tiere, wobei sie nicht selten gut eingepackte Zuschauer für Tiere hielten, während Schaulustige die jagenden Kameraleute ablichteten, da sie in ihrer Hast bedrohten Tieren glichen. Beim Eindunkeln spielte die Dorfmusik Ras den Aufräumer, eine Schlußmusik, die alle Tiere verscheuchte. Wir zogen uns in die Häuser zurück, um weiterzutanzen.

Mauchs versuchte Geistheilung in der Palme

Der schlaue Mauch hatte sich abends durchgefragt. Er wollte seinen Gästen beweisen, daß er tief ortskundig war. Ich hätte die Palme nicht erwähnen dürfen. Dort fanden nämlich die wildesten Tänze statt. Alle tanzten mit allen, wobei man allmählich Häute fallen ließ. Hitze, roter Dampf und allerlauteste Musik.

Da man nicht reden konnte, mußte man tanzen. Gabriel tanzte mit Pina. Ich tanzte mit Hanna Seeger den Verlobungstanz, den sie mit allen zu tanzen hatte, dann mit Sereina den Salpetertanz, um Pina über Umwege zu bewerben. Pina tanzte den Trotztanz mit Quinter. Im Laufe der Nacht wurde sie von verschiedenen Böcken beschnuppert.

Der schlaue und der magere Mauch tauchten in teuren Tierhäuten auf, die sie gar nicht mehr abstreifen wollten. Der dicke Mauch nippte an einem Saft, der ihm gereicht wurde. »Die weltberühmte molassische Molke!«, rief er groß aus. Sie enthielt verschiedene Zusätze auf mehrheitlich pflanzlicher Basis. Er aß und verteilte Gebäck und tanzte bald gepackt. Seine Gäste tanzten pro forma oder angestrengt heiter, um keine ortskundigen Gastgeber zu verletzen. Der magere Mauch blieb nicht lange, schüttelte nur den Kopf und zog sich mit einer erlesenen Schar in ruhigere Gefilde zurück. Welch siedenden Salpetertanz der dicke Mauch an den Tag legte! Er tanzte den Molch, den Mops, das Hängebauchschwein, dann die Heilwasserratte zu betörend baßstarker repetitiver Musik, tanzte wilder als alle jungen Raschtaler Hirsche, aufgescheuchter als die Gemsen. Obwohl er stark schwitzte, wollte er seine Haut nicht ausziehen, begann aufzumuntern oder herumzubefehlen, was der befehlslastigen Musik entsprach. »Tanzt! Tanzt auch!«, befahl er seinen Gästen, »Marsch, Marsch!«, was ihnen aber nicht gelingen wollte, da sie keine Tierhäute, sondern feine Stöffchen trugen. Sie tanzten steif, ordneten sich Mauchs raumgreifenden Anweisungen unter. Der wurde ein grobes Befehlstier, seine Gäste, die ebenfalls von der Molke getrunken hatten, verwandelten sich später in ernsthafte Jäger. Fernab ihrer wohlproportionierten Familien verloren sie sich im roten Plüsch. Sie pirschten sich an einheimisches Wild heran, wobei sie das spielerische Tieren eindeutig übertrieben. Sie konnten die Freizügigkeiten der tanzenden Jungtiere nicht richtig interpretieren, schienen Käuflichkeiten darin zu erkennen. Für sie waren es Verhältnisse von Angebot und Nachfrage.

Mauchs hohe Gäste trugen bald ihre Köpfe zwischen den Beinen, und die Arschbacken auf dem Hals. Die harte Musik verspritzte Lendengifte. Einige wollten offensichtlich Geilheilung erfahren, gerieten leider unter eine Stanzmaschine. Mauch selber verlor die Fassung und angeblich vor seinen Gästen sein Gesicht. Der alte Vaser mußte herbeigerufen werden, da er immer ruhiges Blut bewahrte. Er ließ die Musik leiser stellen, guckte in den Saftkrug, probierte mit dem Finger – denn der echte Wirt kennt jedes noch so trübe, noch so scharfe Wässerchen – und schüttelte den

Kopf. Ich half ihm, den hopsenden Mauch aus der Palme zu führen, durch den Zwischengang in den Ruhebereich im Heiltrakt. Die Bässe wurden dort geschmälert und ließen endlich von ihm ab.

Pina und ich kümmerten uns um ihn im Ruheraum. Ich schloß alle Türen. Sie ließ schöne Musik laufen, ließ Mauch gleichförmig berieseln, während der alte, in sieben Suppen ausgekochte Vaser Mauchs Gäste evakuierte. Männer waren an Pfeiler gerankt, klebrige Pflanzen geworden, lagen mit einheimischen Orchideen und fleischfressenden Tulpen im Plüsch und zahlten, was gewünscht wurde, auf Kredit.

Mauch zappelte, geiferte und redete einige Stunden lang in verschiedenen Dialekten. Das dicke Tier war froh, reines Zürichdeutsch aus Pinas Mund zu hören. Das beruhigte ihn, wenn ich aber wie gewohnt Räss mit ihm sprach, schoß er auf und versuchte nachzuahmen. Ich habe ihm den gelben Giftzahn nicht gezogen, er hat ihn ausgespuckt. Wahr ist, daß seine Schreigesänge im Ruheraum die echten Quellentiere angelockt haben. Er sah sich, seinen Verlautbarungen zufolge, von Tieren umstellt. Wir ließen ihn austoben.

Pina zeigte mir Handgriffe. Wenn ich ihr helfen wollte, stellte ich mich besonders ungeschickt an. Ich half übertrieben, war höchst verhaltensauffällig. Immer im Weg. Pina stellte verwundert fest, daß ich von Körpern gar nichts verstand, gar keine Heilmethoden kannte, nur redend Bescheid wußte. Wir sind uns bei der Betreuung des Rauschpatienten zum ersten Mal wirklich nahegekommen.
Die selbstheilenden Kräfte, die Pinas Musik in ihm weckte, flossen auf uns über.

kandiert der Kunstschnee. Die verhängnisvollen Küsse erfolgen. Rochaden. Gefühlshaushalte geraten durcheinander. Die Heilfestspiele werden umgeplant. Aufbau des warmen Nebelmeeres. Erwachte Raschquelle. Das Heilwesen ist im Speichel. Erhöhte Bereitschaft, sich zu verlieben

Die singende Säge

Nach Silvester waren alle ausgebrannt.
Die Gäste reisten ab, ohne sich zu verabschieden. Verlorene Gesichter klebten in der Palme an den Wänden. Sie wurde auf Anweisung der Gebrüder Mauch polizeilich geräumt. Jetzt hatte ich Ruhe und konnte Pina besser hören. Vor dem Quellenhof standen die Schneekunstwerke, man sah zwei Kirchtürme, fließende Körper, fliehende Tiere, Burgen mit Zinnen. Verschiedene Tierhäute lagen im Schnee.
Gabriel reiste wieder ab, um weiterzustudieren, obwohl der alte Vaser immer sagte: »Wirt kann man nicht studieren, Wirt ist man oder wird es nie.«

Ich hatte mich überreden lassen, drei Rasche Lieder neu zu bearbeiten und auf der Bühne vorzutragen. So begann ich, wieder Maultrommel zu üben. Anfänglich fühlte ich mich hinuntergezogen in die Werkstätten der Unterweltschmiede. Beschwert, verkettet.
Die blauende Zunge aber wies in den höchsten Himmel.
Die Maultrommel heißt in Quelsch übrigens *Salbaderzunge*.
Alle Borduntoninstrumente sind geeignet, in Quellnähe gespielt zu werden.
Für Pina war die Salbaderzunge, auch wenn sie Silber spuckte, zu unberechenbar. Mein Spiel verantwortungslos.

Die genauen Kalkulationen der Obertöne, eine Wirkungs-
rechnung ist erst nach jahrelanger Praxis möglich.
Die Maultrommel trennt und verbindet.
Wenn ich bindend spielen wollte, trennte ich, wenn ich tren-
nend spielen wollte, entstanden Reißverschlüsse. Die
Maultrommel verschweißt gegensätzliche Elemente wie
Luft und Erde. Schlecht gespielt, lagert sie falsche Befehle
im Körperinneren ab. Stimmig gespielt, zertrümmert sie
Nierensteine, vertreibt Kopfweh flugs.
Unsauber gespielt, verengt sie den Horizont.
Klar gespielt, erweitert sie den Wetterrand.

Immerhin konnte ich Pina dazu überreden, bei mir zu üben.
Sie kam mit ihrer Bratsche ins Heizhaus. Ich hatte schön
aufgeräumt, Staub gewedelt, die Kleider im Quellenhof waschen und bügeln lassen. Meine Wohnung blieb eine Baustelle.
Das elektronische Klavier stand auf dem Küchentisch. Ich
offerierte sofortlöslichen Kaffee. Am ersten Abend spielten
wir keinen Ton. Am zweiten Abend spielten wir unisono.
Dann wurden Kindheiten ausgetauscht.

a) Wie küßt ein Maultrommler?
Bläulich.
Ich wollte in der Küche küssen, war ein untauglicher Ver-
führer.
Also zeigte ich ihr die Höhle und erzählte von den Quellenkelten. Das interessierte Pina beiläufig. Ich versteifte
mich ins Halbwissen. Es versperrte den direkten Weg zwischen Pina und mir. Ohne fremde Hilfe hätte ich sie nie
geküßt.
Quinter und Bellezza hatten alles in die Wege geleitet. Als
wir in den Zwischengang kamen, waren dort Duftstäbchen
verbrannt und fein zerfächelt worden. Schöne Musik lief.
Nachdem sich die Augen gefunden hatten, brauchte es viel
Reden über die Heilkunst beiderseits. Der erste Kuß kam

aus dem Schweigen, das entstand, als ich mich unausweich-
lich zwischen Pina und mich selber manövriert hatte. Die
Finger trommelten Unterhaltungsmusik auf der Innenseite
ihres Armes. Pina durchschaute mein vorgespiegeltes Interesse für ihre Massagen und Wässerchen, durchküßte meinen Starrsinn. Das ganze Reden versickerte schnell, durch
eine der freigelegten Mündungen in den Wannenbädern
wahrscheinlich. Die Zurückhaltung, mit der Pina sonst im
Warmbereich operierte, fiel. Es war alles geheizt. Die Süß-
wasserqualle zappelte, als sich die Speichel vermischten. Im
Speichel, der getauscht wurde, war alles enthalten, die letzten Tage, die letzten Jahre. Der Schlag, die Beweglichkeit
der Zunge sagt dem Maultrommler alles. Sobald ich alles
von Pina wußte, wurde ich neugierig auf mehr. Weitere
Rätsel lagen unter meiner Zunge.
Quinter und Bellezza beobachteten geheim die Früchte
ihres Liebeszaubers.

b) Wie umarmt eine Bratschistin?
Fidel.
Wir spielten uns fröhlich in der Küche. Ich war Quirl oder
Oszillator. Versuchte wieder und wieder, die Maultrommel
ins Spiel zu bringen, aber Pina wähnte die Bratsche verletzt
von den sägenden Kettengliedern. Ich hätte ihre Bratsche
gerne versilbert. Pina hatte ätherische Öle mitgebracht. Ich
redete über Hautpflege, obwohl ich meine Haut noch nie
gepflegt hatte. Eine andere Zeitrechnung begann. Die Spannung wurde über die Lippen nur größer, das Küssen entlud
sie nicht. Zwischen Pina und mir waren verschiedene Töne.
Eigentlich eine ernste Musik. Je näher wir uns standen,
desto lauter hörten wir sie. Der Küsse geschahen innerlich
lärmend. Äußerlich still. Dann lag Ohr auf Ohr. Meine
Finger sahen auch im Dunklen. Als unsere Häute getauscht
waren, beruhigten sich die Lippen. Wir träumten von einem
großen gemeinsamen Bett. Zusammen hatten wir ein Dop-
pelbett mit Zwischenraum. Durch den Gang konnten wir

Austausch pflegen, Nachtwanderungen unternehmen. Pina wohnte in einem dunklen Bedienstetenzimmer mit Blick auf die Hinterseite des Quellenhofs.

c) Wie hatte es Pina fertiggebracht, den Maultrommler zu küssen, ohne die Säure, die unter der Zunge versammelt war, zu trinken?
Sie verdünnte küssend und veränderte meine Körperchemie. Es entstanden neue Mischungen im Magen. Solen und verborgene Steinsalzlager wurden ausgespült, damit das Zungengift verdünnt.

d) Grundsätzlich: wie küßt ein Abstinenzler?
Mit Zucker.
Fordernd, dann klebrig.
Endlich wattig.
Der Abstinenzler, der sich den Kuß immer nur vorgestellt hat, küßt maßlos, da die ganze gestaute Kußkraft nach vorne drängt.
Ich küßte mit kalter Zunge, mit meiner Gletscherzunge, wie Pina es nannte. Sie hatte durch das viele Maultrommelspielen metallischen Schnitt angenommen. Pinas Zunge strich die Klinge entlang, unterregnete sie. Zuckertürme wuchsen mir aus dem Mund. Sie küßte mir Wolken drauf. Daraus fiel saurer Regen, der die Zuckerwolkenkratzer schmelzen ließ. Ein Tröpfchen reichte.

e) Weshalb entstand Klebstoff?
Meine Küsse fielen als Zuckerwürfel durch ihren Hals in die tiefen Salzteiche, da entstand etwas Bittersüßes, Bindendes. Ich legte eine Spur Kristalle auf die Haut. Pina schwitzte echte Perlen. In der Träne, die in ihrem Augenwinkel entstand, war die ganze Landschaft eingerollt, das Weihnachtssüß im hinteren Tierfehd, die frisch gestrichene Fassade, das reine Hell der Gipfel. Ich trank diese Träne auf, somit die Landschaft.

Der Tränenpunkt, die kleine salzige Mitteilung ließ mich ihren Bauchgrund spüren.

f) Wie kam ich dazu, selber Zucker zu verwatten? Es waren Zärtlichkeiten, feinste fließende Bewegungen, die alles aus der Fassung brachten. Der wild drehende Tanz im Heiltrakt verschleuderte meinen Halszucker zu Watte.

g) Basalte:
Am 14. Januar 1996, dem Tag, an dem die Sonne ins Tierfehd zurückfand, verfolgte ich die erste Qualmbildung in der Raschschlucht. In den Wannen glubschende Wölbungen, auftauchende Heilwasseraugen. Dampfbärte wuchsen aus den Höhlen. Da beschloß ich, mich nicht mehr zu rasieren. Weiter war etwas Eigenartiges zu beobachten: der Kunstschnee aus Süßwasser, der gefrorener Milch glich, kandierte. Stellen, die mit Wasser aus dem Seequellsee beschneit worden waren, etwa vor dem Quellenhof, liefen gelblich an, blümten aus. Die Schneeskulpturen wurden schwarz. Kröse Reste des gestreuten Salzes lagen an den Straßenrändern. Viele Schneehaufen waren häßlich geschwärzt, glichen Basalten. Abends spielte ich in der leeren Trinkhalle den Bentley beflügelt, versuchte Pina mit meinem Spiel zu erreichen, ihr Schlafzimmer zu untermalen, spielte also weich fließend, flirrend und voller Liebreiz das immerselbe Lied, sang mit ganzer, wiedererweckter Stimme. Füllte die Trinkhalle mit warmem Wasser. Verliebte verbreiten untrüglich Heiterkeit, stecken andere an mit ihrer Liebesbereitschaft. Heiterkeit zersetzte alle Härten. Eine allgemeine Bereitschaft, sich zu verlieben, wurde geweckt. Quinter spielte mit Gabriels Baßgeigenbogen eines Abends die singende Säge, einen alten Fuchsschwanz, und durchwimmerte alle Stockwerke. Hanna, die unter Gabriels Hörigkeiten litt, dürstete nach echter Ver-

liebtheit. Die Frischverlobte stand abends öfter bei uns, duschte im Gefühl meiner Verliebtheit.

Gabriel hatte das Sagen und Quinter das Singen. Also verliebte sich Hanna in Quinter. Gabriel Vaser war nämlich ein schlechter Liebhaber, er erwartete, daß sich seine Verlobte in den Familienbetrieb einpaßte. Hanna Seeger gehorchte höheren Gesetzen und schlief eine Nacht lang beim Sänger. Bellezza hatte gegen allgemeine Liebesmehrung nichts einzuwenden.

h) Das größte Spiegelei der Welt:

Kurators Pflicht war es nun, die gegensätzlichen Kräfte zu binden. Ich nahm an jeder Sitzung teil, legte übertriebenen Eifer an den Tag. Ich habe kein Gift gespritzt, sondern immer beschwichtigt, vermittelt, mitgesungen.

Die Ereignisse der Silvesternacht führten dazu, daß das geplante Einweihungsfest nicht im Quellenhof stattfinden sollte. Wir stimmten alle zu, als beschlossen wurde, die Festlichkeiten kurzerhand nach Ras zu verlegen, zu Raschtaler Heilfestspielen auswachsen zu lassen, den Quellenhof nur Eingeweihten zu öffnen, unseren engsten Mitarbeitern. Im Haus blieb es daher ruhig, und die nötigen Ausbauarbeiten konnten weitergeführt werden. Mein Vorschlag, vor der Schlucht eine Leinwand aufzuspannen, auf die sich Bilder projizieren ließen, fand Anklang. Der alte Vaser stützte meine Vorstöße. Es komme nicht darauf an, wer im Quellenhof sei. Hauptsache, er sei voll. Schlimmer sei ein halb leerer Gastbetrieb. Wo gewirtet werde, habe man es immer mit allen Leuten zu tun.

Unsere Musik spielte nun nicht mehr, weil alle mit Vorbereitungen beschäftigt waren.

Ein gelungenes Volksfest im Raschtal muß zwingend eine Gewerbeschau sein. Nur Ras vermag solcherlei umzusetzen und zu verdauen, da dort alles in Geschäftigkeit umgesetzt wird. Jedes Geräusch wird in Ras zum Geschäft.

Mauch und Ramsauer hatten erwirkt, daß die Wiedereröffnung des Bäderbezirks auch im Fernsehen gezeigt würde. Ich erteilte deshalb auch Ramsauer Sprachunterricht in Räss.

Die Gebrüder Mauch ließen anstelle der Palme ein Kasino mit Schaubrauerei einbauen. Dort wurde bei einer Pressekonferenz die erlesene Schar von Interessenten empfangen. Mauch und Vaser stritten sich freundschaftlich um die Gastgeberschaft, dann war es der dicke Mauch, der plötzlich die hervorragende, auf den Puls getroffene, freche und lustige Gastgeberrede schwang, die auf eine starke Pointe endete. Ramsauer ließ vor laufender Kamera in einer riesigen Bratpfanne das größte Spiegelei der Welt zubereiten. Dafür brauchte er tausend Eier. Die Musik half mit, Eier zu zerschlagen, Eiweiß und Eigelb zu trennen. Das Gelb erhitzte er in einer Rundform, das Weiß goß er weihevoll darum herum. Wir aßen alle davon.

i) In historischen Gewändern:
Mauchs Vereinigung leistete Fronarbeit. Ich regte an, in historischen Gewändern als Bildvorlage mitzutun, erbot mich, für Mauchs Leute in der Trinkhalle Stimmbildung zu betreiben. Ärger und Nöte, Ängste und Sorgen sollten verstimmlicht werden. Erstaunlich war es, mitzuverfolgen, wie aus stimmschwachen Menschen überzeugte Sänger wurden. Wir übten auch Lieder von Kaspar Maria ein.
Pina verstand es nicht, wie ich mit Menschen zusammenarbeiten konnte, die häßliche Stimmen besaßen. Sie war abgestoßen von Mauchs sogenannten Bekannten wegen ihrer schlechten Ausdünstungen. Pina weigerte sich, stimmferne Körper zu pflegen. Sie spannte sie in Kraftmaschinen ein. Ich aber hatte eine Schwäche für fehlerhafte, beschädigte Stimmen, in denen die Abgründe hörbar waren. War selber Fehlerquelle geworden.

j) Versuchte Irreführungen:
Ich schlug Schaum vor laufender Kamera, bewarb mein

sterbendes Museum gründlich. Ich übertrieb maßlos, produzierte Seifen, Salben. Der Kameramann folgte mir aufmerksam und zeigte sich begeistert von meiner Übertreibungskunst. Je offensichtlicher ich abschweifte, um so deutlicher befeuerte er mich. Einige Stellen der Höhle hatte ich geschmückt und mit Quinter neu ausgeleuchtet, dabei die Lichtanlage der Palme verwendet.

Wir klebten Spaghetti auf, besprühten sie, damit es ordentlich tropfte.

Quinter trommelte höllisch Maul, fand jedoch bei den Kameraleuten wenig Anklang, während Gabriels Kunstjodel als Naturjodel Verwertung fand, obwohl er schlecht bei Stimme war.

Quinter und ich spielten in der Mundhöhle private Maultrommelduette. Er veränderte alle Vorzeichen: minus mal minus ergab plus. Die Maultrommel entzog der Luft die Befehle, leitete sie ab. Wenn Quinter spielte, zupfte er silberne Saiten aus seinem Mund, schien in Fäden zu reden. Wir erfanden neue Legierungen, andere Elemente. Ich konjugierte *Selb. Silber. Salbader.* Hüpfte obendurch. Tauchte unter, schwamm obenauf, spielte heimlich den *Pinawalzer*, den *Pinafloh*, die *Pinagrille*.

k) Tänze junger Brauer:
Vorgesehen war ein Salbadertanz vor laufender Kamera mit Sereina und mir.

Sie hatte in mir längst den Wirt entdeckt, obwohl ich höchstens zum Salbader taugte. Wenn sich zwei Abstinenzler paaren, so Pinas Überzeugung, entsteht die totale Absenz. Es gelang mir, diesen Tanz einem der einheimischen Jungbrauer zuzuschieben. Ich veranstaltete einen kleinen Wettbewerb, ließ hoffnungsvolle Jungbrauer vortanzen, wählte nicht den besten oder feurigsten Tänzer, sondern jenen, der Sereina den erforderlichen Zucker gab. Er hieß Korn. Ich spielte dabei den Patienten. Ließ mich rasieren, einreiben, begutachten.

erklärt die wundersame Verquirlung der jüngsten Gegenwart in tiefe Vergangenheit. Silbers Abschied ohne Gesichtsverlust. Baden befindet sich auf dem Grund des Kältesees. Die Raschwasser erreichen den Kurplatz.

Inversionen

Pina reiste am Morgen des 21. Januars wieder ab und nahm unsere gemeinsame Gegenwart im Bratschenkoffer mit. Sie hatte alle Zärtlichkeiten zwischen die Saiten geflochten, meine Hoffnungen weich gebettet. Wir hatten uns Versprechungen gemacht. Ich fühlte mich verpflichtet, meine Arbeit als Kurator zu Ende zu führen, ersetzte Pinas Anwesenheit durch die Nähe zum Gesellschaftskörper.
Gerne hätte ich das Geschehen im Tierfehd gefaßt – in Sülze gegossen, in Harz eingelegt und zu Bernstein gepreßt, so das eben entstandene historische Präsens in ganzer Vielfalt konserviert. Tiefgefroren im ewigen Januar wäre es für spätere Kuratoren eine primäre Quelle geworden. Der ganze Quellenhof als begehbare Eisburg, die Menschen bei ihren täglichen Verrichtungen präsentiert, das eben Gesagte wäre in Sprechblasen gefangen, drin alle Gedanken und Absichten jener Zeit. Gegensätze, die gesellig wurden, hätte man auseinanderhalten, Spannungsfelder messen, später alles wieder auftauen können.
Meine Vorstellungen wurden von den laufenden Ereignissen überholt: Schon drängte eine pulsierende Wärme aus den Höhlen. Ich maß leise Erschütterungen im Boden.

Wer hätte geglaubt, daß das weltbekannte Nebelmeer, das winterlich das ganze Mittelland überzieht, im hintersten Tierfehd geboren würde?

Warmer Qualm besetzte den Zwischengang, das ganze Kellergeschoß. Im Heizhaus fühlte ich mich wie in einem Treibhaus. Qualm stieg in die Butterküche, vermischte sich mit den Dämpfen und Dünsten und erreichte die Trinkhalle. Der Lüster troff. Kleinere Beben brachten ihn wieder und wieder zum Klimpern. Der Druck stieg allgemein. Die Wärme fand zwar hinter die Gesichter, hinter die Fassaden, löste die Häute jedoch nicht ab, sondern zwang sie zusammen, verklebte Leer- oder Zwischenräume.

In der Trinkhalle wurden die neuen Arbeiter für die Heilfestspiele verköstigt – Betriebswirte, junge Ärzte, Kameraleute, Jugendliche und Leute in historischen Gewändern. Obwohl unterschiedliche Gesinnungen im Raum waren, entstand große Gelassenheit. Die neuen Bäder waren toll belegt, Quinter und Bellezza hatten Freunde gefunden und lebten ihre Liebe öffentlich. Sereina Vaser und ihr neuer Brauer küßten in der Trinkhalle zur Befriedigung aller. Die meisten schwitzten bei Arbeit oder Vergnügen und bemerkten nicht, daß für Januar ungewohnt hohe Temperaturen herrschten. Wacher Qualm entwuchs dem Seequellsee, sammelte sich bodennah, legte einen lebendigen Teppich, der rasche Entscheidungen begünstigte. Willkommene Gelegenheit für die Quellentiere, die nachts aus den Höhlen kamen, sich mit Dampf tarnten, so unter die Leute mischten. Sie konnten sich endlich vermehren.

Quallen trieben auf dem Wasser durch die Rasener Schlucht, erschienen getruppt beim Parkplatz, dort war ein hektisches Treiben: Die Leinwand wurde aufgespannt. Große Zelte lagen bereit. Der Heildruck füllte sie prall. Weiße Quallen strichen fadenreich über die Moore und Moorbäder, dann auf die Sanktgallerstraße, über Sandsteinfassaden zum Klosterhof und um die Beine der vielen Gäste. Qualm floß auf der Wasseroberfläche der schlanken Rasch in die Gärten des Klosters und auf der ganzen Breite noch warm über die Kante, entglitt als Teppich, hätte das Städtchen Ras mit sich genommen, setzte ins Leere über. Es entstanden Qualmgondeln, Nachen und Jachten, bleiche Segel, sie verquirlten flugs, bevor sie in Neugrund teller-groß geflockt und vergangen aufsetzten.

Im Schatten.

Die Glaspaläste erhielten Wattehüte aufgesetzt.

Quallen sogen Farbe aus der bunten Molasse, bevor sie entschwebten, ließen sich in den Strahlen der flachen Januarsonne ein letztes Mal feiern, drehten sich auf den Rücken und landeten erloschen auf Glas.

Erst füllte sich der Bleiken mit jüngster Vergangenheit auf. Dann erhielt ganz Neugrund den ersehnten Flausch, ein bißchen Patina. Flocke um Flocke legte sich aufs freigeschmolzene Grün des unteren Raschtals, nackte Bäume erhielten weiße Blätter. In Brunnadern, in Nesen, Ried fraßen sich die Grillen an den vorbeiziehenden Vergangenheiten satt. Im Tosener Eck staute sich die Masse und wurde zusammen mit dem schneller fließenden Raschwasser eingedickt. Es entstanden Strudel, wie man sie sieht, wenn man kalte Milch mit kaltem Kaffee verrührt.

.

Übersicht

Da es mir nicht gelingen wollte, die ganze Gegenwart zu fassen, suchte ich das Weite. Ich fuhr in der Tierwies Ski. Morgens auf den nachtkalten, harten Eisflächen, nachts auf den beleuchteten Pisten. Schattenhalb hielt sich der Kunstschnee gut, sonnenhalb waren die beschneiten Hänge offen zu Fließflächen gebahnt, grün gescheckt. Die hellenischen Alpen erstrahlten im echten Dezemberschnee, standen über dem Dampf, glitzerten mittags lichtdick.

Deutlich war von oben zu erkennen, daß es unten brodelte. Stoßweise drängte Heilkraft aus den Höhlen.

Ein neuer Schlepplift führte vom Selbsanft auf den Rücken des ersten Heiligen. Von der Bergstation aus genoß man treffliche Weitsicht über das Weesener Eck. Bei Kaltbrunn strömte eine bereits erkaltete Brühe aus der Raschschlucht. Sie bedeckte schnell die ganze Ebene, machte Verlandung rückgängig und ergoß sich in den Obersee. Der Vogel Gaster regte sich, schlug mit den Flügeln so, daß seine innermolassische Brut freigegeben wurde. Im Dunst trieben riesige Eierschalen.

Ich glaubte abends Messingfäden zu erkennen, flimmernde Saiten, die in den fünf Heiligen verankert und bis zu den Lägern, also von Kalk zu Kalk über den ganzen Molassetrog gespannt waren. Freudentöne in der Luft. Untergehend goß die Sonne ihr Dottergelb bei Baden in diese Saiten, Glanz und Schmiere eilten nach Osten. Verschneite Spitzen der Berge, die aus dem Nebelmeer ragten, wurden vergoldet. Regenbögen legten sich quer. Während es im Tierfehd nachts finster wurde, schwarzer Qualm geräuschlos sprudelte, wurde das mittelländische Meer von den Lichtern irrwitzig aufgehellt.

Frühere Quellwirte, die in den Sternen wohnen, hatten Kaltblüter geschirrt und durch den Aargauer Himmel geritten, die Großwetterlage bis in den siebten Himmel hochgezogen, geflügelte Bären und Ochsen vorgespannt, Verunreinigungen abgerecht, über Baden ausgeschüttet, um den Nebel zu ködern. Anfänglich hatte er sich von Schwächen und Schwächlichkeiten genährt, Husten getrunken, sich nur vage gebunden, gemächlich limmatab gewälzt. Bald wurde er eine helle, gehirnähnliche Masse, die sich Nacht für Nacht zum Kältesee glättete, der auf gut achthundert Metern seinen klaren Spiegel fand und das ganze Mittelland bedeckte.
Verschleppte Brandung an den Kalknacken des Jura.
An der Oberfläche bald bräunlich verfärbt, wurde er Ge-

därm, das Ideen kaute und verdaute, sich mit Schadstoffen anreicherte, was meinen Zwecken diente.

Über dem Limmattal wurde er von den elektrischen Lichtern punktiert und beulig gefalbt. Ein fluoreszierender Sumpf – Leuchtlinien von Natriumniederdampflampen. Die Elektrizität aus den öffentlichen Anlagen sammelte sich mitternächtlich zu großen Phosphorbauscheln, die stiegen auf, beschienen das keimfreie Hoch darüber als Billigsonnen, um wieder zu zerzischen.

Während ich diese Schauspiele verfolgte, wurde mir klar, daß die Unterrasch erwacht war. Sie sang sich durch den Muschelkalk in den Untersee. Nun hatte ich mich zu beeilen, wenn ich vor den heißen Wassern in Baden sein wollte, um meinen ersten eigenen Sprudel zu fassen.

Thermopolis

Balz Reichle war geheilt. Er hatte im Reigen der Gleisharfe sein Gehör und sein Gemüt wiedergefunden. Da er jetzt Geld brauchte, war er bereit, in meine Haut zu schlüpfen. Reichle war mager, ich aber ziemlich dick geworden. Die Hoftracht war mir bereits zu eng, ihm paßte sie wie angegossen.
Ich zog mich aus der Affäre, ohne das Gesicht zu verlieren, erklärte der Wirtin und dem alten Vaser, daß ich nur ein Wegbereiter, ein Zwischenmieter, niemals ein wirklich zu Ende wirtender Wirt bin, wofür sie Verständnis aufbrachten. Ich ließ meine Kleider ein letztes Mal waschen und bügeln, um in Baden bei Wäsche zu sein. Quinter und Bellezza, die gerade Liebe machten, ließ ich grüßen.

Mit zwei Koffern voller Schriften, einem Rucksack und der wenig gespielten Gitarre bestieg ich am selben Mittag kurzerhand den Reisecar der Höhlenbesucher, in dem Stadtsanktgaller und Stadtzürcher saßen, fuhr auf der neuen Straße über Neugrund, Brunnadern bis Kaltbrunn, hörte mir die zusammenfassenden Berichte an, die übers Mikrophon gegeben wurden. Ich setzte mich ab, als die Reisegruppe in Kaltbrunn beim Tunnelausgang den neuen Rechen besichtigte, trank elf große Schlucke vom Kaltbrunnen, lief zum Bahnhof, fuhr mit der Raschtalbahn nach Siebenbrücken, ohne im Nebel viel zu sehen. Ich erwischte den Schnellzug, der mich nach Zürich brachte. Als der Zug den Obersee entlangglitt, staunte ich über die wilden Wellen der seegewordenen Gletscherzunge, die bis an die Gleise schlugen.

Jetzt hatte ich das Hinterland der Gleisharfe erforscht.
Bei der Einfahrt in den Bahnhof Zürich hörte ich sie schrillen.
Ich traf Pina am Hauptbahnhof in festlichem Rahmen. Umgeben von Geräuschen. In meiner umfassenden Verliebtheit sah ich bunt. Ich fand es angemessen, daß der ganze Hauptbahnhof umgestaltet worden war, der Anschlußzug nach Baden mitten in der Wannerschen Halle losfuhr. Vorne eine Dampflokomotive mit dem bekannten Pflug, der das Gleiskupfer aufsammelte, in unserem Falle jedoch als Nebelpflug diente, denn mastiges Weiß hatte sich bereits über alle Gleise gepappt. Das war wohl der Grund, weshalb wir so langsam fuhren. Das Gleisfeld war geschmälert. Man sah genaugenommen keine anderen Gleise mehr. Ich hatte nur Augen für Pina.
Wir malten uns Zukunft aus. Der Kondukteur, der in einer alten Uniform ins Abteil trat, übersah uns professionell, wie es sich für einen Reisebegleiter von Hochzeitsgesellschaften geziemt. Welcher Art Reisegesellschaft wir eigentlich zugehörig wurden, wollte ich nicht erfragen, da ich

vergessen hatte, Billette zu kaufen. Offensichtlich ließ er uns als begleitende Musiker gratis reisen. Pinas Bratschen- und mein Gitarrenkoffer waren Ausweis genug. Der Kondukteur schien uns zu bedeuten: Die Liebe reist kostenlos in meiner Bahn. Die Bahn ist ja erfunden worden, um Kupfer und Küsse zu verfrachten.

Ich gestehe, daß ich das Zeitgefühl verlor, erinnere mich vage, daß der Hochzeitszug auf offener Strecke anhielt, ein Teil der Gesellschaft mit Schaufeln an den Gleisen hantierte. Es handelte sich offensichtlich um eines dieser meist einfallslosen Gesellschaftsspiele, mit denen Langeweile an den Hochzeiten überbrückt wird. Manche Feiern, die wir im Quellenhof musikalisch umrahmt hatten, waren nur noch eine Abfolge von solchen Spielen gewesen. Wir waren deshalb allerhand Verkleidungen gewohnt: Die Braut als Magd verkleidet. Der Bräutigam als Kaiser. Der Brautführer als Hochzeitsmarschall.

Am Bahnhof Baden standen weitere Leute in festlichen Gewändern, viele trugen Zylinder, wirkten geschäftig. Es mußte sich um ein wichtiges Jubiläum handeln, denn einige der vormals aufwendig renovierten Häuser waren absichtlich wieder in den früheren Zustand versetzt worden, überall liefen Kostümierte herum. Schön war es, die Stadt vom störenden Verkehr befreit zu erleben. Unzählige Läden hatten sich in Bäckereien umgeschmückt, und alles elektrische Licht war abgehängt worden. Da Pina Baden nur von meinen Schwärmereien her kannte, hatte sie sich Vorstellungen gemacht, die sie nun bestätigt fand. Starke Klebstoffe zwischen uns beiden. Körperleim.

Wir liefen ins Bäderviertel hinunter, wo nichts mehr war, wie ich es bei der Beerdigung angetroffen hatte. Der Nebel war nunmehr derart fest und körperlich, daß er Reibung erzeugte, zudem war die Kälte schonungslos. Um getrennt anzukommen, kein Aufsehen zu erregen, ging ich allein in die Rose, Pina wartete auf dem Kurplatz.

Dichteren Nebel hatte ich nirgends gesehen als im Bäderquartier.

Im Innenhof war alles beim Alten. Offenbar schliefen alle. Auch auf mein Rufen meldete sich niemand. Ich wies Pina das Dachzimmer zu, stellte die mitgebrachten Bücher ins Großvaterzimmer. Wir schoben zwei Betten zusammen.

Endlich ging es daran, den Westteil der Harfe in Betrieb zu nehmen. Wir erwarteten die Unterrasch bald. Pina begann auf ihrem Zimmer zu üben.

Mit einer brennenden Kerze durchsuchte ich die Untergeschosse. Erst entdeckte ich im Flackerlicht dreißig gerötete Rücken in einer Reihe. Dann fand ich einen römischen Tempel wiederhergestellt vor, der aber im Dunst nicht richtig zu erkennen war. Zäh fließender Marmor. Ich suchte nach einem Stemmeisen, mit dem ich den heißen Stein auf dem Kurplatz heben könnte, fand eines im Keller eines benachbarten Bäderhotels und versteckte es.

Da im Haus nichts zu essen war, ernährten wir uns von den Küssen. Wir schliefen viel. Am nächsten Morgen war der Kurplatz belebt. Gegacker von Gänsen weckte uns früh. Ich schaute aus dem Fenster. Öffentliche Bäder waren über Nacht errichtet worden. Örtliche Vereine zogen glaubwürdig kostümiert und grob hustend auf dem Kurplatz durch die bleiche Kälte, mal als römische Legionäre verkleidet, vulgäres Latein redend, dann als helvetischer Stamm. Bald glaubte ich habsburgische Reiter zu sehen, bald schändende Alemannenhorden, die vor meinen Augen die öffentlichen Bäder wieder zerlegten. Wir verließen die Rose nicht mehr, blieben auf unseren Zimmern.

Obwohl es kalt war, lebten wir in einer Wolke.

Es wurde schwieriger, Tag und Nacht zu unterscheiden. Die Leute hatten sich in ihre Häuser zurückgezogen. Ich schloß das Fenster, da dieser kalte Qualm müde machte. Und wartete auf den falschen Februarschnee.

Sonst regte sich wenig.

Eigenartige Gestalten schwammen verlangsamt auf dem Grund des Kältesees. Dunkel und plump.

Wir wußten nicht, ob es Töne oder Tiere waren.

Der Autor dankt der Pro Helvetia
und der Kulturstiftung Landis & Gyr
für die großzügige Unterstützung seiner Arbeit.